マインクラフト

MINECRAFT™

はみだし探検隊 クリーパーなんか怖くない

デラライラ・S・ドーソン／作

金原瑞人・松浦直美／共訳

MOJANG STUDIOS

TAKESHOBO

MINECRAFT™ MOB SQUAD DON'T FEAR THE CREEPER

by

Delilah S. Dawson

This translation is published by arrangement with Del Rey,
an imprint of Random House, a division of Penguin Random House LLC
through Japan UNI Agency, Inc., Tokyo

マインクラフト　はみだし探検隊　クリーパーなんか怖くない

おもな登場人物

マル……コーヌコーピアの町の牧場《ぼくじょう》で暮《く》らす少女。決断力《けつだんりょく》があり、はみだし探検隊《たんけんたい》のリーダー。

レナ………弓の名手で、独特《どくとく》のものの見方をする少女。はみだし探検隊《たんけんたい》の射手《しゃしゅ》をつとめる。

チャグ……新コーヌコーピアで暮《く》らす少年。腕《うで》っぷしが強く、先頭に立って戦う。弟に優《やさ》しい。

トック……チャグの弟。戦いに弱いがクラフトが得意《とくい》で、頭を使ってはみだし探検隊《たんけんたい》を助ける。

ジャロ……もといじめっ子だが、はみだし探検隊《たんけんたい》の仲間になった少年。動物のあつかいが上手《じょうず》。

マインクラフト　はみだし探検隊《たんけんたい》　クリーパーなんか怖くない　もくじ

献辞

きみへ。

そう、きみだよ。

外にはとてつもなく大きな世界があり、きみには冒険家《ぼうけんか》の魂《たましい》がある。

どこにでもあるジャガイモくらいで満足しないで。

第1章　ストゥ長老のありがたいお話

自己紹介《じこしょうかい》をしておくとしよう。わしの名前はストゥ。コーヌコーピアの町の長老のなかでいちばん年長で、町でわしより歳《とし》を取っとる者はひとりしかおらん。

ひとつ、大声でいっておこう。町を囲《かこ》む壁《かべ》から出てはならん！

おい、そこの子ども、わかったか？　決してオーバーワールドに出ていってはならんぞ！

わしらのご先祖《せんぞ》がコーヌコーピアを造《つく》ったのには、わけがある。外の世界は恐《おそ》ろしい。じつに危険《きけん》なんじゃ。凶暴《きょうぼう》なモンスターや、血に飢《う》えた獣《けもの》や、人に危害《きがい》を加えようとするやからがいくらでもおる。

もちろん、壁《かべ》のむこうには美しい風景《ふうけい》があって、おもしろい人々がおって、計り知れないほどの富があるかもしれん。森や海やエメラルドがあり、ウーパールーパーとかいうわけのわからん生き物がおるかもしれん。それから、そう、こんなことをいう者がおるかもしれん——コーヌコーピアの立派《りっぱ》な住民はみな、大冒険《だいぼうけん》をしたご先祖《せんぞ》の血を引いておって、勇気ある行動をしたり、勇敢《ゆうかん》に戦ったり、なにかを発見したり、作りだしたりする力をもっとるとか、なんたらかんたら。

だが、そんなのはたわ言じゃ。

話にならん。

子どもは壁《かべ》の中にいればよいのじゃ。ここには必要なものがそろっとる。

外には出るな。

なにが起こるかわかったものではない。

死んでしまうかもしれん。

さあ、わしの店から出ていけ。ほれ、出ていくんじゃ。

子どもは騒々《そうぞう》しくてかなわん。だからこそ、わしには子どもがおらんのじゃ。

わしは、わし好みのこの町のように暮《く》らしたいのじゃ。つまり、静かで、平穏《へいおん》で、暇《ひま》な暮《く》らしを送れれば、それでよい。

出ていく前に、クワを買わんか？　ジャガイモを育てられるぞ——そう、ジャガイモはいい。何列も何列も、見渡《みわた》す限《かぎ》りジャガイモが植わっておるのは見事なもんじゃ。毎日の夕食にジャガイモを食べる。おいしくて立派《りっぱ》なジャガイモが、だれかに悪さをしたことなど一度もない。

剣《けん》や防具《ぼうぐ》は不要じゃ。近頃《ちかごろ》もてはやされとるウマとかいう動物も必要ない。

壁《かべ》の中でおとなしくジャガイモを食べながら、歳《とし》を取って天に召されるのを待っておればよい。

大事なことじゃから、もう一度いうぞ——決してオーバーワールドにいってはならん。

町を取《と》り囲《かこ》む壁《かべ》こそがなによりの頼《たよ》りじゃ。

第2章　レナのゆううつな朝

えっと、もうわかっているかもしれないけれど。わたしはレナ。町でいちばん歳《とし》を取っていて、いちばん個性的《こせいてき》なおばあさんの見習いをしているの。あ、それから、これ大事。ストゥ長老のいうことはこれっぽっちも信じちゃだめ。長老ったら、知りもしないことをいっているんだから。あの人はコーヌコーピアの町を囲《かこ》む壁《かべ》の外に一度も出たことがないのよ。いまでは壁《かべ》にとっても大きな門ができて、町の人たちが自由に出入りできるようになっているっていうのに。

というか——うーん、まあまあ自由に、かしらね。

いまでも、長老たちはわたしたち、はみだし探検隊《たんけんたい》がオーバーワールドに出かけていくといい顔をしない。

わたしたちが壁《かべ》の外を冒険《ぼうけん》するまで、この町ではひいおばあちゃんの代からだれもそんなことをしたことがなかったし、この町を――二度も！――救《すく》ったっていうのに、ストゥ長老もほかの長老も、まだわたしたちがろくでもないことをたくらんでいると思っているのよ。

もちろん、わたしたちは町の人たちに色眼鏡《いろめがね》でみられるのには慣《な》れている。だってみんなから〝腐《くさ》ったリンゴ〟って呼《よ》ばれていたし、いまでもわたしたちをそう呼《よ》ぶ人たちがいるもの。わたしたちが、町のみんなが満足するほど〝ふつう〟じゃないから。

さっきもいったけれど、わたしは町でいちばん歳《とし》を取った、風変わりな人の見習いをしている。その人は、友だちのマルのひいひいおばあちゃんで、ナンというの。ナンはたくさんの言い伝えを知っているし、古い本もたくさん持っているから、図書館を作っているところ。わたしはそれを手伝っている。図書館があれば、みんなが町の歴史《れきし》を学べるし、壁《かべ》の外の世界のこと、例えば、いろいろな気候帯《バイオーム》や、このあたりでみられない動植物について知ることができるでしょ。

ナンはわたしに矢を射《い》る方法や、クラフティングのやり方、それにみんなが大好きなクッキーの焼き方も教えてくれた。いちばん大事なのは、ナンがわたしに、人とちがっていたってぜんぜん構《かま》わないと教えてくれたことかしら。わたしは家族からしょっちゅうばかにされていたの。空想ばかりしていて、あの人たちにいわせれば、ちょっと〝頭が変〟ということみたい。けれどナンがいうには、それはわたしの特別な力なんですって。わたしもだんだん、ナンのいう通りだと思えるようになってきた。

わたしはどのポケットにもクッキーをいっぱい詰《つ》めると、町の中を通って、ハブと呼《よ》ばれるコーヌコーピアの町の中心を抜《ぬ》けていく。長老たちのほぼ全員、それに、昔ながらの生活をしたがる人たちがハブに住んでいて、背《せ》が高くて幅《はば》の狭《せま》い家がごちゃごちゃ建っているけれど、わたしも友だちも、ハブからもっと離《はな》れたところに住んでいるの。

わたしが住んでいるのは森の中にあるナンの家。ナンがもとの家を大きくして、わたしの部屋を造ってくれたの。そこは森といっても町の中心部からいちばん離《はな》れた、コーヌコーピアを囲《かこ》う壁沿《かべぞ》いなの。

ナンの孫の孫にあたるマルは、お父さんとお母さんといっしょにハブから離《はな》れた牧場でウシを飼《か》っている。そのあたりまでくると、土地が広くて農場を営《いとな》むことができるの。

チャグと弟のトックはいま、新コーヌコーピアに出した店の裏《うら》に住んでいる。最近、町を囲《かこ》む壁《かべ》のすぐ外に人が住むようになって、そのあたりを新コーヌコーピアと呼ぶようになったの。

ジャロは、以前はわたしたちに意地悪していたけれど、わたしたちの仲間になった。チャグとトックのすぐ隣《となり》に店を構《かま》えて、ウマとラマを飼育《しいく》し、旅をする人たちに貸《か》している。

わたしはいま、友だちのところに朝ごはんを食べにいくところ。というか、朝ごはん兼《ブレクファストけん》昼ごはん《ランチ》。チャグいわく、ランチとブレクファストの間だから〝ランファスト〟。チャグはなんにでも名前をつけたがるけれど、あまりうまくない。だからチャグが飼《か》っているブタはコイツなんて名づけられてしまった。わたしのペットは、わたしになついているオオカミで、ポピーというの。その子がわたしの横を、舌《した》を出してしっぽを振《ふ》りながら走っている。ポピーもランファストが好きなのよ。なぜって、コイツや、トックの飼《か》っているキャンダとクラリティというネコたちと遊べるから。

わたしは以前、ハブがこわかった。必ずジャロが手下のエドとレミーといっしょにいきなりやってきて、意地悪するんだもの。けれどいまは、ジャロはわたしの仲間だし、エドとレミーはそろそろ働きに出る歳《とし》になったからもう大丈夫《だいじょうぶ》。エドとレミーはうちの家族の採掘所《さいくつじょ》の仕事をしている。あのふたりにお似合《にあ》いだわ。ふたりに石と同じくらいの知恵《ちえ》しかないのはずっとわかっていたし、これで一日中、同類と過《す》ごせるじゃない。

そんなわけで安心して町を歩ける。たまにじろっとみられるだけで、腐《くさ》ったビートルートを後ろから投げつけられることもないんだもの。

マルは家の前で牧場の柵《さく》にすわって、コナーというお気に入りのウシの耳の後ろをかいてやりながら待っていた。コナーはうれしそうに「モー」と鳴いた。わたしはコムギの穂《ほ》をひと束差し出した。ここにくる途中《とちゅう》、伸《の》び放題《ほうだい》になっている牧草地で採《と》ってきたの。

「持ってきたのはコムギだけじゃないよね？」マルは柵《さく》から道に飛び下りた。

「わたしのポケット。クッキーがいっぱいつまったポケット！」歌うようにいうと、マルがグータッチしてきた。いいね。仲間はみんな、わたしがふだんから人に触《さわ》られるのをいやがるって知っている。だから、これはハグの代わり。

マルのうちの牧場は壁《かべ》からそれほど遠くないところにある。マルはウシたちのいる牧草地のむこうに小さな採掘所《さいくつじょ》を掘《ほ》っていて、そこでみつけた鉱石《こうせき》や宝石《ほうせき》のことを全部教えてくれる。おもしろいもので、わたしは採掘師《さいくつし》の家に生まれたのに採掘《さいくつ》が嫌《きら》いで、マルは壁《かべ》の外の世界で初めて採掘《さいくつ》をやって、それが大好きになった。

もしわたしがちがう家に生まれていたら、いろいろなことがいまとはちがっていたかもしれない。とても真面目なお父さんとお母さんに、とても真面目な人が働く採掘所《さいくつじょ》で育てられた、とても真面目な十人きょうだいの末っ子じゃなく、ひとりっ子で一日中ウシの世話をしていたとしたら、どうなっていたかしらって思うけれど、考えてもわからないわね。ナンがわたしの素質《そしつ》を見抜《みぬ》いてくれて本当によかった。いま、わたしは幸せで、マルも幸せ。仲間の男の子たちだって、わたしがクッキーをたくさん持ってきたと知ったら、三人ともハッピーになると思う。

町を囲《かこ》む壁《かべ》に造《つく》られた門がみえてくると、そこで門をふさぐように立っているのがだれかわかって、気が重くなってきた。

「うー、最悪」思わずつぶやいた。

マルが門のほうをみて、ため息をつく。

わたしのいちばん上の兄さん、ラーズが前に立ちはだかっていた。

「名前をいえ」ラーズは剣《けん》を鞘《さや》に収《おさ》めてノートを出した。

マルとわたしは顔を見合わせる。

「はあ？　名前？」マルがいった。マルはわたしよりずっと勇気があって、特にわたしの家族の前では堂々《どうどう》としている。わたしはというと、ゾンビを百体相手にするほうが、いちばん上のレティ姉さんに立ち向かうよりまし。ラーズ兄さんはレティ姉さんよりひとつだけ年下で、姉さんと同じくらい理解《りかい》がない。

ラーズ兄さんはいばりくさっていった。「名前をいえ。長老たちの命令だ。おれたちは常《つね》に、町に入ってくる者も町から出る者も記録《きろく》しなければならなくなった。だから名前をいえ」

兄さんは上から下まで鉄の防具《ぼうぐ》を着けて──わたしの仲間のトックが作ったの──、腰《こし》に剣《けん》を下げている。兄さんに武器《ぶき》を持たせるなんて、どうかしているわ。

「あたしたちのことは、わかっているでしょ。あんたとレナはきょうだいなんだし、あたしだって、遠い親戚《しんせき》じゃないの」マルがいった。

もうひとりの門番がさっと振《ふ》り向《む》いてじろっとみた。この町の大きなヒツジ牧場のひとつを管理しているジェイミーさんだ。この人はおとなだし、ふだんは牧場にいるから、どんな人かあまりよくわからないけれど、以前はたしかに、わたしたちのことを〝腐《くさ》ったリンゴ〟と呼《よ》んでいた。ジェイミーさんも剣《けん》を持っている。

「おい、長老たちはおまえたちの家系《かけい》じゃなくて、名前をきけといってるんだ。これは新しい決まりなんだから、従《したが》ってもらう。さあ、名前をいうんだ。お互《たが》いものすごく忙《いそが》しいんだから、さっさと片《かた》づけようじゃないか」

わたしはまわりを見回した。わたしたち以外、だれもいない。壁《かべ》に向かってくる人も、壁《かべ》からこっちにくる人もいないし、壁《かべ》の外を見渡《みわた》しても生き物はまったくみえない。

「なにがそんなに忙《いそが》しいんですか?」わたしはきいた。

「礼儀を知らないガキンチョに決まりを説明してやるのに忙《いそが》しい」ジェイミーさんは、いらっとした顔でいった。

マルとわたしはわけがわからず顔を見合わせて、肩をすくめた。「あたしはマル。そっちはレナ。これで、通っていいですか?」

ラーズ兄さんはノートにわたしたちの名前を書いている。舌《した》がちょっと開いた歯の間からのぞいている。そもそも兄さんは字を書くのが得意じゃない。

「マルと、頭の変なレナ、と」

以前、家族につけられたその呼《よ》び名を思い出させられて、わたしは顔をしかめた。「よし。

あとは、おれのイニシャルと日づけを書いて、と。行き先は？」

「行き先？」マルが聞き返した。

ラーズ兄さんは大げさにため息をついた。「どこに行くんだ？　行き来を記録《きろく》してるんだから、どこに行くかいわないとだめだ」

「チャグとトックとジャロといっしょにランファストしに、新コーヌコーピアにいくけど。わかる？　壁《かべ》の外にある、コーヌコーピアの一《いち》地区のことだよ？」マルの顔がみるみる赤く、マルの髪《かみ》のような色になっていく。

ラーズ兄さんはそれも書きとめた。「よし。簡単だろう？　さっさといわれた通りにしてれば、とっくに終わってるものを」

「通っていい？」マルがたずねる。

ジェイミーさんと兄さんは、後ろにさがった。繰《く》り返《かえ》し練習《れんしゅう》してきたみたいに、動きがぴったり合っていて気持ち悪い。

「外では気をつけたまえ。オーバーワールドは危険《きけん》だからな」ジェイミーさんがえらそうに忠告した。

わたしは目をしばたたかせてジェイミーさんをみた。「壁《かべ》の外に出たことあるんですか?」

「そんなことどうでもいい!」ジェイミーさんが怒鳴《どな》った。「おれは門番で、壁《かべ》を守ることを任されてる。だからそうするまでだ」

「さっさといけ。この人を怒《おこ》らせないほうがいいぞ」兄さんが、フンと鼻を鳴らす。「いまじゃ門番は長老に毎日報告するんだ。減点《げんてん》されたくないだろ?」

「減点《げんてん》、って、なによ?」

ばかにしたようににやにやしていた兄さんが、顔をゆがめてせせら笑う。「そのうちわかるさ」

マルとふたりで新コーヌコーピアに走っていきながら、わたしはひどいにおいでもかいだみたいに顔をしかめた。

「どうなっているの? いったいだれがラーズ兄さんに刃物《はもの》を持たせたのかしら。信じられない。あの人、うっかりツルハシで自分の足をたたいてばかりいたのよ。だから採掘所《さいくつじょ》の外で仕分けする仕事にまわされたんだから」

マルはひとつにまとめた三つ編みを引っ張りながら考えている。「きっとストゥ長老とゲイブ長老だよ。あのふたりは壁《かべ》に門ができたのが気に入らないから、出入りしにくくしようとしているんだと思う」そういって首を振《ふ》ると、ちらっと後ろをみた。「前はふだん着を着た門番がひとりいただけで、それも手の空いている人が、外から訪ねてくる人たちを迎えるために立っていたのに、いまは鉄の防具《ぼうぐ》でがっちりかためて武器《ぶき》を持った門番がふたりして命令してくる。あたしたちが前にこうやって外に出てきたのって、いつだっけ？　ふつか前？　そのときはこんなふうじゃなかったよね。なにかあったからルールがかわったのかなあ？　ランファストのあとで、ナンに報告しなくちゃ」

「ランファストじゃなくて、ブレクファストとランチの間なんだからブランチといったほうがよくない？」

マルはぐるっと目をまわした。「そうだね、でも、チャグにはいえないよ。傷《きず》つくと思う。ほら、〝ランファスト〟って、とっても得意げにいうし」

チャグとトックの店の外に置かれたテーブルに、よだれの垂《た》れるようなごちそうがならんでいた。トックが作業台と醸造台《じょうぞうだい》を使って作ったものはすべて、この店で買える。チャグがおいしそうなパイやステーキや焼いたジャガイモやパンをどっさり用意していて、マルはしぼりたてのミルクをバケツ一杯分持ってきた。ジャロがネコのミャウイーと、かわいらしいまだら模様《もよう》の子ウマを連れて歩いてくる。トックが作業台でハンマーでなにかをたたく音がきこえるのはいつものことだ。みんなが席に着くとチャグが大声で弟を呼《よ》んだ。「トック！　早くこいよ！　ランファストの時間だぞ！」

元気そうなトックの姿がみえた。髪《かみ》の毛も眉毛《まゆげ》も、もと通りに生えそろっている。前回の冒険《ぼうけん》の旅で、正式なポーションの作り方を学んだおかげね。笑顔のトックの足元を二匹のネコと最近生まれた子ネコたちが跳《は》ねまわっている。

「なあ、その赤ちゃんウマにぴったりの名前を思いついたんだ」チャグがいった。

「赤ちゃんウマじゃなくて、子ウマ《フォウル》だ」ジャロが訂正《ていせい》する。

「そんなひどい名前ないだろう。おれが考えてたのはだな、――ジャジャーン！　〝ウマオくん〟だ」

ジャロは一瞬《いっしゅん》あぜんとした。この人が以前わたしたちに意地悪しまくっていたなんて、信じられないけれど、お母さんや昔の友だちと離《はな》れてからのジャロはとてもやさしい。「そうじゃねえって。赤ちゃんウマのことを、フォウルっていうんだといいたかったんだ。ちなみに、この子の名前はアルだからな」

チャグは少ししょんぼりして、不満そうにいった。「そうか。だけど次に生まれるのは、〝ウマオくん〟にしような？　だって、めっちゃいい名前だろ。〝ブルルン貴族〟でもいいけどな」

ジャロはシチューにむせて、チャグが大丈夫《だいじょうぶ》かと背中《せなか》をたたく。チャグったら、まったくわかっていない。自分が変なことをいったせいでジャロが窒息《ちっそく》しそうになっているのに。

「ねえ、レナ」トックに呼《よ》ばれて、ふたりに気を取られていたわたしは、振《ふ》り返《かえ》った。「ナンのところに、レッドストーンについての本はある？」

「レッドストーンって？」わたしは採掘所《さいくつじょ》で育ったけれど、そんなのきいたことがない。

「たまに赤いブロックをみつけることならあるよ」マルがいった。「そのブロックから、へんてこな赤い粉が出てくるけど……」

「ぼく、このところその粉を使ってみてるんだ」トックが興奮《こうふん》して身を乗り出してきた。目が輝《かがや》いている。「前にいろいろ発明しても、ぜんぜんうまくいかなかったときみたいな感じなんだ。レッドストーンには秘密があって、それがあとちょっとでわかりそうなんだけど――」

「だけど、少なくともいまのとこ、トックはまだなんにも吹き飛ばしてないよな」チャグが続きをいった。

わたしは首を振《ふ》った。「それらしいものは、本でみたことがないわ。ナンの本はほとんどが植物やモブや気候帯《バイオーム》に関するもので、採掘《さいくつ》関係はあまりないの。採掘所《さいくつじょ》のうちの家族なら知っているることがあるかもしれない」

「うえっ」チャグが小声でいうのがきこえて、わたしはにっこりした。友だちが味方だと思うと心強い。

「うん、わざわざきくことないよね」マルは町を囲《かこ》む壁《かべ》のほうをみて、なにか食べながら顔をしかめた。「それにしても、ラーズが門番を志望するなんて、信じられない」

わたしはため息をついた。「そうでもないよ。世の中にはえらそうにみえることなら、なんだってする人もいるのよ」

「なあ、覚えてるか？　ラーズって、転んで顔をウシの糞《ふん》に突っこんだことがあっただろ」チャグがいった。

「ああ、あれは兄ちゃんが押したからっしょ」トックがにやっとした。

「おお！　あれ、おまえの仕業《しわざ》だったのか？　うらやましい。やるじゃねえか！」ジャロがチャグに手を差し出した。ふたりはいつものように複雑でややこしい握手《あくしゅ》をして、しめくくりにおならの音をたてた。

みんなその日のことを思い出して笑った。こんなに楽しく暮《く》らせるようになるとは、夢にも思わなかった。みんな、おなかいっぱいになるまで食べて、うなりながらおなかをさすっている。

草むらで眠《ねむ》ってしまったポピーを枕に、ネコたちと泥だらけのブタも眠《ねむ》っている。マルが家の仕事をしにもどる時間になると、わたしたちは皿を片《かた》づけるのを手伝ってから、またねといって町を囲《かこ》む壁《かべ》に向かった。

またラーズ兄さんに名前をきかれたから、さくっと答えてさっさとその場を離《はな》れた。あのふてぶてしいにやにや笑いから早く遠ざかりたかったもの。

ウシの糞《ふん》にまみれたことがあったわねって、兄さんにいってやりたかったけれど、やめておいた。なぜって、あの人は必ずどうにかして仕返しするに決まっている――特にいまは、兄さんは強くなったつもりでいるから。

マルがウシのミルクをしぼっている間、わたしは牧草地でミツバチをながめたり、自分で書いている動植物の本に載《の》せる鳥たちをスケッチしたりして楽しんだ。ウシはマルが大好きだけれど、わたしが手伝おうとするといやがるの。というのも、わたしって物思いにふけりがちだから。よそ事を考えながらぎゅっとミルクをしぼられるなんて、ウシはいやなのね。

しぼりたてのミルクでいっぱいになった大きな缶を一カ所に並べると、マルとわたしはそこからバケツ一杯分を取り分けた。そして、それをナンに届《とど》けようと、こぼさないように道を走っていってハブを通《とお》り抜《ぬ》けた。

ストゥ長老が自分の店からわたしたちをにらんでいる。あの人はどうしてあんなふうなのかしら。どうして自分のやり方とちがうものをあんなに恐《おそ》れるの？　お年寄りがみんな、ストゥ長老みたいってわけじゃないけれど――ナンももちろん、ちがう。

ナンの小さな家がみえてくると、自然と顔がほころんだ。ナンとふたりで窓の外のプランターに植えたきれいな色の花がみえる。ミツバチがブンブン眠《ねむ》そうな音を立てて巣のまわりを飛び回っている。ナンはこの時間はだいたい家の外で、揺り椅子《ロッキングチェア》に揺《ゆ》られながら本を読んでいる。いつもならそうやって午後の陽ざしを浴びて、ミルクが届《とど》くのを待っているのだけれど。おかしいわね、ドアが開いている。家の中に入ると、なぜだかわかった。

「やだ、大変！」マルが叫んだ。「ナン！」

第3章　緊急事態《きんきゅうじたい》とマル

みんなに知っておいてもらいたいこと。あたしはマル。あー、もう、それ以外はいま考えられないよ。だって、あたしのひいひいおばあちゃん、大変なんだもん。

床《ゆか》に手足を投げ出してうつ伏《ぶ》せになっている。きっと倒《たお》れたんだ。ナンはこの町でいちばんの年寄りで、一〇〇歳《さい》を超えているけれど、いつだって元気はつらつでぴんぴんしているようにみえた。あたしはひざをついて、レナに手伝ってもらってそっとナンを仰向《あおむ》けにした。するとナンはまばたきして首を振《ふ》って、咳《せき》をした。肌《はだ》は灰色っぽくたるんでいて、目はどこをみているのかわからない。

「ナン、なにがあったの?」あたしはそっといった。

「マーラかい?」ナンのつぶやくような声に、あたしはぎくりとした。だってそれはあたしじゃなくて――ママの名前だよ。

「ナン、マルです」

「それと、レナです」

「うん、レナもいます。ナン、転んだの？　けがはない？」

ナンはさっきより強く首を振《ふ》って、乾いた唇をなめると、もぞもぞと自力で体を起こした。

「なにもありゃしないよ。もう歳《とし》だってだけだ。ちょっと昼寝《ひるね》したいから、ベッドに寝《ね》かせておくれ、マーラ。この床《ゆか》は、寝《ね》るにはつらいんでねえ」

あたしたちは慎重《しんちょう》にナンを立たせて、ふらつく体を支えながらベッドに連れていった。ベッドに寝《ね》かせて毛布を何枚かかけてあげると、ナンは枕に頭をあずけて深《ふか》いため息をついて目を閉じた。

「今朝は元気だったのよ、本当に」レナがいらついて心配そうにいった。「ナンはわたしより先に起きていたし、窓の外にかかっているプランターの草取りをしてないじゃないのって、わたしを叱《しか》ったくらい」

「ナン、どこか具合が悪いの？」あたしはナンの手を握《にぎ》った。

ナンは目を開けたり閉じたりしながら、あたしの顔をみようとしている。

こんなナンをみたことがないから、こわくなった。

「マーラ、シャツを着替えなさい。この子ったら、いつもウシの毛だらけなんだから」ナンはぶつぶついっている。

「ちがうよ、ナン。あたしだってば。マルだよ。マーラの娘のマル。いつ具合が悪くなったの？」

咳《せ》きこんだナンと目が合った。「外で本を読んでたら、心臓《しんぞう》がばくばくしてきたんだよ。家に入ってなにか飲もうと思ったんだが、まわりがぐわんぐわん揺《ゆ》れだして、ボートに乗ってるような気分だった。それで、倒《たお》れちまって、起き上がる元気がなかったんだ。おかしなことだよ。ちょっと休ませておくれ。ふう。子どもの相手はやっかいだ」

ナンは何度かまばたきして目を閉じた。あたしはレナをみる。「こういう病気のこと、きいたことある？　ここにある本のどれかに書いてなかった？」

レナは首を振《ふ》った。「みてみてもいいけれど、なかったと思う」

あたしは開けっ放しのドアから町のほうに目をやった。「ナンのそばにいてくれる？　あたし、ハブにいって治癒師《ちゆし》のタイニさんとゲイブ長老を呼《よ》んでくる。あのふたりなら、わかることがあるかも」

レナはナンの脚を毛布でしっかりくるむようにして、本棚《ほんだな》のほうにいくとすぐに古い本を一冊手に取った。「いってきて。わたしがナンをみているから」

あたしはうなずいて、すぐハブに向かった。たくさんのスケルトンホースマンから逃げるみたいにダッシュしていく。ハブまでそれほど遠くなくてよかった。

タイニさんの店に息をきらせながら駆《か》けこむと、カウンターのむこうにすわっていたタイニさんは、顔を上げて眉《まゆ》を寄せた。でも考えてみれば、この治癒師《ちゆし》の女の人は、あたしや友だちをみるたびにだいたい眉《まゆ》を寄せる。きっと、貴重なポーションの入ったガラスびんを扱《あつか》っている人にとっては、騒々《そうぞう》しい子どもたちほどやっかいなものはないんだろう。

「助けてください、ナンが大変なんです」あたしは小さな声をしぼり出した。

タイニさんは立ち上がってローブを整え、白髪《しらが》交じりの髪《かみ》を後ろになでつけた。「ナンがどうしたの？　転んだ？」

あたしは首を振《ふ》った。「ちがう……病気だと思います。倒《たお》れたけど、転んだんじゃなくてなにかほかの原因で。いまはベッドで寝《ね》ています。骨は折れてないみたいで、よかったけど」

タイニさんは眉間《みけん》にしわを寄せていった。「じゃあ、わたしになにをしてほしいの？」

「わかりません！　ナンを治《なお》して！　それがタイニさんの仕事なんだから――病気やけがを治癒《ちゆ》させるのが仕事でしょう！」

タイニさんは両手を腰《こし》に当てて鼻高々にふんぞりかえっていった。「そうよ、それがわたしの仕事。あなたの仕事は年上の人を敬《うやま》うこと。あなた、ゲイブ長老に相談した？」

「先にこっちにきたんです」

それをきいたタイニさんは、ちょっと得意そうになった。タイニさんはこの町の次の長老に立候補している。とっても長生きの長老たちのだれかがついに亡くなったときの話だけど。この人は治癒師《ちゆし》だから、だれかが亡くなりそうっていう勘が人一倍働くのかも。でも、あたしはいつも、だれかが死ぬのを待っているなんて、ちょっとこわいと思っていた。

「じゃあ、ゲイブ長老のところにいっしょにいきましょう。わたしのところに先にきたのは賢《かしこ》明だったわね」

「早くしないと！」

タイニさんは手を軽く振《ふ》ってみせた。「緊急事態《きんきゅうじたい》はたいてい、急ぐ必要などないのよ」

あたしは目を丸くした。「急がないと！　お茶会じゃないんです、〝緊急《きんきゅう》〟事態《じたい》なんです！」

タイニさんは不満そうに咳払《せきばら》いした。「ポーションが効《き》くか、効《き》かないかの問題よ。五分遅れたからって、どうってことないの」

あたしは体を揺《ゆ》らしながら、タイニさんがゆっくり台帳《だいちょう》を閉じてポーションの戸棚《とだな》に鍵をかけるのを待った。やっとドアのほうに歩いてきたけど、遅い！　チャグがここにいたらタイニさんを抱えていってもらえるのに。タイニさんはあたしに外に出てと手で合図して、ドアの鍵をていねいにかけた。あたしはゲイブ長老の店へ駆《か》けだしたけど、タイニさんときたら威厳《いげん》たっぷりに落ち着いて歩いて、まるで自分がきちんと役目を果たしていることを町のみんなにみせないと気がすまないみたい。

あたしはタイニさんと並んで、ほとんどその場で駆《か》け足している状態《じょうたい》で、この町のものすごく歳《とし》を取った気難《きむずか》しいポーションの専門家のところに向かいながら、どうしてもたずねたくなった。「タイニさんは、どうしてまだ助手をやとわないんですか？」

タイニさんは横目でこっちをみて眉《まゆ》を寄せた。「ああ、それはわたしがもっと歳《とし》を取ってからね。娘たちのひとりを選んで、治癒師《ちゆし》の秘伝を教えるつもり。リヴィがいいと思ってはいるのよ」

「でも、いまのうちに教えておけば、リヴィさんがお店番をできるじゃないですか。タイニさんがナンをみにいっている間に、もうひとり急病の人が出たらどうするんです?」

タイニさんはまた手をひらひらさせた。「どうにかなるわよ。この町のやり方は知っているでしょ。昔から、助手をつけるのは長老になってからか、役目を果たせなくなってからで、まだ元気に動けるうちにすることじゃないの」

今度はあたしが眉《まゆ》を寄せる。だって、タイニさんのいいたいことがわかったから。もしだれかを訓練《くんれん》して治癒師《ちゆし》の秘伝を教えたら、自分の仕事を取られるかもしれないってこと。だからトックがクラフティングできるようになるまで、道具がやたらと高かったんだ。ストゥ長老以外にこの町で作業台の使い方を知っている人がいなかったし、長老はとっても用心深《ようじんぶか》くそれを知られないようにしていたから、だれも自分に使えるとは思いもしなかった。

コーヌコーピアの長老たちは、どうしようもなくなるまで知識を若い人たちに伝えようとしない……だから、不満に思っている若い人が大勢いる。たぶんそのせいで、あたしたちも町を囲《かこ》む壁《かべ》の外に冒険《ぼうけん》に出ていくまで、問題を起こしてばかりいた。だって、人のためになることを教わっていなかったんだから、役に立てるわけがない。

タイニさんの歩き方は、垂《た》れるハチミツみたいにゆっくりだけど、それでもあたしたちはすぐにゲイブ長老の店の前に着いた。タイニさんが髪《かみ》をなでつけて、ローブを整えてから店に入っていく。するとドアの呼《よ》び鈴《りん》が鳴って、長老がカーテンの奥から出てきた。大げさでけばけばしいカーテンで商品をみせないようにしているんだ。

長老はだれがきたのかひと目みて、待っていた相手じゃなかったというように、がっかりした顔をした。

「おや、タイニ嬢」長老はいった。タイニさんはあたしのおばあちゃんくらい歳《とし》を取っているのに。「どういったご用でわしの店にきてくれたのかね？　ポーションが足りなくなったかな？」長老はふさふさの白い眉毛《まゆげ》を上下させた。

それもそのはず。ゲイブ長老にポーションの作り方を教えてもらえないんだから、タイニさんは長老からポーションを買って、治療《ちりょう》に使うしかない。トックが道具を作ったりポーションを醸造《じょうぞう》したりできるようになって、町の経済を大きく揺《ゆ》さぶった。きっと、だからこそ長老たちはトックが壁《かべ》の外に引っ越すのを許可したんだと思う。つまり、そうすればゲイブ長老の商売があまり打撃《だげき》を受けないからだ。

「ちがうんです、ゲイブ長老」あたしは口をはさんだ。だって、タイニさんが説明するのをきいている暇《ひま》はない。「大変なことが起こって――」

「だれが大変じゃと？　なにをみた？」長老は怒鳴《どな》りながらあわててまわりを見回し、杖を武器《ぶき》のように振《ふ》り回《まわ》している。

なにをそんなにびくびくすることがあるのかわからず、あたしはいった。「ナンの具合が悪いんです。どこが悪いのかよくわからないけど、なんとかしないと」

長老はほっとしてため息をつくと、同情するようにうなずいた。はげ頭から帽子《ぼうし》が滑《すべ》り落《お》ちた。「そうか、マル。それは歳《とし》を取るということで、わしらみんなに起こることじゃ」

あたしは首を振《ふ》った。三つ編みが勢いよく跳《は》ね上《あ》がった。「そうじゃないんです。ナンは、今朝は元気だったのに、急にとってもとっても具合が悪くなったんです」

長老とタイニさんはびっくりして顔を見合わせた。

「ううむ、しかし。そんなことはあり得ん」ゲイブ長老はあわれむような顔をした。

「だったら家にきてみてください。だって、本当にそんなことがあったんですから」

「子どもは想像力がたくましいわね」タイニさんが肩をすくめる。

あたしは目をつり上げていった。「じゃあ、ひいひいおばあちゃんが病気で死にそうだってことは、あたしの妄想だっていうんですか？」

ふたりはまた顔を見合わせて、ゲイブ長老が深《ふか》いため息をついた。「いいだろう。病気であろうとなかろうと、みにいくからには料金ぅぃもらうぞ。わかっとるな」

「わたしからも請求《せいきゅう》するわよ」タイニさんがあわてて口を出した。「時間がかかるし、その間にかせぐ機会を逃してしまうし……」

「わかりました！　町でいちばんの年寄りからお金をとればいい。きっとナンは、死ぬよりましだっていうと思う。だから、早くきて！」あたしは大声でいった。

あたしはナンの家に向かって歩き、ゲイブ長老とタイニさんが後ろからついてきた。最初はふたりともゆっくり歩いて、自分のほうが身分が高いって感じで、つんとしていた。ゲイブ長老の杖が丸石ブロックの道に触《ふ》れる音がする。でもそれからハブを出ると、ふたりとも歩くのが速くなった。きっと、さっさと店に帰ったほうが、早く商売にもどれると気づいたんだ。あたしがナンの家のドアを開けて駆《か》けこむと、さっきとなにも変わっていなかった。ナンはベッドで寝《ね》ていて、呼吸《こきゅう》は浅くてつらそうだ。そばの椅子《いす》にレナがすわっている。横には本を何冊も積んで、ひざの上に大きな青い表紙の本をのせている。

「おちびのゲイブかい」ナンは面倒《めんどう》くさそうに目をしょぼしょぼさせた。「うちのウシにいたずらするんじゃないよ、この悪ガキ。ミルクの出が悪くなるじゃないか」

ゲイブ長老は咳払《せきばら》いした。「やあ、ナン。気分はどうだね」

タイニさんはひじで長老を押しのけて前に出た。「お体の具合はどうです、ナン？」

ナンは体を起こして顔をしかめた。「雨に打たれたステーキ肉みたいな気分だよ。力が出ないし、あちこち痛《いた》い」ナンはため息をついて少し背中《せなか》を丸めた。「歳《とし》なんだろうねえ。ただ、それをいうなら、年寄りになってもう二十年にもなるが、病気なんてしたことはなかったよ」

タイニさんとゲイブ長老は順番にナンの様子をみた。目をみて、耳をみて、鼻をみて、それから足までていねいにみた。ブツブツ独り言をいって、小声でふたりで話し合っていたけど、ふたりとも、どこが悪いのかわからないみたい。レナは本を次から次へとすごい勢いでめくって、知りたいことが書いてないとわかると床《ゆか》に投げ捨てている。

ようやく、タイニさんがため息をついてローブのほこりを払《はら》った。「これは現在知られている病《やまい》ではありません。どうやら、あなたも歳《とし》には勝てないということのようですね」

「ばかばかしい！」ナンが怒鳴《どな》った。いつもの意欲がちょっともどってきたみたいで、あたしはにんまりした。「あたしゃ、あと三十年は生きるよ！　もっとかもね！」

「わしらにできることはない」ゲイブ長老もうなだれて同じことをいった。「あんたを安静にベッドに寝《ね》かせて、食事のたびにビートルートのスープを食べさせるしかないじゃろう」

「そんなもん食べるなら死んだほうがましだよ！」ナンが怒《おこ》る。

「うむ。食べようが食べまいが、そうなりそうじゃ。残念だな、ナン」長老がナンの手を取ろうとすると、ナンは長老の顔面をパンチしてやるとでもいうように、手を振《ふ》り回《まわ》した。

「あたしゃ、死なないよ！」ナンは大声をあげたけど、途中《とちゅう》から苦しそうな咳《せき》が混じった。

「出ていけ、役立たずの間抜《まぬ》けじじい！」

「診察代《しんさつだい》は──」

「請求書《せいきゅうしょ》をよこしな！　死んだら、払《はら》わないけどね！」

ゲイブ長老とタイニさんはそそくさと家から出ていき、ナンはまた横になった。あたしが手を握《にぎ》ると、ナンは深《ふか》いため息をついて涙目でこっちをみた。

「あのふたりには、あたしを治《なお》せないよ。ポーションは効《き》かない。この病がなんにせよ、ポーションでは治《なお》せないんだ」

「じゃあ、どうしたらいいの?」あたしはたずねた。涙があふれそうになる。「トックならなにか新しい薬を作れるかもしれない。それか——みんなでネザーにいって、なにかみつけられるかも。あたしたち、どんなことでもするよ。あたしたち、ナンがいないとだめなんだ」

ナンは遠い目をした。「ひとつだけ……」声がだんだん小さくなって、ナンはまぶたを震わせながら目を閉じた。

あたしはナンをやさしく揺《ゆ》すった。「ナン! ナン! なに? それってなに? あたしたち、どんなものだって手に入れてくるよ」

ナンが目を開けた。大きく見開いた目でうっとりと、遠くに沈む太陽をみているかのようだ。

「エンチャントされた金のリンゴ」ナンは小声でいうと、ぐっすり眠《ねむ》ってしまった。

第4章　トックと町の壁《かべ》

みんなに知っておいてもらいたいことがある。

むむむ、ちがった。

ぼくが知りたいことがある。エンチャントされた金のリンゴってどんなもの？　どうしたらナンに持っていってあげられる？

ああ、それから、兄ちゃんに先に食べられないようにする方法も知りたい、かな。

勘違いしないでね――兄ちゃんだって、ぼくに負けないくらいナンのことが大好きなんだ。だけど、兄ちゃんは自制心が弱い。

ゲイブ長老とタイニさんにナンの治療《ちりょう》は無理だといわれるとすぐ、マルはコーヌコーピアを端《はし》から端《はし》まで走って、ぼくたちのところにやってきた。こんなに不安そうにおびえてるマルをみるのは初めてだ。マルが毒を浴びて死にかけたときだって、こんなにおびえてなかった。

マルはなにがあったのか説明すると、ぼくの持ってる本のどれかにナンを助けられるポーションのことが書いてないかとたずねた。ぼくは兄ちゃんとジャロといっしょに何冊かの本と数種類のポーションをポケットに入れて、ナンの家に急いだ。むむー、ラーズとジェイミーさんにずいぶん足止めされちゃったけどさ。あのばかみたいな新しい決まりができて、門の通行が面倒《めんどう》になったせいだ。

ぼくの持ってるポーションの本には、役立ちそうな情報はなかった。だからレナとぼくで何冊もあるナンの古い本を片《かた》っぱしから読んでみることにした。この町を造《つく》ったご先祖《せんぞ》の代から伝わる本の数々に一ページずつ目を通して、エンチャントされた金のリンゴにちょっとでも関係のあることが書かれていないかみていった。

どんなにがんばっても、つい気がそれてしまう。だっていまみてるのは、ナンが特に大事にしてる本ばかりで、絶対《ぜったい》に貸《か》してもらえないものだし、これまできいたこともなかったことがあれこれ書いてあるんだから。

レナとぼくが本を手に取って、最初から最後までページをめくっていってはそれを床《ゆか》に積み重ねていく間、兄ちゃんは部屋の中を歩き回り、マルはしわしわになったナンの手を握《にぎ》ってた。

「ナン、お願い。目を覚まして。エンチャントされた金のリンゴがどうしたら手に入れられるのか、教えて」

「おれなら、どんなリンゴだってうれしいけどな」兄ちゃんはおなかをさすりながら歩き回ってる。「ランファストしてから、かなり時間がたってるし」

「なあ」隅《すみ》のほうにすわってたジャロが、花をゆっくりばらばらにしながらいった。「ナンの病気に効《き》くポーションはないっていわれたし、トックの本にもなにも書いてなかったかもしれねえけど、ポーションを飲ませたら、ナンはしゃべれるくらいにはよくなるんじゃねえかな？　そりゃ、ゲイブ長老もタイニさんもポーションを使いたがらなかったけど、それは失敗したくなかったからだ。飲ませてナンがやばいことになったら責任《せきにん》を取らなきゃならねえもん。この町でポーションに詳《くわ》しいふたりがナンを治療《ちりょう》しようとしたのにだめだったなんてうわさが広まったら、町じゅうがあのふたりを信用しなくなりそうだよな」

　ぼくは顔を上げた。むむー、いえてる。「それだよ。長老もタイニさんも、失敗を恐《おそ》れて思い切ったことをしたがらないんだ。だけど、ぼくはやるよ。ナンのためなら、いくらでもポーションを作る」続きはマルのほうをみていった。「マルがそうしてほしいなら、だけど。どう？」

マルの顔はまっ赤になって、涙のあとがついてる。「これ以上悪くなりようがないんだから、やってみたい」

「いや、わかんねえぞ」兄ちゃんが口をはさむ。「いろんなポーションがあるからなあ。ナンがストライダーに変身するのがあったりして。そしたら、服が合わなくなるよな。だって腕がなくなるんだから。ストライダーじゃなくて、スライムになっちまうかも。それって、ナンをどんどん切っていくと、ちっちゃいナンが何人もできるってことか……」

「飲ませるのは治癒《ちゆ》のポーションだけにしたほうがいいかも。うん、お願いだから、あたしのひいひいおばあちゃんをスライムにしないで」マルはいった。

ぼくはポケットからポーションを全部出して並べ、レナはナンの洋服だんすにある隠《かく》し戸棚《とだな》からナンが保管してるポーションを全部出してきた。ぼくのは自分で作っただけに、どれにどんな効果《こうか》があるかわかるけど、兄ちゃんがやたらと手に取るからややこしくなる。とりあえず、治癒《ちゆ》のポーションから試すことにして、ピンクの液体をナンの口の中に少しずつ流し入れた。

するとナンは、はじめちょっとむせてからポーションをすすって、まばたきしながら目を開けた。

「ナン！」マルが大声をあげた。

ナンは首を振《ふ》って、顔をそむけた。「大声出すのはやめとくれ。あたしゃ歳《とし》は取っとるけど、耳はきこえるんだよ」

「さっきより気分はよくなりました？」レナがたずねる。

ナンはため息をつくと、まるで液体になっていくみたいにぐったりした。「だめだ。あたしゃ、もう元気になれないんじゃないかねえ。いい夢をみてたのに起こされたみたいな気分だ。もう、年寄りを眠《ねむ》らせといておくれ」ナンが目を閉じたから、ぼくはまた少しポーションを口に入れてみた。それを飲みこんだナンは、うさんくさそうにぼくをみていった。「なんだいあんた、なんだって何度も起こすのさ」

「エンチャントされた金のリンゴをどうやってみつけたらいいのか、教えてください」ぼくはいった。

「そいつがみつからなくても、ナンの命があるうちは、しょっちゅうポーションを飲ませてればいいんじゃないか?」兄ちゃんが名案だろって感じでいう。

ナンは顔をしかめた。「そいじゃ、この先ずっと二分おきに起こされるってことじゃないか。ごめんだよ。さあ、よくきいといておくれ。一度しかいわないからね」

みんな、ナンのベッドのまわりに集まってきた。ナンはちょっと体を起こすと、こわい顔をしてぼくたちひとりひとりをみた。「あんたたち、泣きだしたりするんじゃないよ」

「そんなのわかんないよ」マルは鼻をすすった。

「だれもが知ってる通り、この町を造《つく》った人たちは八人いた」ナンが話しだした。「あんたたちのご先祖《せんぞ》だ。コーヌコーピアの建設《けんせつ》が始まったとき、あたしゃまだ子どもだった。いまのあんたたちより、もっと小さかった。それはそうと、これはないしょなんだが……」

ぼくたちは身を乗り出した。

「町を造《つく》ろうと決めたご先祖《せんぞ》は、もともと十人いたんだ」

ぼくたちは顔を見合わせた。

「なんでいままできいたことがなかったんだろう?」マルがいった。

「それは、残った者が歴史《れきし》を書くからさ」ナンはいった。「エフラムさんとクリオさん夫婦のことは、この町の歴史物語《れきしものがたり》から省《はぶ》かれてるんだよ。ご先祖《せんぞ》たちは、旅してこの地にたどり着くまでに、広大な海を渡《わた》らなきゃならなかった。クリオさんが溺れし者《ドラウンド》っていうモンスターにやられちまったんだよ。それでエフラムさんは妻の死を悲しむあまり、おかしくなった。もう、すばらしい町を造《つく》るのはどうでもよくなって、妻を最後にみた海のそばにいることを望んだのさ。海のまん中に家を建てて、二度とだれとも関わりたくないといってた。エフラムさんは、十一人のなかで、自分の愛する者だけが命を奪《うば》われたことをひどく怒《おこ》ってたんだ。それで、自分が悲しくて苦しいときに、ほかのみんなが幸せに、家族を増《ふ》やして栄《さか》えていくのをみるなんて、つらくてたまらないっていってたねえ。みんなはいっしょにくるように説得しようとしたし、せめて、もといた町にもどってやり直したらどうかといったんだが、エフラムさんはどちらも承知《しょうち》しなかったのさ。結局、あの人が海に飛びこんだのを最後に、二度とエフラムさんをみることはなかった」

　ぼくたちは面食らって顔を見合わせた。

「感動的な話だなあ」兄ちゃんは、いかにも兄ちゃん的に大げさにいった。「で、エンチャントされた金のリンゴはどこにあるんです？」

ナンは咳《せき》こんで、不満そうにフンといった。「いま、その、エンチャントされた金のリンゴの話をしてんだよ。近頃《ちかごろ》の子どもってのは、ちょっとこみ入った長い話になると最後まできけないのかい」そういってすわり直したナンは、卵《たまご》を温めるニワトリみたいだった。「さて、そのエフラムさんというのが、変わったところにいっては宝《たから》をみつけるのが大の得意でねえ。紫色の光を帯びた魔法《まほう》の金のリンゴをみつけたことがあったのさ。エフラムさんは、それを絶対《ぜったい》に使おうとしなかった。クリオさんにとんでもないことが起こったときのために、取っておくんだといってたんだ。だが、突然《とつぜん》の悲劇でクリオさんが海に引きずりこまれてしまったから、エンチャントされた金のリンゴを食べさせることはできなかった。せっかく、クリオさんの命を救《すく》うためにとっておいたのにねえ。おとなたちは、そんな皮肉なことが起こったから、エフラムさんはまともに考えることができなくなったんだ、といってたよ」

「ご先祖《せんぞ》のじいさんばあさんは、がんこだったんだな」兄ちゃんがぼくとジャロに小声でいった。

「じゃあ、そのエフラムという人が、まだエンチャントされた金のリンゴを持っているかもしれないんですね？」レナがいつものように、ずばり要点をいった。

ナンは、大きくうなずいた。「あのとき一度みたきりだがねえ。あれ以来、そういう魔法《まほう》のリンゴのことは、うわさにもきいたことがない。どうやってみつければいいのかは、知らないんだ。エフラムさんは、どれほど難儀《なんぎ》してそのリンゴを手に入れたのか、決して話さなかったからねえ。遠い目をして、思い出すのも恐《おそ》ろしいといってた。だが、あたしゃ、一度だけそのリンゴをみたんだよ。エフラムさんがクリオさんにみせようと取り出したときにね。ああ、あんな美しい物はみたことがなかったねえ」

「なるほど、じゃあ、どうやってエフラムさんを探《さが》せばいいんです？　海にいけばいい？」マルがたずねた。

ナンはうなずいた。「まだ生きてれば、海にいるだろうよ。あの人はいろいろと変わった魔法《まほう》のアイテムを持ってたから、まだ生きてても不思議じゃない。あたしがピンピンしてるうちは、あのいかれたじいさんもくたばらないさ。海へいけば、エフラムさんに会えるだろう。海のまん中の家にいるよ」

「じゃあ、いつもの村にいって、製図師のところで地図を手に入れて、海を目指していって……」

マルの言葉が途切れると、兄ちゃんが続きをいった。

「で、頭のねじのはずれたじいさんを探《さが》すんだな。その世捨て老人は海に家を造《つく》って、愛する人の死を悲しんでる。おれたちはそこへいって、じいさんがめっちゃ大事にしてたのに、人生最悪の悲劇が起こったときに役に立たなかったものをくださいっていうんだ。そりゃあ、大歓迎《かんげい》されそうだな」

ナンは兄ちゃんにウィンクした。「いい旅になりそうだねえ」

「ウマがいるね」マルはジャロをみた。

「人数分、すぐ用意できるぞ」ジャロがうなずいていう。ジャロはいまでもぼくたちの仲間でいるだけでうれしいみたいで、マルの頼《たの》みならだいたいのことはする。

「あたしたち、ポーションはいっぱい持っているけど、防具《ぼうぐ》と武器《ぶき》もいるよね」マルは続けた。

「いうまでもないけど、おれにまかせとけ」兄ちゃんが自慢そうにいう。

「ぼくは作業台と醸造台《じょうぞうだい》を持っていく。移動工房《いどうこうぼう》ってとこだね」

マルがにんまりする。「全部持ってきて。それに途中《とちゅう》で必要になりそうな材料もね」

「あとは、クッキーがいっぱいいるよな。これでもかってくらい」兄ちゃんはレナをみる。

レナはうなずいた。「今朝、焼いたばかりのがたくさんあるよ」マルは涙を拭いて背筋《せすじ》を伸《の》ばした。すると、途方《とほう》に暮《く》れた小さい女の子みたいだったマルが、ぼくたちの勇敢《ゆうかん》なリーダーらしくみえた。「じゃあ、各自やるべきことをやろう。男子三人は新コーヌコーピアにもどってウマと必要なものをそろえておいて。レナとあたしは食べ物を持って追いかける」

兄ちゃんとジャロはドアにダッシュしていき、兄ちゃんがこっちを振《ふ》り向《む》いて、なにをぐずぐずしてるんだといいたそうに片方《かたほう》の眉《まゆ》を上げた。

「ここに出したポーションを全部しまわないと」ぼくは説明した。「作業台と醸造台《じょうぞうだい》とかまどを荷物《にもつ》に入れておいて。忘れないでよ」

「わかった」

兄ちゃんの後ろにいるジャロをみると、こっちにウィンクした。兄ちゃんは忘れちゃうだろうけど、ジャロは忘れない。ふたりがお互《たが》いの欠点を補《おぎな》い合ってるって、なんだかいいっしょ。だって以前はののしり合うことしかしなかったんだから。

兄ちゃんたちがいってしまうと、ぼくは大急ぎでポーションと、ナンの隠《かく》し戸棚《とだな》にある材料をポケットに詰《つ》めこんだ。ナンの本を何冊か持っていきたくて指がうずうずしたけど、旅の途中《とちゅう》で盗《ぬす》まれる可能性《かのうせい》があるからだめだ。そういうことが前に一度あった。

あれは、クログと手下の邪悪《イリジャー》な村人たちがコーヌコーピアの町を破壊《はかい》するのを止めるために冒険《ぼうけん》の旅に出たときのことで、ぼくたちはほとんどすべての持ち物を奪《うば》われたんだ。

クログはいま、町の牢屋《ろうや》に入れられてて、ぼくたちの持ち物を全部奪《うば》った盗賊《とうぞく》はネザーにいる。ネザーポータルがなくなったから、こっちにもどってこれないんだ。だけど、世界には必ずまだ悪いやつらがいるっしょ……むむ、ストゥ長老が思ってるほど大勢いるわけじゃないだろうけど。

レナのポケットにこれ以上クッキーと矢が入らなくなって、マルのポケットがクッキーほど魅力的《みりょくてき》じゃない食べ物でいっぱいになると、ぼくたちは町の壁《かべ》にある門に向かい、新コーヌコーピアを目指した。特に相談しなくても、ぼくたちは自然とハブを通らずに回っていく道を選んでた。

ぼくたちはこれまでに二回、町の外の世界を旅したことがある。二回とも、子どもは遠出してはならないという長老たちの厳しいいいつけを破ったんだ。初めて町から出ていったのは町を救《すく》うため、二度目は、誘拐《ゆうかい》されたぼくを仲間が助けにきてくれた。

みんな、どんな危険《きけん》な目にあってもナンの命を救《すく》うつもりだけど、親たちをはじめ、おとなは賛成《さんせい》しないだろうな。

門のところまでいくと、ラーズとジェイミーさんがぼくたちの行く手をふさいだ。

「あたしたちの名前はわかってるでしょ、こっちは急いでるんだから、さっさと通してよ！」マルがいった。

だけどふたりは動かない。両足を開いて立ちふさがり……。レナの兄さんと羊飼《ひつじか》いが、使い方もわかってない武器《ぶき》を手に精いっぱい強ぶってる。

「残念だな。門を通れるのは一日に二度までだ。入って、出る。以上だ」ラーズがにやにやしながらいった。

「だれが決めたの？」レナがいい返す。

「長老たちだ！　おれたちが自分で規則《きそく》を作るとでも思ってるのか？」

レナは肩をすくめる。「やりかねないでしょ！　前に、女子がツルハシを持つのは禁止されてるといわれたこともあるし！」

「それはおまえがおれの足にツルハシを振《ふ》り下《お》ろしたからだ！」

「ちがうわ！　そっちが先にやったくせに！」

ジェイミーさんは、いい合いしてる兄と妹の間に片手《かたて》を広げて入った。「おれたちはこの町の長老たちが作った規則《きそく》が守られるように協力してるが、それはコーヌコーピアのみんなが安全に暮《く》らすためなんだ。いいか、これはできたばかりの新しい規則《きそく》で、ほんの数分前に知らされたんだ。ということは、おまえら悪ガキどもがまたよからぬことをたくらんでるってことだろう。明日、出直してきて、ここで名前をいうんだ。そしたらちゃんと通してやろう。実際《じっさい》、トックだけならいま通っていい。おまえは今日、外から入ってきただけだから、出ていいぞ」

ジェイミーさんは、まるでぼくのために道をあけてやるとでもいうように、一歩さがって気取ったおじぎをしたけど、ぼくはその場を動かなかった。

「じゃあ、長老たちに事情をききにハブへいこう」ぼくはマルとレナにいった。

背《せ》を向けながらラーズとジェイミーさんをみたけど、顔色ひとつ変えないってことは、この新しい規則《きそく》は本物らしい。あのふたりがでっちあげて、かつて〝腐《くさ》ったリンゴ〟と呼《よ》ばれてた問題児をこまらせようとしてるわけじゃないみたいだ。ぼくは先頭に立って、きた道をもどり、マルんちの牧場に続く道に入った。

「どうするつもり？　壁《かべ》の外に出なくちゃ！」マルはいった。

ぼくはそのまま歩いていき、ふたりがついてくる。「うん、外に出ようよ。だけど、あの道を通らずに出るんだ」

壁《かべ》がみえてくると、レナがクスクス笑った。「ああ、そういうことね。頭いい！　マル、ツルハシを持っているでしょ？」

マルは大笑いした。「あはは、なるほどね。どうしていつも、おとなはこのことを忘れちゃうんだろう？」

「そりゃ、長老たちは町のみんなに壁《かべ》は壊《こわ》せないし、地面に穴を掘《ほ》って壁《かべ》の下をくぐるなんてことが可能だと思わせたくないからさ。考えてみれば、まったくばかばかしいよね」ぼくはいった。

これまではそんなことまでする必要はなかったけど、偉そうにしてる門番ふたりと新しくできた規則《きそく》のせいでナンの命を危険《きけん》にさらすわけにはいかない。急いでなければ、ナンの家まで歩いてもどって家の奥の窓から外に出るんだけど。その窓は、実際《じっさい》には町を取《と》り囲《かこ》む壁《かべ》にはめこんであるんだから。

初めてナンがその窓とそのむこうの世界をみせてくれたとき、すべてが変わったんだ。長老たちはきっと、あの窓のことは知らないだろうけど、やっぱりいまは引き返す時間がおしい。もっと簡単に壁《かべ》の外に出る方法がいくつもあるし。

レナとぼくが見張ってる間に、マルがポケットからツルハシを出して壁際《かべぎわ》に歩いていった。どのブロックもまったく同じだし、松明《たいまつ》は七ブロックおきに設置《せっち》されてる。マルが適当《てきとう》に場所を決めて、ブロックをふたつはずすと、人がひとり通れる穴ができた。三人とも通《とお》り抜《ぬ》けると、マルがブロックをもとにもどした。壁《かべ》の石ブロックに触《さわ》ったことさえわからなくなったけど、ぼくたちは壁《かべ》の外に立ってる。考えてみればおかしいよね。いったいどれくらいの人が、外の世界になにがあるのか考えることもなくコーヌコーピアでずっと生きてきたんだろう？　壁《かべ》はただの石ブロックでできてて、その気になればだれだって壊《こわ》せるって、考えたことがなかったのかなあ？

敵対的《てきたいてき》モブや盗賊《とうぞく》が入ってこれないように造《つく》られた壁《かべ》なのに、いつの間にか、その中にいるほうが安全だからといって、町の人たちを閉じこめておくためのものになってしまった。ぼくたちは、壁《かべ》のむこうになにがあるのか考えもせずに育ってきた。だけど、気づいたんだ。壁《かべ》の中だけがすべてじゃない。そして、おとなたちは壁《かべ》に門を造《つく》って、自由に出入りできるようにしてくれた。なのに、それを制限する規則《きそく》が増《ふ》えてきた。オーバーワールドのことなんか知らなかった頃《ころ》にもどっていくみたいな気がする。

ツルハシが一本あれば、ブロックをふたつはずせる。たったそれだけで、自由になれるのに。

ぼくたちは壁沿《かべぞ》いに走って新コーヌコーピアに向かった。ジャロはウマを五頭用意して、兄ちゃんはダイヤモンド製の防具《ぼうぐ》とネザライト製の防具《ぼうぐ》を着けて待ってた。ぼくが飼《か》ってるネコのキャンダとクラリティは、ぼくのウマの鞍《くら》にすわってる。

「なんで、あっちからきたんだ?」兄ちゃんがいった。

「ラーズとジェイミーさんが門を通してくれなかったからだよ」ぼくは説明した。「新しい規則《きそく》ができたっていわれたんだ。一日に、外からも中からも出入りは一度ずつしかできなくなったって」

「ばかじゃないか?!」兄ちゃんはこぶしを握《にぎ》っていった。

マルはにんまりして、ツルハシを出してみせた。「ばかだよね。でも、壁《かべ》に穴を開ける方法を知らないなんて、もっとばかよ。もちろん、思いついたのはトックだけど」

「それをいうなら〝大ばか〟だろ」兄ちゃんもにんまりしていった。「少なくとも、ラーズとジェイミーさんは〝大ばか〟だ。壁《かべ》に穴を開けるのを思いついたのは、もちろんトックだろう。おれの弟は天才なんだ。じゃ、いくか?」

　ぼくは誇らしくなって顔を赤くしながらウマにまたがり、いまではこの町といちばん近い村をつないでる小道をたどり始めた。昔、その村の近くにご先祖《せんぞ》がビーコンを設置《せっち》したんだ。

「こら、おまえたち！　どうやって外に出た⁉　もどってこい！」という怒鳴《どな》り声がきこえた。ラーズが剣《けん》を振《ふ》りながらこっちに走ってくる。

「急ごう！」マルはウマの腹を蹴《け》り、みんなウマを走らせた。

　門があろうと、門番がいようと、ぼくたちは止められない。

　またオーバーワールドにもどってきた。町の外では、規則《きそく》を作るのはぼくたちだ。

第5章　旅を始めるチャグ

やあ、おれのこと覚えてるか？　名前はチャグだ。頭のてっぺんから足の先まで防具《ぼうぐ》を着けて馬に乗るのは、こんなにきつかったかな。だけどおれはマルのひいひいばあちゃんのナンを救《すく》うためならなんだってするぞ。いや、ナンの作るクッキーが世界一うまいからってだけじゃないって。クッキーなら、いまじゃレナも作れるしな。

ナンは陽気で、頼《たの》もしいし、おもしろいし、おれはナンに出会うまで、頭ががちがちに固まってないおとながいるって知らなかったんだ。ナンのいない世界なんか絶対《ぜったい》に考えたくない。

ウマを走らせて壁《かべ》から――それと、追っかけてくるレナの二番目にうざいきょうだいから――遠ざかりながら、おれはウマがいてくれてまじでありがたいと思った。町を離《はな》れるのを止めようとするラーズと戦わなきゃいけないとなったら、おれはなにするかわからないもんな。

かわいそうだけど、やつに勝ち目はない。どんなに足の遅いウマだって、防具《ぼうぐ》を着けて走ることに慣《な》れてない運動不足の門番とくらべたら速いからな。

ただし、ブタよりウマが好きってことじゃないぞ。そりゃ、ブタのほうがいい。ウマより、おれの飼《か》ってるコイツって名前のブタに乗るほうが、おれは楽しい。だけど、コイツは足が遅いんだよな。それにあいつを危険《きけん》な目にあわせたくない。もうすぐ父ちゃんになるし、ブタ子さんや、これから子育てしていく居心地《いごこち》のいい豚小屋から引《ひ》き離《はな》すのはかわいそうだ。

というわけで、おれはこうして防具《ぼうぐ》をカチャカチャいわせながら、立派《りっぱ》なウマにまたがってる。いま乗ってるウマは、マーヴィンとかいう名前だ。みんな、おれを名づけのセンスがないというけど、おれのつける名前のほうがわかりやすくないか？　だいたい、マーヴィンって、どんな意味だよ？

そのうち、コーヌコーピアから遠く離《はな》れると、ラーズのあほみたいな叫び声もきこえなくなった。まったくわけがわかんないよな。「止まれ！　もどってこい！」って怒鳴《どな》られたって、こっちはその通りにしたらやばいことになるってわかってるのに、止まるかよ。「さっさと逃げろ！　おれからできるだけ離《はな》れろ！」っていってるようなもんじゃないか。トックとおれがまだ小さかった頃《ころ》に、納屋に半日も隠《かく》れてれば、たいていのことはもと通りになることをおれは覚えた。だけど、長老たちが決めた門番の増員《ぞういん》や、新たな門の出入りの制限や、通行記録《つうこうきろく》はなくなりそうにない。あんな規則《きそく》を作る人間が、作った規則《きそく》をおとなしく取り下げるわけがないんだ。

オーバーワールドにまた出てこれてうれしい。たしかに、新コーヌコーピアは町の壁《かべ》の外にあるけど、壁《かべ》の中にあるのと同じような、平和な小さな町だ。だけど、〝壁《かべ》〟からはるか遠く離《はな》れたとこでは、なにが起こっても不思議じゃない。人里離《ひとざとはな》れた場所で、おれはコイツをみつけたし、レナはペットのオオカミのポピーをみつけた。ポピーはまたこの世界に出てこれて大はしゃぎしてる。草むらにダッシュしていってウサギを追いかけたり、花のにおいをかいだりして、大喜びでレナのそばにもどってきたりしてた。

レナはほほ笑んでるし、マルはのびのびしてみえる。コーヌコーピアにいるときのマルは、みえない防具《ぼうぐ》を着けてでもいる感じで、なんとなく窮屈《きゅうくつ》そうだもんな。レナは完全に父さんと母さんとも、家族の採掘所《さいくつじょ》からも離《はな》れちまったし、トックとおれもこの頃《ごろ》、カボチャを作ってる親のところには日曜の夕食にしか帰らなくなった。だけどマルはまだ、ウシ牧場にあるうちに家族と住んで、文句のつけようのない娘でいようとしてる。なんにもいわないけど、すっげえつらいだろうなと思う。ネザーにいってガストと戦ったことがあるのに、門限に五分遅れただけで怒《おこ》られるなんて、ばかばかしくてたまらないだろう。

ジャロも、ここに出てきてうれしそうだ。あいつの母さんは、盗賊《とうぞく》にジャロを誘拐《ゆうかい》されて、畑のスイートベリーを全部持っていかれちまった事件のあと、いろいろあってあいつと縁を切った。ジャロはいま、自分の畑で新しくスイートベリーを育ててる。前回の旅で、おれたちはトックが道しるべとして落としていったスイートベリーをたどっていったんだけど、みつけたのを何個かとっておいた。ジャロはその実から取った種をまいたんだ。

あいつの母さんは、また畑を作るために、夜の間にこっそりジャロの畑までスイートベリーを採《と》りにきてた。ジャロはそれをわかってて、やりたいようにさせてたけど、ほんとは悲しんでた。朝起きて、スイートベリーの木になってたはずの実がなくなってることが何度かあって、そのたびにおれは「鳥にやられたな」ってジャロにいってた。「まじで最低な鳥だ」って。そうやって、ジャロを笑わせてたんだ。それからジャロの好物のマッシュルームのシチューを作ってやって、めっちゃおもしろいおならのジョークを連発して笑わせると、ジャロは気がまぎれたみたいだった。

てことで、おれたちはみんな、また冒険《ぼうけん》の旅に出てきてハッピーだと思う。だけど、もしかしたら、トックはそうでもないのかも――メンバーの中でいちばん楽しんでない。マルとレナとおれでネザーにポーションの材料を採《と》りにいくときはいつも、トックはジャロと残ってポータルを見張り、おれたちのことを心配してた。弟は盗賊《とうぞく》に誘拐《ゆうかい》されてネザーに閉じこめられ、眠《ねむ》ることもできずにあのネザー要塞《ようさい》でポーションを作らされてたんだ。ネザーには二度といきたくないはずだ。

トックは冒険《ぼうけん》好きじゃないけどナンが大好きだから、今回も武器《ぶき》の扱《あつか》いはへたでも、できる限りのことをするだろう。弟はいくら戦い方を教えても、うまくならなかった。まあ、おれは作業台を何回作っても不安定でぐらぐらするからな、兄弟で得意分野がちがうのはいいことなんだろう。

初めて村に歩いていったときは、なにがどうなってるのかさっぱりわからなかったから、いろんな失敗をした。あの頃《ころ》は道なんかなかったけど、いまは草原に茶色の小道ができてる。それに、ジャロのウマは村にいき慣《な》れてる。それは町の人たちが村にいって物々交換するときに、ジャロのウマを借りていくからだ。だから、方角が合ってるかとか、たいして考えなくてすむからありがたい。道とか方向とか、覚えるのはあんまり得意じゃないんだ。倒《たお》さなきゃならない敵《てき》が現れたら、おれの出番だ。それまでは、ぼうっとしてればいい。

ああ、そうだった。ぼうっとできるのもせいぜい一時間くらいで、すぐに腹が鳴りだした。防具《ぼうぐ》を着けてるせいで腹の音がよけいに響《ひび》く。すると、レナが笑いながら横にきて、クッキーを一枚くれた。みんな一枚ずつもらったけど、おれはふた口で食っちまった。食ったばかりなのに、おれは今日の夕食になにを作るか考えだした。だれもがびっくりするけど、おれはこのメンバーのなかでいちばん料理がうまいんだ。レナも夕食のことを考えてるにちがいなく、弓矢を取り出してウサギやヒツジを追いかけだした。

「そろそろ止まったほうがいいかな？」トックが落ち着かなそうに太陽を見上げていった。日は傾きかけてる。

「どうかな。あたし、この頃《ごろ》は地面を掘《ほ》るスピードが上がっているから、避《ひ》難所《なんじょ》はすぐ掘《ほ》れるよ。もう少し先までいって大丈夫《だいじょうぶ》だと思う」マルが振《ふ》り返《かえ》ってみんなをみた。

マルはナンのことを心配してる。前回この道を通ったときに、おれがトックを心配してたのとおんなじだ。急げばそれだけ、必要なものを早く手に入れて早く町にもどれる。

「いや、いつでも使える避難所《ひなんじょ》があるはずだ」ジャロがいった。「インカさんからきいたんだ。この間、インカさんが村にスイカを持って取引にいくときにウマを貸《か》したんだけど、そのとき、この道沿《みちぞ》いに避難所《ひなんじょ》ができたといってたぞ」

ジャロは下をみた。踏み固められた茶色の土が背《せ》の高い草の間をむこうに伸《の》びてる。「道って、これのことだよな」

「じゃあ、急ごう。夜になるまでにたどり着けないかも。町を出てくるのが遅かったし」マルはウマの腹を蹴《け》った。おれは、うーんとうなって、みんなといっしょにウマを小走りに駆《か》けさせた。

おれはウマのスピードが上がりきる前に、やたらと上下に弾むのが苦手だ。しばらくは、とにかくマーヴィンにしがみついてるのが精いっぱい。ミルクを保存する缶に石をいっぱい詰《つ》めて坂道を転がしてるみたいに、防具《ぼうぐ》がガチャガチャ音を立ててた。

ジャロはウマを全力で駆《か》けさせると、めっちゃいい気分だというけど、おれにはその魅力《みりょく》はわからない。前の二回の旅では地下を走るトロッコを使ったけど、今回は森の洋館を目指すわけじゃないから使えない。行き先は海だ。海ってどんなところだろう。水がどうのといってたかな？　おれは、きいてもよくわかんないことや、食べ物以外の話はほとんどきいちゃいない。そのほうが時間を無駄にせずにすむしな。

日が沈みかけたころ、地平線になにかがみえてきた。近づいていくとウマがスピードを落とし、レナは念のため弓矢を取り出した。期待通り、それは、小ぶりだけど頑丈《がんじょう》な木造《もくぞう》の避難所《ひなんじょ》だった。ドアはトックが作るのほどしゃれてないけど、建物はマルがいつも地面を掘《ほ》って造《つく》ってくれる暗くて粗削りな穴よりずっと快適《かいてき》そうだ。しかも動物を入れておく囲《かこ》いもあって、全員分のウマを余裕で入れられる。

こりゃあ、ありがたい、と思う反面……、うむ、ちょっとつまんないかもな？　冒険《ぼうけん》の楽しみのひとつは、いつ、どこで夜を明かすことになるかわからないことだ。なのに、これからは村にいくときはここで休めるんだ。しかもこの場所は、いつも変わらずにあるから当てにできる。

避難所《ひなんじょ》の中には壁《かべ》に造《つく》りつけのベッドが四つしかなかったけど、おれたちはいつも自分のベッドを持ち歩いてる。これもナンがなんでも入る秘密のポケットの魔法《まほう》を教えてくれたおかげだ。おれは外で火をおこして夕食の準備《じゅんび》を始めた。その間に、レナとポピーはそのへんをさくっとまわって、これからの食糧になってくれそうな動物や植物を探《さが》しにいった。トックは持ってきたポーションと材料を全部出して、使いやすいように並べ替え、ジャロはウマに話しかけ、マルは避難所《ひなんじょ》のドアのそばに立って、腰《こし》に手を当てて難《むずか》しい顔をしてる。

「どうかしたか？　空気に腹を立ててるみたいな顔してるぞ」おれはマルに声をかけた。

マルはため息をつくとこっちへきて、火のそばにいるおれの横にすわった。「ナンのことが心配なの。コーヌコーピアのことも心配。町を囲《かこ》む壁《かべ》に門がなかった頃《ころ》も十分まずかったけど、今度は長老たちが次々におかしな規則《きそく》を作っているよね。この気分を知ってしまうと――」マルはまわりの大自然に手を向けて続けた。「――他人が作った規則《きそく》に従《したが》うのが苦痛《くつう》になってくる」

「なら、おれたちみたいに新コーヌコーピアに引っ越してこいよ。小さくても自分の牧場を持ってウシを飼《か》うのもいいんじゃないか。それか、新しい採掘所《さいくつじょ》を作るか。両方やってもいいよな。壁《かべ》の外に住んだら、門の外に出るなともいわれないだろ」

「だけど、そしたら、パパとママにどうやって会いにいけばいいの？　ナンだって壁《かべ》の内側に住んでいるじゃない？　もう！」マルが草むらに石を投げると、ウサギが一匹、びっくりして飛び出してきた。「あたしが長老のひとりになって、規則《きそく》作りに参加できたらいいのに。あの人たちには若者の視点《してん》が必要だよ。あたしたちこそ、町の未来をになってるんだから」

おれはクククッと笑った。「ああ、年寄りはめっちゃききたがるだろうな、若者の考えってやつを」

これにはマルも笑った。「なんで、あの人たちはみんなナンみたいになれないのかな？」

おれはちょっと考えた。それで、思い当たった。「みんなはナンとちがって町の壁《かべ》の外にいったことがないからじゃないか。ナンは子どもの頃《ころ》とはいえ、旅の生活をしてたんだ。だけど、そんな経験のあるおとなは、ほかにいない。長老たちはひとりも壁《かべ》の外に出たことはないと思うぞ。門ができても、一歩も出ようとしないだろう？」

おれたちはすわってくつろぎながら、日が沈むのをみてた。ふたりとも、ちょっと心配しながら待ってると、レナが羊肉をひと切れとひょろっとしたニンジンを一本持ってもどってきた。

「このへんには、あんまり獲物がいないわ。きっと、先にきた旅人が動物を捕《つか》まえちゃったのね」

シチューができたから、みんなで避難所《ひなんじょ》の中に入ってベッドにすわって食べた。おれはトックのベッドにいっしょにすわって食べた。自分のベッドはあとで避難所《ひなんじょ》のまん中に設置《せっち》するつもりだ。もしものときに、戦いにいちばん向いてるのがおれだし、防具《ぼうぐ》を着けてるからみんなよりダメージに強い。なにか起こりそうな気もしないけどな。

ここのドアは頑丈《がんじょう》だし、このあたりにいた盗賊《とうぞく》はネザーからもどってこれないし、前に敵対《てきたい》してたクログはコーヌコーピアの牢屋《ろうや》に入れられてるから、ここで危険《きけん》な目にあう恐《おそ》れはない。ゾンビはドアノブを回せないしな。

おれたちは安心して眠《ねむ》って、朝食を食べ、トラブルもなく朝のうちに出発できた。仲間とこんなふうに旅するのは楽しい。ひとりひとりが自分の役割を果たして、うまくいってる。途中《とちゅう》で前に使ってそのままにしてあった避難所《ひなんじょ》を通《とお》り過《す》ぎた。斜面《しゃめん》に穴を掘《ほ》って、入り口をふさいだだけのものだ。土ブロックにはめこんだできの悪いドアのまわりに、草が茂ってるのをみると妙《みょう》な気分になった。ここはおれたちの命を守ってくれた場所なのに、いまじゃ……、見向きもされてないみたいだ。もっと大きくて、快適《かいてき》で、新しい避難所《ひなんじょ》があるとわかってたら、だれもここに泊らないだろうけど、いまにも崩れそうなこのちっぽけな穴が、かつて、おれたちの命を救《すく》ってくれたことがあったんだ。

ウマたちはよくいうことをきいてくれて、じきに、ビーコンがみえてきた。近づくにつれてぐんぐんスピードは上がっていく。このビーコンは、おれたちのご先祖《せんぞ》がコーヌコーピアからいちばん近い村のすぐ外に目印として設置《せっち》したものだ。

村の中の目的の場所に向かう途中《とちゅう》、アイアンゴーレムが一体増《ふ》えてるのに気づいた。クズ鉄といっしょにパトロールしてるそいつを、〝ガチャガチャくん〟と呼《よ》ぶことにした。マルは自分で採掘《さいくつ》するようになったから、エメラルドをいっぱい持ってる。おかげで必要な地図はすんなり手に入った。レナはくるとき集めてきたコムギを、みんなの大好物のパイと交換した。ジャロは無職の村人を初めてみたらしく、おもしろがってた。特に変わったことも起こらなかったし、また鞍《くら》にまたがって続きの――。

ん？　道がない。

ここから先、おれたちが目指す海までは、道がないんだ。

地図によると、海ってのはただだっ広くて青い。青は水なんだろうな。氷じゃないといいな。

地図に青でリボンみたいに描かれてる〝川〟ならよく知ってるけど、丸太をかけてさくっと渡《わた》れないほど大量の水があるといわれても、どう考えていいかよくわからない。マルが地図をみて、いまいる位置を確認《かくにん》しながら、村を出て草原に入っていく。

「ねえ、チャグ」

レナはいつも、最後尾につく。弓矢は遠くの敵《てき》からみんなの安全を守れるからだ。近づいてきた敵《てき》とおれが剣《けん》で戦うより理にかなってる。おれはウマを止めてレナが追いついてくるのを待ち、後ろにいたジャロに手で合図して先にいかせた。

「どうした、レナ？」

レナは眉《まゆ》を寄せてまわりを見回した。「なんだか……変な感じがしない？」

おれもぐるっとまわりをみたけど、変わったことはない。「まあな。おれたちはぜんぜん知らない場所にいて、初めて海をみにいくんだよな。そこで頭のおかしいじいさんを探《さが》して、ナンよりずっと歳《とし》を取ったそのじいさんを、説得しなきゃならないんだ。魔法《まほう》のリンゴをください、ってな。変な感じがするのは当たり前だろ。それ以外はふつうだ」

レナは下を向いてポピーをみた。ポピーは背中《せなか》の毛をぶわっと逆立てて、気になることがあるみたいに耳をしきりに動かしてる。

「また、ブタじゃないのか？」おれはいった。レナとポピーの勘《かん》はたしかだから、なにかふつうじゃないことが起こってるんだろうけど、前にレナが神経質《しんけいしつ》になってたのは、コイツがついてきてたときだ。

「ちがう。なにかはわからないし、うまく説明できないけれど……」レナは振《ふ》り返《かえ》った。草原は風にそよぎ、ところどころに灰色の大きな岩が顔を出し、背《せ》の低い木が生えてる。「だれかにつけられていると思う……ついてきているのはブタじゃない。なにかよくないものだと、はっきりわかるの」ほんの一瞬《いっしゅん》、おれと目が合った。それからレナは、目をそらして首をすくめた。「いやな予感がする」

第6章　雪山のジャロ

おれはジャロ。家に置いてきたネコのミャウイーに会えなくてさみしいけど、わくわくもしてる。そりゃ、ちょっとおっかねえけど――いや、すっげえおっかねえけど――この冒険《ぼうけん》の旅をこいつらといっしょにできてうれしい。

前に町の外の世界に出てきたのは、盗賊《とうぞく》に誘拐《ゆうかい》されたからだった。連中はママのスイートベリーも全部、根こそぎ持ってきやがった。だけど今回、おれはこいつらの仲間だ。いっしょにいきたいかなんて、だれにもきかれなかった。こないわけねえと思ってるから、あいつらはおれにウマを使っていいかとたずねたんだ。仲間がいるって、いいもんだな。

だれも気づいてねえけど、おれは自分が仲間でいいのかって、密かに不安に思ってる。

ウマを飼育《しいく》する牧場を始めた頃《ころ》は、町の人たちがほんとに外の世界にいきたがるのかまったくわからなかったけど、ウマのレンタル業は大繁盛《だいはんじょう》してる。コーヌコーピアでウマやラマやマッシュルームを育ててるのはおれだけだ。

自分で金をかせげるのも、町の人たちから一目置かれるのもうれしい。前回の旅に出るまで、おれは……いやなやつだったし、人に認《みと》められたことなんかぜんぜんなかった。だけど、いまのおれは、いっつもウマくさいし、シャツにラマのつばがついてるけど、自分にしかできねえ商売を立ち上げたんだ。

うちのウマたちがいやがらずに進んでくれるのはありがたい。おれたちはいま、マルの地図をみながら、オーバーワールドのなかではみだし探検隊《たんけんたい》でさえみたことのねえ地域にウマを進めてる。むこうのほうに、見慣《みな》れねえ気候帯《バイオーム》がみえてきた。前回の旅で渡《わた》った川のそばにある山と似《に》てるけど、あれとはちがって三角形じゃなくて……崖《がけ》みたいだ。切り立った岩の上にはよくわかんねえ白いものが積もってるし、けったいな動物が岩から岩へジャンプしてる。ウマたちには、いつもよりがんばってもらわねえと、おれたちは上まで登《のぼ》れねえな。

「こんなのがふつうにあるのか？　この白い山、変じゃねえ？」

マルは肩をすくめた。「オーバーワールドではなんでもありだよ。あたしたちには〝ふつう〟

じゃなくてもね」

「あれはふつうに山よ」レナが答えた。

「だけど、この山は白いよな。それにあそこにいるラマたちときたら、首は短いしウシみたいな角がある」チャグが不思議そうにいう。「山ってふつうは灰色だし、ラマに角なんか必要ない。なくたって、十分やばいんだから」

「チャグ、あの白いのは雪よ」

「じゃあ、なんで角の生えたラマまでみんな白いのさ？　雪にまぎれるためか？」

レナはいらついてため息をついた。今朝からこんな調子だ。「雪は、雨が凍《こお》ったようなものかな。冷たいの。あの動物はラマじゃないわ――ヤギよ。なんていうか、ラマとウシとウサギをかけ合わせて毛足の長い赤ちゃんが生まれた感じかしら。ナンのモブ事典にはそう書いてあった。それと、チャグのいう通りかも。たぶん、まっ白なのは雪にまぎれられるからだと思う」

レナはその事典を鞍《くら》の上に出してみてる。レナはいつもポケットに図書室を持ち歩いてるようなもんだけど、今回の旅ではいろいろ新しい物に出会いそうだからありがたい。おれは新しい物をみるのは好きだけど……、やべえ、前に、なにが向かってくるのかわかってなかったせいで、大けがしたことがあったんだった。

チャグはヤギが跳《は》ねまわるのをみていった。「あの動物、乗れるのかな？　それとも、ラマみたいにチェストは運べるけど、人を乗せることはできないのか？　それか、ウシやウサギみたいに食えるとか？」

「襲《おそ》ってこないか？」おれはきいた。チャグの質問《しつもん》より、はるかに大事なポイントだろ。

「そんなことないと思う」レナは事典を何ページかめくった。「うん、ヤギは敵対的《てきたいてき》モブじゃないって」

チャグはウマを止めて飛《と》び降《お》りた。そして、ポケットからコムギを出して、ヤギのほうに歩いていく。「おいで、ヤギちゃん、ヤギちゃん、ヤギヤギちゃん。〝むぎゅっ〟とするほうがいいか？　おいしいコムギをあげようか。コムギが嫌《きら》いなやつなんて、いないもんな。ニンジンもあるぞ。クッキーもあるけど、あーげーない」

ヤギはチャグに気づいて跳《は》ねまわるのをやめ、じっと相手をみた。チャグも止まって見つめ返す。ヤギが頭を下げた。チャグのとこにコムギをもらいに歩いていくかと思ったら、猛スピードで向かっていく。ヤギが角をぐっと下げるのをみたチャグはぎょっとした。

次の瞬間《しゅんかん》、チャグは鳥みたいに空へ飛んでいった。あんまり滞空《たいくう》時間が長かったから、レナが「うわーお！」と声をあげる間があったくらいだ。

チャグは勢いよく地面に落ちて、防具《ぼうぐ》が騒々《そうぞう》しい音を立てた。レナはすぐに弓矢を構《かま》え、二、三本の矢を射《う》ってヤギを倒《たお》した。レナがウマから降《お》りるより先に、ポピーが走っていってヤギの肉をかっさらった。トックとマルはウマから降《お》りると、チャグに駆《か》け寄った。

「チャグ、大丈夫《だいじょうぶ》？」マルはチャグの横にしゃがんだ。

「兄ちゃん！　生きてるよね?!」トックが泣き声でいった。

「いってえ」チャグはむっとしていい、体を起こしてヘルメットを脱《ぬ》ぐと、頭をなでた。「あんな石頭の動物は世界じゅう探《さが》してもあいつくらいだろう。おれに負けてないもんな」

レナがみたこともない物を持って駆《か》けつけた。チャグにクッキーを渡《わた》してから差し出してみせたのは……。

「ヤギの角よ。とても変わったものをドロップするのね。これ、どうする？」

「もう一本あれば、おれのヘルメットにくっつけたい」チャグがクッキーを食いながらいった。

「恐ろしくて、敵が震え上がりそうだよな」

マルとトックは、チャグを立ち上がらせたけど、チャグはまだ少しふらついてる。

「ああ、きっとヤギはこわがるだろうね」トックはいった。「さあ、兄ちゃん、ウマに乗って。ヤギの群れから離《はな》れよう。ぐずぐずしてると、今度はヤギがお尻《しり》にぶつかってくるかも」

チャグは首を振《ふ》って、自分のウマによろよろもどっていった。「それはこまる。さっき頭に激突《げきとつ》されただけでもダメージでかかったのに。おれ、頭はあんまり使わないけど、尻《しり》はしょっちゅう使うんだ」

おれはその間、ずっと鞍《くら》にまたがったまま、ウマたちがどこにもいかねえように気をつけてた。つーか、ヤギに激突《げきとつ》されねえように気をつけてもいた。おれはおくびょうなわけじゃねえ……いや、やっぱ、そうかも。ただ、みたことねえ動物に出くわすときは、ふたつにひとつだってわかってるんだ。ウマみたいなやつなら乗れるけど、ホグリンみたいなやつだと半殺しにされる。ストライダーに出会うこともあれば、クリーパーに吹き飛ばされて大けがすることもある。おれはいつもトックのネコたちがみえるところにいるようにしてる。ネコがいれば、クリーパーが寄ってこねえからだ。

いまでもいやな夢をみることがあるんだ。四角い緑《みどり》のモンスターがシャカシャカこっちに向かってきて、点滅《てんめつ》しだす夢だ。オーバーワールドで完全にリラックスするのは無理だ。クリーパーはいつどこに現れるかわかったもんじゃねえ。昼だろうが夜だろうが、雨が降《ふ》ってようが晴れてようが、おかまいなしに現れる。ミャウイーを連れてこようかとも思ったけど……、危険《きけん》な目にあわせるわけにはいかねえ。

「出発したほうがよくないか？」おれは不安になってきた。

チャグはウマに乗って鞍《くら》にまたがると、そばにヤギが一匹いるのをみて怒鳴《どな》った。「そこにいるのはわかってるぞ、こら！　こわくないからな、もうそっちのきたないやり方はわかったぞ！」

おれたちは列になってウマを進めた。チャグはかわいそうに、まだ耳鳴りがしてるといって、もう一枚クッキーをもらってた。もしかしたら、ただクッキーがほしかっただけかもしれねえな。どっちも十分あり得る。

頭の上に山がそびえてるのが、ちょっと不気味だ。あまりにもでかすぎて、わけがわかんねえうえに、つい最近まで自分がコーヌコーピアの壁《かべ》こそ世界一でかいと信じてたのを思い出しちまう。

ここの山を登《のぼ》って越えなくてすんでよかった。マルは崖《がけ》と崖《がけ》の間をジグザグに進むのを選んだんだ。ヤギの群れは、はるか上のほうで跳《は》ねまわってるけど、ありがたいことに、こっちに飛《と》び降《お》りてはこない。

「この山、絶対《ぜったい》に掘《ほ》ってみたいけど、先に進まなくちゃ」マルは残念そうにいった。

「今夜はこの山岳地帯で休むことになるかもね?」レナがいった。

「かもね」マルはそういいながらも、なにがなんでも少しでも先に進んで、ひいひいばあちゃんの命を救《すく》いたいって気持ちが伝わってくる。

その日はなかなか気持ちよく過《す》ごせた。おれたちはウマにまたがったまま羊肉とクッキーと冷めたジャガイモを食った。日の光にきらめく小川がいくつもあったし、ウサギや鳥がいて、花も咲いてた。とんでもないことは起こらなかった。それでもレナは、しょっちゅう後ろを振《ふ》り返《かえ》って、弓矢をすぐに使えるようにしておくのをやめなかった。おれにいわせりゃ、レナは神経質《しんけいしつ》になりすぎだけど、ポピーも背中《せなか》の毛を逆立てたままだ。こいつらは、おれにわからないものを感じ取ってるんだと思うと、不安になってくる。

マルは日が沈む前にウマを止めて、暗くなって敵対的《てきたいてき》モブが生成《スポーン》し出す前に、避難所《ひなんじょ》を造《つく》る時間をたっぷりとった。このあたりは山がちょっと低くなって、丘につながっていくところだ。それでもマルは、いかにも採掘《さいくつ》に向いてそうな崖《がけ》のそばを選んだ。だれもあれこれいわなかったけど、それぞれが自分のやるべきことを始めた。協力し合おうとする、いい雰囲気《ふんいき》だった。チャグは火をおこしてシチューの鍋《なべ》をかけてから、そばにある川に歩いていって釣《つ》りをした。トックは作業台を出してドアを作り始めた。レナは弓を肩にかけて雑木林に入っていった。険しい顔をしたレナの隣《となり》を、ポピーがついていく。マルはダイヤモンドのツルハシを出して、切り立った崖《がけ》を掘《ほ》り始めた。

おれだけがぼうっと立ってた。できることはないかとたずねようとして、はっとした。そうだ、ウマの世話をすればいい。おれにはちゃんと仕事がある。役割を果たすんだ。だれかにいわれなくてもできることで、みんなも、おれがそうするもんだと思ってる。

いい気分だな。こういうこともあろうかと、フェンスブロックをいっぱいもってきたんだ。ウマを五頭入れとける囲《かこ》いを作るだけの数はある。囲《かこ》いを作ってウマを中に入れるくらいお手のもんだ。

ウマから鞍《くら》を外そうとして手を止めた。そうだ、オーバーワールドを旅するときは、まずいことが起こったらすぐ逃げられるようにしといたほうがいいんだった。だからおれは、ウマたちに多めにニンジンをやって、鞍《くら》を着けたままだと窮屈で悪いなといった。ウマは気にしてないみたいだった。

「うわ！」だれかの悲鳴がしたから、おれはぎょっとして、とっさにエンチャントしてある金の斧《おの》を手に取った。だけどそのとき、それがうれしい悲鳴だとわかった。マルが掘《ほ》ってる穴から出てきて、まぶしいダイヤモンドのブロックをみせたんだ。

「新しいチェストプレート、作れるね！」マルはそれを、悲鳴に驚いてやってきたチャグにぽんと投げた。

チャグはダイヤモンドのブロックをキャッチすると、ポケットに入れた。「トックが喜ぶな」そして、マルが崖《がけ》に掘《ほ》った穴の中をみにいって、腰《こし》に手を当てた。「へえ……えらくでかい避難所《ひなんじょ》を造《つく》ってたんだな？」

おれもそっちへいってみた。

マルはちょっと顔を赤くして、ほっぺたが髪《かみ》の毛と同じ色になった。「ナンを救《すく》うために急がなくちゃいけないのはわかってるけど、ちょっと夢中になっちゃったかも。うちの裏《うら》の採掘所《さいくつじょ》は掘《ほ》り尽くしちゃって、もう長いこと鉱脈をみてなかったんだ。でもここは……あたしの採掘所《さいくつじょ》とはぜんぜんちがう。すっごいの！　だって、ダイヤモンドが出るんだよ！」

チャグはマルの肩に手を置いた。「楽しんでいいと思うぞ。そりゃ、もちろん、おれたちはナンを死なせないために旅してるけど、だからって、毎日四六時中みじめな気持ちで心配してなくていいだろ。うれしいときは素直《すなお》に喜べばいい。採掘《さいくつ》、続けろよ。みんなのベッドを置く広さは十分あるし、ほかのことは心配いらない。魚を枝に刺して焼いたら持ってってやるから、採掘《さいくつ》しながら食えよ」

マルはうれしそうに笑った。「そんなふうに考えたことなかったかも。あたしって……なにか新しい物をみると、とってもわくわくして、やる気全開になって、止められなくなっちゃうんだよね」

「ほんとはそれが理想なんじゃないの」トックがやってきてそういうと、チャグはまるで石ころでも扱《あつか》うみたいにダイヤモンドのブロックを投げて渡《わた》した。「たぶん、なにか発見するのは必ずそういうときなんだろ」

ほんのちょっとだけ後ろめたそうにして、マルは避難所《ひなんじょ》の奥に入っていった。そして、ツルハシを手に取ったとたんに、まるでもう、おれたちなんかいないみたいに夢中になって掘《ほ》りだした。めっちゃにやにやしてるマルをみると、こっちもうれしくなってくる。ありゃ、おれがウマをなつかせてるときとおんなじ気持ちなんだな。なつかせることにすげえ集中すると、まわりがみえなくなるんだ。それは、はみだし探検隊《たんけんたい》と旅に出て初めて知った感覚だった。そんな気持ちになれるってことさえ、おれは知らなかった。チャグがシチューを作ってるときも、トックがポーションを醸造《じょうぞう》してるときも、レナが日記に文章を書いたり、絵を描いたりしてるときも、いまのマルみたいな顔になってる。

ママやレミーやエドがそんな顔してるのは、みたことがねえ。

もしかしたら、コーヌコーピアの壁《かべ》の外でしか起こらないことなんじゃねえか？

そう思うと、ほんの一瞬《いっしゅん》だけど、なにかに夢中になったことのない故郷の人たちがかわいそうになった。

おれはチャグとトックについて避難所《ひなんじょ》から外に出た。レナは雑木林に入っていったままもどってきてない。きっと、近くの森にポピーと狩りにでもいったんだろう。おれはあたりを見回した。おれにできることはなさそうだ——と思ったとき、花粉まみれのミツバチをみつけた。ママはうちのスイートベリー畑のそばに、養蜂箱《ようほうばこ》をひとつ置いてたっけ。やった！　みんなのためにできることが、もうひとつあるじゃねえか。

おれは斧《おの》を手に取った。そりゃ、ひとりで森に入っていくんだから、念のために持っておかなきゃ。花から花へブンブン飛び回るミツバチについてまわり、そいつが一定のペースで飛び始めると、おれは小走りで追いかけた。しばらくいくと、あった。ミツバチの巣が大きなシラカバの木の枝から吊り下がってて、下の地面にハチミツがちょっと垂《た》れてる。最高だ！

どうすればいいかは、ちゃんとわかってる。ハチミツを採《と》れるなんて、おれ、めっちゃすごくねえ？　みんなのびっくりする顔をみるのが待ち遠しいな。チャグは大喜びするだろう。

巣の下で火をおこし、ポケットから古いカーペットを取り出して巣にかぶせて、ガラスびんのふたを開けた。笑っちゃうよな。ナンから教わったポケットの魔法《まほう》を知らずに生きてたのに、いまじゃ、みんな、必要になるかもしれない物をほとんどなんでも持ち歩けるんだから。煙でミツバチが眠《ねむ》っちまうと、おれは二本のびんにハチミツを採《と》った。そしてカーペットを振《ふ》りながらハチの巣からはずして火を消した。

避難所《ひなんじょ》にもどる途中《とちゅう》は、ほとんどスキップしてた。おれはウマやラマの世話やマッシュルームを育てるのも好きだけど、ちがうこと——肥料やフンとは関係ないこと——をするのは楽しい。

低い木の茂《しげ》みの前を通ろうとしたら、ぬっと出てきた手につかまれた。叫ぼうとしたけど、地面に引き倒《たお》されて、口をふさがれた。恐怖《きょうふ》が体じゅうに駆《か》け巡る——盗賊《とうぞく》なのか？　おれをまた誘拐《ゆうかい》しにもどってきたのか？　仕返しするつもりか？

「シーッ」耳元でレナの声がした。「声を出さないで。みせたいものがあるの」

おれがうなずくと、レナは手を放した。レナはおれよりずっと小さいのに、力が強い。ポピーはレナのそばで草の上に伏《ふ》せて、おれの手をやさしくなめてる。びっくりさせて悪かった、ってとこか。レナについて身をかがめて、茂《しげ》みの中を音を立てないように進んでいく。だけど、気配をひそめることにかけちゃ、レナのほうがずっとうまい。おれは昔、意地悪してレナにみじめな思いをさせてたけど、あの頃《ころ》もレナは、こうやってしょっちゅうおれを避《さ》けてたんだろう。

レナが一本の木の陰《かげ》で止まって、地面を指差した。

「蹄《ひづめ》のあとか？」おれは小声でいった。

レナはうなずいた。「でも、ジャロのウマのじゃないわ」

「野生のウマじゃねえの？　そこらへんにいくらでもいるからな」

レナは目を見開いた。おれはレナのいいたいことがわかった。「だけど、森の中にはいねえか」

ちょっとの間、重苦しい沈黙があった。「わたしたち、あとをつけられていると思うの」レナは声をひそめていった。

一瞬《いっしゅん》、面食らった。昔のおれは、レナをありもしないことばっか考えて変なことというって、からかってばかりいた。ところが、その後、レナはかなり変わってるけど、すげえやつだってわかったんだ。ヴェックスがおれたちの町に毒をまいてるのを最初にみたのがレナで、町の人たちのなかで、はみだし探検隊《たんけんたい》だけがレナのいうことを信じた。いま、おれははみだし探検隊《たんけんたい》の一員だ。てことは、あり得ねえような気がしても、レナの友だちでいたけりゃ、信じてやらなきゃな。

「じゃ、どうする？」おれはきいた。

「蹄《ひづめ》のあとをたどっていこう」

おれはうなずいた。レナがつま先で慎重《しんちょう》に歩きだすと、おれはできるだけそっと歩いてついていった。その後ろを、ポピーが舌《した》を出して、毛を逆立ててついてくる。小道を避《さ》けて、低木の茂《しげ》みに隠《かく》れて枝をよけながら歩いていく。

「あ、まずい」レナが声を殺していった。「逃げるわよ！」

レナの指差すほうをみると、クリーパーの頭がみえた。むこうにある低木の陰《かげ》からこっちをじっとみてる。レナに二度いわれるまでもない。

おれは走った。

第7章　レナ、海に着く

なにがいるのか、あれこれ考えたけれど、まさかクリーパーだとは。ほかの生き物と同じように、クリーパーも足跡を残すけれど、どう考えても蹄《ひづめ》はないはず。とはいえ、いまはクリーパーの生態を考えている暇《ひま》はない。ジャロを押して前を走らせ、わたしたちはきたほうに走って、避難所《ひなんじょ》に向かった。

ジャロは体格がいい割に、とてもすばしこい。わたしはなんども肩越しに後ろをみた。弓矢はいつでも使えるし、ポピーは隣《となり》を弾むように走っている。クリーパーが追いかけてこなくてほっとしたけれど……、それっておかしい。人をみつけたら追いかけるのがクリーパーなのに。もしかしたら、あのクリーパーには、わたしたちがみえていなかったのかもしれない。わたしたちは茂《しげ》みの中にいたもの。それで、あの無表情な黒い目は、たまたまこっちのほうを向いていただけなのかも。それならいいのだけれど。かわいそうに、ジャロはまだ、前回、クリーパーに襲《おそ》われたのがトラウマになっているから、きっと避難所《ひなんじょ》に駆《か》けこんでドアを勢いよく閉めてネコを抱いたまま、朝まで出てこないでしょう。

無理もないと思う。あのとき、ジャロとマルは死にかけたんだもの。

わたしたちが避難所《ひなんじょ》のほうにダッシュしていくのをみて、火のそばにいたチャグはさっと立ち上がると同時に剣《けん》を抜《ぬ》いた。

「どうした？　なにがあった？」チャグが大声できいた。

「クリーパーだ！」ジャロが叫ぶ。そして、思った通り避難所《ひなんじょ》に駆《か》けこんだけれど、ドアは閉めなかった。なんだかじんときた。ジャロはいま、わたしたちのことをちゃんと考えてくれている。みんなが避難所《ひなんじょ》の外で吹き飛ばされて死んでしまってもかまわないなんて、ちっとも思ってない。

わたしはチャグと並んで立ち、弓に矢をつがえて構《かま》えた。ポピーはわたしの横でうなっているけれど、クリーパーは現れない。しばらくすると腕が疲れてきた。チャグもきっと同じ。

「ほんとにクリーパーだったのか？」チャグがきいた。

「ふたりともみたのよ」

チャグは首を振《ふ》った。「疑《うたが》ってるわけじゃないんだ！　たださ──その、うん、そうだ、この世には、色は緑《みどり》でブタみたいなくせにクモみたいで、こっちにシャカシャカ向かってくるやつなんか、そうそういないよな。レナがみたっていうなら、みたんだと思うぞ。だけど、追いかけてこないのはおかしい」チャグの声のトーンが上がった。「ああ、もしかしたら、レナがいってた、おれたちのあとをついてくるやつってのは、それじゃないか？　クリーパーだったんじゃね？　だけど、こっちはネコを連れてるから、あんまり近寄れなかったのかも」

「かもね」わたしは相槌《あいづち》を打ったけれど、そうは思えない。

この、あとをつけられている感覚は──知性《ちせい》のないモブがついてきてるとか、そんなんじゃない。見張られているような感じで、抜《ぬ》け目《め》のない何者かに、うなじのあたりをじろじろみられているみたいなの。

あとをつけてきているのがなんであれ、頭のいいやつよ。しかも、悪い意味で頭がいい。

「さ、中に入って食おう」チャグは火にかかっていたごちそうをすべて持った。いつもなら、みんな避難所《ひなんじょ》の外で食事をとる。こんな天気のいい日はなおさらだけれど、チャグもわたしも、ジャロが朝まで出てこないとわかっていた。だって、クリーパーがうろうろしているんだもの。

避難所《ひなんじょ》の中は広々として、松明《たいまつ》がたくさん設置《せっち》してあった。ベッドを置くスペースは女子用と男子用に分かれている。トックがその間にテーブルを置いて、チャグがそこに食べ物を並べた。本当においしそう。ポピーは舌《した》なめずりしている。釣《つ》ったばかりのサケがあって、マッシュルームのシチュー、温かいジャガイモ、それにカボチャのパイまでひとつある。きっとチャグが、日曜日に親と食事したときにもらってきたのね。大ごちそうだわ。マルはツルハシを置いて、テーブルについた。

「これ、みつけたんだ」ジャロはぼそっといって、ハチミツの入ったびんを二本、テーブルに出した。

「まじ？　どうやって？　ミツバチ?!」チャグはしどろもどろにいった。

「ああ、ミツバチをみつけたんだ。おれのママは巣箱をひとつ持っててさ。ただし、巣箱の世話は、だいたいおれにやらせてたけどな」ジャロは少し前に出てきた。

「ジャロはまるで猛獣使《もうじゅうつか》いだな」チャグは、何度もうなずいて、心の底から感心している。

「ウマだろ、ラマだろ、ミツバチだろ。おれなんて前にハチミツを盗《ぬす》もうと――いや、ちょっと借りようとしたときは、ひどい目に――」

「百万回くらい刺されて、何個もカボチャのパイをあげないといけなかったんだよね」トックが続きをいって、首を振《ふ》った。「いまだに信じられないけど、タイニさんはたいしたことない再生《さいせい》のポーションを使うだけの治療《ちりょう》に、法外な料金を取ってるんだ」

夕食はとてもおいしかったし、避難所《ひなんじょ》は快適《かいてき》で、入り口には頑丈《がんじょう》なドアがある。いつの間にか夜になっていたようで、みんな眠《ねむ》くなって、おなかをさすりながらあくびしていた。わたしはとてもよく眠《ねむ》れた。コーヌコーピアにあるナンの家の、自分のベッドで眠《ねむ》るのと変わらないくらい眠《ねむ》れたし、姉さんたちと同じ部屋で寝《ね》ていた頃《ころ》よりずっとよく寝《ね》られた。あの頃《ころ》のわたしは、姉さんたちに意地悪されないように、ときどきベッドの下で丸くなっていたっけ。

朝になると、チャグが全身に防具《ぼうぐ》を着けて剣《けん》を抜《ぬ》き、先頭に立って外に出た。ところが、クリーパーも、ほかの危険《きけん》なモブもいなかった。みんなでベッドとテーブルをしまってウマに乗ると、マルは最後にもう一度、もっと掘《ほ》りたかったというように避難所《ひなんじょ》をじっとみた。掘《ほ》り始めたばかりなのに、続きを掘《ほ》るのはおあずけだものね。ここの崖《がけ》に、マルは果てしない可能性《かのうせい》がみえるんだと思う。きっと、この先ずっと毎日掘《ほ》っていたいくらいでしょうけど、ナンのことが優先《ゆうせん》よね。

マルは地図をもう一度確認《かくにん》してから、先頭に立って海を目指した。わたしは弓を肩にかけて、一列になった仲間のいちばん後ろについている。ポピーもわたしのようにまわりを見回して毛を逆立てている。けれど、あとをつけてくるのがなんであれ、なかなか姿をみせない。トックはネコたちを肩にのせているから、少なくともクリーパーが向かってくることはない。

昼頃《ごろ》までは、花と草の甘い香りのなかを進んでいった。途中《とちゅう》、ヒツジやウシをみつけると、わたしは矢で仕留めて、できるだけたくさん食べ物を蓄《たくわ》えておくことにした。食事はウマに乗ったままして、ひたすら進み続けた。

そして、夕方になって空がほの白い青紫になると、小高い丘の続く草原で足を止めて避難所《ひなんじょ》を造《つく》ることにした。山岳地帯はずいぶん前に抜《ぬ》けているし、地図で距離《きょり》をみる限り、明日の昼前には海がみえるはず。マルが掘《ほ》りたくてたまらなくなるような崖《がけ》はここにはないけれど、手早く地面を掘《ほ》って避難所《ひなんじょ》を作ってくれた。せめてラピスラズリの鉱脈でもみつかったから、よかったのにね。

今日はハチミツはみつからなかったし、スイートベリーもなかった。すてきなごほうびはな帰りにもなかったけれど、チャグがロバという、みたことのない動物をみつけた。ジャロは、帰り道で雄と雌を一頭ずつみつけて、連れて帰って繁殖《はんしょく》させようといっていた。

「帰りに連れていってやるからな、ヒーホーちゃん！」チャグがロバにそう約束している間に、わたしは、二頭のロバの子が跳《は》ねまわっているところを日記にスケッチした。

日が沈んで雲が空をおおうと、みんな避難所《ひなんじょ》に入った。ジャロは思ったよりも長いこと外にいたけれど、もちろんずっとトックのネコを一匹、ひざの上で抱いていた。みんなが避難所《ひなんじょ》の中に入ってしまったあと、わたしは地面に開いた避難所《ひなんじょ》の入り口で、草原を注意深《ぶか》く見回した。

ここには、わたしを妙《みょう》に不安にさせるなにかがいる。ロバじゃない。オオカミとか、襲《おそ》ってきそうな生き物がいるなら、ポピーが知らせてくれるはずよね。そして、草原に飛び出していって、戦うでしょう。

それなのに、ポピーはただわたしのそばで、毛を逆立てて、低くうなっているだけ。

どういうことかしら。

雨がぽつぽつ降《ふ》り始めたけれど、わたしは弓をしっかり持ち続けた。家族はわたしの考えることをばかにして、わたしにはありもしないものがみえるんだといった。けれど、仲間は信じてくれる。そして、ナンはよく「腹に感じるものを信じなさい」って、いっていた。おなかは脳《のう》と繋がっているから、頭で考えて確信《かくしん》が持てないときでも、おなかはわかっているんだって。いま、わたしのおなかは、危険《きけん》なものにあとをつけられていると感じている。

遠くで動いているものがある。目をこらしても、雨のせいではっきりみえない。けれど、もうすぐ夜というときに背《せ》の高い草むらにひとりで飛び出していくわけにはいかない。

ポピーは前足を開いて頭を下げ、歯をむき出してうなっている。ポピーの首のあたりを触《さわ》ると、逆立った毛に手が埋まった。わたしがついているよって伝えたかったし、すぐ首輪《くびわ》をつかめるようにしておかないと、もしもポピーが飛び出して、あそこにいるなにかに向かっていったら大変。

「朝まで待とう」わたしがいうと、ポピーは小さくクーンと鳴いた。

わたしたちは避難所《ひなんじょ》の中に入り、トックが作った頑丈《がんじょう》なドアでふたをした。自分のベッドをドアのすぐそばに持ってきて、弓矢を枕の下にしまう。ポピーはわたしに寄《よ》り添《そ》って丸まったけれど、わたしと同じでその夜はよく眠《ねむ》れなかったみたい。それは、雨が木のドアを激《はげ》しく打っていたせいかもしれないし、雷がこの周辺の岩を震わせていたからかもしれない。それとも、外で波打っている背《せ》の高い草の中に得体《えたい》の知れないものが潜《ひそ》んでいて、わたしたちのあとを絶《た》えずつけ回しているせいかしら。

次の朝、チャグに朝食はバターをたっぷり塗ったパンにハチミツをかけるぞ、と起こされたとき、頭がぼうっとしていた。わたしが最初に外に出ると、厚く灰色の雲がたれこめて、草の葉は水滴《すいてき》の重みでみんな葉先を垂《た》れていた。草原を慎重《しんちょう》に見渡《みわた》したけれど、そこここにいるグレーのロバ以外に動くものはいない。わたしたちはウマに乗って、海に向かった。マルに、どうかしたのかときかれたけれど、答えにこまってしまった。

「なにかおかしいと思うんだけれど、なにかがわからないの」

「みんなナンのことを心配しているからかな」マルはいった。

けれど、わたしは首を振《ふ》った。「そうじゃないの。とんでもないことが起こりそうな気がする」

「おれもそんな気がすることはあるんだよな」チャグがまったくのんきそうにいった。「だけど、たいてい、腹にガスがたまってるだけだ」

「前にクリーパーに吹き飛ばされて以来、おれはいっつも不安だ。悪いことが起こるんじゃないかってさ」ジャロはいった。

なにがおかしいのか、もっと具体的に説明できるといいのだけれど、自分でもよくわかっていないから難《むずか》しい。どっちにしても、どうしようもないし。

とにかく、あのエンチャントされた金のリンゴとかいうのを手に入れないと、ナンが――うん、そんなこと、考えたくもない。ナンの病気が悪化する前にそれを手に入れるには、〝頭の変な〟レナがどう感じようと、とにかく前に進まないと。

やっと太陽が雲間から顔を出すと、草原をぬらしている水滴《すいてき》がいっせいにきらきら光った。

小高い丘の上まで登《のぼ》って見下ろすと、強烈な金色の光に目がくらみそうになった。火のようにまぶしく、水晶のようにきらめく光。

「なんだありゃ?」チャグがたずねる。

「あれが海だよ」マルがにっこりしていった。「ほら、森の洋館の屋根に登《のぼ》ったとき、地平線にきらきらした光のリボンがみえたでしょ? きっと、これだったんだよ」

みんなでウマを止めて、海をみつめた。その広大な水域は果てしなく続いているみたい。水と陸が出会うところは砂地になっていて、波が打ち寄せて白い泡を立てては引いていく。波がもどっていく海の色は、濃いセルリアンブルーだった。

「これが海か！」チャグは大声でいい、ウマの腹を蹴《け》った。ウマは山を駆《か》け下りて海に向かっていく。少し考えて、マルはチャグのあとを追った。トックがそのあとを追いかける。トックは兄さんがあぶないことをするといつもぴりぴりするけれど、大量の水に向かって突っこんでいくなんて、たしかに〝あぶないこと〟の類《たぐい》だものね。

「いくか」ジャロはみんなのあとをついていった。きっとネコたちのそばにいたいのね。

わたしとポピーが残された。ウマをいまきたほうに向かせて、波打つ草原を見渡《みわた》し、怪しいものはないか探《さが》したけれど、なにもみつからない。ほかにできることもなく、わたしはため息をついて仲間のあとを追ってウマを進めた。

たしかにこうして斜面《しゃめん》を駆《か》け下りて未知の世界に向かっていくのは、とても楽しい。いつの間にか、みんなといっしょになって大声をあげていた。五人が横に並んで、競《きそ》い合《あ》うようにウマを走らせている。ウマたちは首を地面と平行に前に突き出し、蹄《ひづめ》が地面をける音が響《ひび》く。トックだけが、みんなとちがう悲鳴をあげている。みると、ネコたちが振《ふ》り落《お》とされないようにしっかり爪をたててトックの肩に必死でしがみついていた。トックったら、こうなることを考えていなかったのね。

砂地に近づくと、ウマたちはスピードを落として小走りになり、それから歩きだした。チャグはウマから飛《と》び降《お》りて、ブーツを脱《ぬ》ぐと、打ち寄せる水の中に裸足《はだし》で入っていった。

「気持ちいいぞ！　冷たくて――なんか、ぐいぐい引っ張られるっていうか？　水が遊びたがってるみたいだ」

「海でふざけちゃだめだ」トックは肩のひっかき傷《きず》をさすっている。「甘くみると、きっとしっぺ返しを受けるよ」

「それに、海の中になにがいるかわからねえぞ。みたこともねえ生き物がいっぱいいそうだ」ジャロは不安そうにわたしをみた。「それに敵対的《てきたいてき》モブもいる。だろ？　その、エフラムってじいさんのパートナーは、なにかに殺されたんだろ？」

「溺れし者《ドラウンド》よ」わたしは答えた。海と海の生物について書かれた本はすべて、たんねんに読んでいた。ナンによると、エフラムさんは海のまん中に住んでいるといっていたから、わたしたちはそこにいかなければいけない。「ドラウンドというのは、早い話、水中にいるゾンビね」

「やばっ！」チャグがいった。

トックは目をこすった。「〝水中にいるゾンビ〟ってきいて反射的《はんしゃてき》に浮かんだ言葉が〝やばっ！〟なの？　それって、いい意味で〝やばっ〟ってこと？」

「おれ、そいつと戦ったことないからさ、いつだって初めての敵《てき》を剣《けん》でぶった切るのはうれしいぞ」

マルは海をのぞきこんだ。ここからみていれば、海の中でエフラムさんが手を振《ふ》ってくれると思っているみたいだった。「考えていたんだけど、全員でいかないほうがいいよね」マルがいった。

「おれはいくぞ！」チャグは不満そう。

「兄ちゃんがいくなら、ぼくもいかなきゃ」トックは深《ふか》いため息をついた。

「あ、わたしもいきたいわ。海の中でみたことはなんでも記録《きろく》したいから」わたしもはそういながらも、きた道を振《ふ》り返《かえ》っていた。やっぱりあとをつけられている気がしてならないから。

「じゃあ、おれはここに残ろうか」ジャロはみるからにほっとしている。「ウマたちだけ残していかなくていいなら、安心だし。マルがきのう掘《ほ》った石ブロックをちょっと置いてってくれるか。それから、トック、ドアと松明《たいまつ》を何本かくれ。そしたらおれは、ポピーやネコたちと夜を明かせるように小さい避難所《ひなんじょ》を造《つく》っとく。頑丈《がんじょう》な避難所《ひなんじょ》の中にいれば、モンスターは入ってこれねえだろ。それに、ネコたちがいれば、おれたちをつけてきてるクリーパーだって、おれに近づけねえし」

ジャロは本当に安心しているみたい。というか、ここでこれから起こることにわくわくしてさえいるみたい。

その提案は、みんなにとっても都合がよかったから、ジャロはマルからまとまった数の石ブロックを、トックからドアと木材ブロックをいくつかもらい、チャグからは山積みの松明《たいまつ》を受け取った。それからウマを入れておく囲《かこ》いを作り、避難所《ひなんじょ》を造《つく》る準備《じゅんび》を始めた。ジャロの笑顔がみられてよかった。ジャロはたしかに、わたしたちよりずっと心配性《しんぱいしょう》だから、みんなに好都合な方法を思いついてくれて、うれしい。

どうやって水中に潜《もぐ》るのかきこうと思ったら、トックはもちろんちゃんと準備《じゅんび》していた。水中呼吸《すいちゅうこきゅう》のポーションを四つポケットから出して、みんなにひとつずつ渡《わた》してくれた。わたしはびんを揺《ゆ》らして中の藍色《あいいろ》の液体をくるくる回してから飲んだ。とてもおかしな気分——なんだか、シャボン玉に包まれて空気みたいに軽くなった感じ。

「いこう！　ポーションの効果《こうか》はいつまでも続かないよ！」トックに大声でいわれて、わたしは仲間を追いかけて海に駆《か》けこんだ。

水中に潜《もぐ》る前に、ジャロを振《ふ》り返《かえ》った。「ポピーをお願いね」

「まかしとけ」ジャロは元気にいった。二匹のネコがジャロの足にまとわりついて、ポピーはお行儀よくそばにすわっている。「こっちはみんな、大丈夫《だいじょうぶ》だ！」

水中に潜《もぐ》っていくと――そこには、別世界が広がっていた。

第8章　マルと海の冒険《ぼうけん》

あたしは、果てしなく続く青くゆらめく水の中にいて、まったく重力を感じることなく、ふわふわ漂《ただよ》っている。コーヌコーピアの町にいるとき、インカさんのとこの池で泳ぐ練習《れんしゅう》をしたときと似《に》ているけど、こんなに大量の水があるなんて想像もつかなかった。自分がどうやって息をしているのかわからないのに、ちゃんとできている。ポーションって、どれもほんとに魔法《まほう》なんだね。海は思ったよりずっと深《ふか》くて、ずっとたくさんの……生き物なんかがいる。

魚がいて、草みたいなものや石があって、イカがいる。おちゃめなグレーの生き物が一匹滑《すべ》るように近づいてくると、止まって賢《かしこ》そうな目でこっちをじっとみた。レナになんていう生き物かききたかったけど、水中でしゃべれるのかな。

「イルカよ」レナの声は甲高くて、遠くきこえる。「あぶなくないよ」

「おれ、ためしに――」チャグがいいかけた。

「ハグしちゃだめ」トックがそれをさえぎった。「ぼくたちにはやるべきことがあるんだから、ヤギをハグしようとしたときみたいなのは二度とごめんだ」

「あー、イルカにけがさせられることはないだろ。角がないんだからな」チャグはいった。

「みんなで間隔《かんかく》を空《あ》けて横に並んで、できるだけ広い範囲《はんい》をチェックできるようにしよう」あたしはいった。変な感じの甲高い声が水中に響《ひび》く。「人の手で造《つく》られたっぽいものを、海の中で探《さが》せばいいんだと思う。たぶん、石造《いしづく》りの建物があるんじゃないかな」

　陸の道を歩くときのように、あたしたちは間隔《かんかく》を空《あ》けて一列に並んだ。チャグはあたしの右手に六メートル離《はな》れ、その右側に六メートル離《はな》れてトック、いちばんむこうにレナ。四人で下をみながら平行に泳いでいく。深《ふか》くなればなるほど、青が濃くなっていく。海の底って、山を逆さにしたみたいで、ぜんぜん平坦《へいたん》じゃない。それに、岩もあれば植物みたいなものもあるけど、変わり者のおじいさんの家らしきものは見当たらない。

「いたぞ！」チャグが声をあげた。「エフラムさん！　どうも！　おれたちは、友だちの――」

　なにかがチャグめがけてまっすぐ飛んできて、脚をかすめた。

「いてえ！」チャグが怒鳴《どな》った。「エフラムさん！　なにすんだよ！」

あたしにもみえた。なにかがこっちに向かってくるけど、エフラムさんじゃなさそう。

でも、もしかしてエフラムさんが――。

「ドラウンドよ！」あたしと同時にレナも気づいたみたいで、大声でいった。

「だれが溺れた《ドラウンド》って？」チャグはあたしをみてきいた。

「ちがう、あれはエフラムさんじゃなくて、溺れし者《ドラウンド》っていう水中のゾンビだよ。ナンがいっていたでしょ？」

ビュン！

またなにかが、あたしたちのわきを飛んでいった。棒の先が三叉《みつまた》になっている、巨大《きょだい》なフォークみたいなものだ。

「やめろよ！」チャグは怒鳴《どな》った。

「戦わなきゃだめそうだね」トックが冷静にいった。

「どうすんだよ？」チャグがきいた。

ドラウンドはすごい勢いでこっちをめがけて泳いできながら、また、巨大《きょだい》なフォークを投げようとしている。

「なんでもいいから、チャグ、あいつを倒《たお》して！」あたしは叫んだ。

チャグはこっちをみてうなずくと、前を向いてポケットから剣《けん》を出し、がむしゃらに下へ下へと潜《もぐ》ろうとした。片手《かたて》で水をかいていくのは大変だけど、チャグは必死だ。ドラウンドがまた巨大《きょだい》なフォークを投げると、チャグはそれを剣《けん》ではらって、切りかかっていった。

「弓矢が使えたらいいのだけれど」レナがそばにきた。「水の中だと、矢がまっすぐ飛んでいかないかもしれない。チャグにけがをさせるわけにはいかないもの」

「チャグは自力でなんとかするって」あたしは無重力のゾンビと戦うチャグをみながらいった。

「チャグって、いつもそうだから」

「治癒《ちゆ》のポーションをすぐ飲ませられるようにしとく」トックはあきらめたようにいった。ここまでくると、トックは兄さんが向こうみずに戦いに突っこんでいくってことに慣《な》れっこになっちゃったんだと思う。

「こいつむかつく！」チャグは怒鳴《どな》りながら、切りつけ、うめきながら相手の攻撃《こうげき》をかわしている。「この世にいちゃいけないやつって感じだ」

「もしかしたら、ゾンビって泳ぐのが好きなんじゃない？」レナはレナらしくいった。「きっと、冷たい水が気持ちいいのよ」

「腕を切り落として、どうやって泳ぐかみてやるぞ！」チャグが怒鳴《どな》る。「これでもくらえ！もう一発！」

長い間があった。

と思ったら、チャグが金切り声をあげた。

きっと、水中のゾンビは陸のゾンビより手強いんだ。

エフラムさんのパートナーになにが起こったのか、わかるような気がする。

あたしは自分の剣《けん》を抜《ぬ》いて、チャグのほうに潜《もぐ》っていた。チャグはけがをしていて、このまま戦い続けるのは無理だ。どんな武器《ぶき》を使っているのか知らないけど、ドラウンドは残忍《ざんにん》で歯もすごいらしい。あんなのと正面からやりあえるわけがない。

チャグはあたしが加勢しにきたのをみて、ありがとな、と笑顔をみせた。あたしはドラウンドの背中《せなか》に思い切り切りつけた……。それはよかったんだけど、相手は全力であたしに怒《いか》りを向け、襲《おそ》いかかってきた。海の中が暗いので、敵《てき》がよけいに恐《おそ》ろしくみえて、一瞬《いっしゅん》、剣《けん》を振《ふ》り上《あ》げるのを忘れてしまう。腕を噛まれた。焼けるように痛《いた》い。チャグが剣《けん》で力まかせに切りつける間に、あたしはじたばたと敵《てき》から離《はな》れて、剣《けん》を振《ふ》れるだけの距離《きょり》を取った。

ついにという感じで、チャグがドラウンドを倒《たお》した。深《ふか》い藍色《あいいろ》の水中にそいつの武器《ぶき》だけが漂《ただよ》っている。チャグはそれをポケットに入れた。「マル、大丈夫《だいじょうぶ》か？」

あたしは腕を上げてみせた。ひどい傷《きず》。トックが泳いできて、あたしたちにポーションを差し出した。水中で飲めるのか疑問《ぎもん》だったけど、ちゃんと飲めた。腕《うで》の傷《きず》がみるみる治《なお》っていく。

「ドラウンドが落とした巨大《きょだい》なフォークは、三叉槍《トライデント》よ。ナンの本でみた覚えがある。とてもありがたい武器《ぶき》なの」

「こっちがまともに胸を突かれるとなると、〝ありがたい〟とはいえないな」チャグが不満そうにいった。

「でもさ、兄ちゃんがゾンビの胸を正面からひと突きするのを想像してみなよ」トックがいうと、チャグはにやりとした。そして、トライデントをポケットから出して真剣《しんけん》にじっくりみた。

あたしは下をみて、海の底にまだドラウンドがいないか、それに人嫌《ひとぎら》いのおじいさんの家っぽいものがないか、目をこらした。「エフラムさんがいそうなところは、まだみつからないね」

「そりゃそうだよ。人と関わらずに生きていきたいなら、水中の隠《かく》れ家《が》を岸からすぐのところに建てたりしないっしょ」トックがいって、パチンと指を鳴らす動作をしたけど、水中だから音はしなかった。「あっちにある島にいって、ボートを二艘《そう》、作るのはどう？　そしたら、ボートを漕《こ》いでエフラムさんを探《さが》せるよ。そのほうが安全だし、上からだって海の中はよくみえる。そのほうがずっと楽だと思う」

チャグは片方《かたほう》の眉《まゆ》を上げた。「そりゃ、漕《こ》ぐのが自分じゃなければ、ずっと楽だろうな」

トックはばれたか、って感じでクスクス笑った。「次にクッキーを食べるときは、ぼくのをあげるからさ」

それをきいたチャグは目を輝《かがや》かせて大声で「その取り引き、乗った！」といった。

ここからでも、遠くに連《つら》なっている島がみえる。ぼんやりかすんだものが水面から盛り上がっていて、そこに立っている背《せ》の高いものは、たぶん木だ。治癒《ちゆ》のポーションのおかげで、あそこまでならたどり着けそう。あたしたちはまた間隔《かんかく》を空《あ》けて横一列になると、注意深《ぶか》く海の底をみて、敵《てき》がいないか、エフラムさんがいそうな様子はないか確《たし》かめながら泳いでいった。

ドラウンドはもういなかったけど、ウミガメが一匹いた。止める間もなく、チャグは抱きつきにいっちゃった。ウミガメはいやがってないみたいでよかった。

いちばん近い島の砂浜《すなはま》に上がったとき、体が重いような気がしたけど、頭はまだ妙《みょう》に軽くてふわふわしていた。水中呼吸《すいちゅうこきゅう》のポーションの効果《こうか》が続いているんだ。じゃあ、しばらくの間は声が高いままなのかな。チャグは木材を作るために木を切り始め、その間にトックは作業台と醸造台《じょうぞうだい》を組み立てた。レナは島を調査しにいったけど、ポピーがそばにいないのが、なんだか変な感じ。

レナはあのオオカミをなつかせた日以来、ポピーと離《はな》れられなくなっていたから、いまは相棒《あいぼう》がいなくてちょっと神経質《しんけいしつ》になっているみたい。だけど弓矢を出して持っているから大丈夫《だいじょうぶ》よね。

さっきドラウンドに出くわしてから、あたしたちはみんな慎重《しんちょう》になっていた。オーバーワールドでは、みたこともないどんな生き物が現れてもおかしくない。

「あたしにできることはある?」トックにたずねた。

トックは顔を上げずにいった。「フグが釣《つ》れないか、やってみてくれる? 釣《つ》り糸《いと》を垂《た》らして待ってればいいから。ほしいのは、オレンジ色でぎょろっとした黒い目をしてる魚だよ」そしてポケットから釣竿《つりざお》を取り出すと、砂浜《すなはま》にポンと置いた。あたしはそれを拾って、波打《なみう》ち際《ぎわ》に走っていった。

釣《つ》りをするのは初めて。いつもはだいたいチャグの仕事だけど、いまは二艘《そう》のボートを作れるだけの木材をいっしょうけんめい切り出している。あたしは少なくとも、チャグが釣《つ》りをする様子をみたことがあるし、すごく簡単そうだった。竿を振《ふ》って釣《つ》り糸《いと》を垂《た》れると、そのまま待った。

しばらくすると糸が引っ張られて浮きが沈んだ。引き上げるとサケだった。次はタラ。それからきれいな色の熱帯魚。そしてまたタラ。そのあと、なんと、本が釣《つ》れた。エンチャントされた本にもみえるから、トックにみせるのが楽しみ。でも、少なくとも二、三匹はフグを釣《つ》るまでもどれない。

また二匹タラを釣《つ》ったあと、ようやく、へんてこりんで小さくてオレンジ色でぶわっと膨《ふく》らんだ魚が釣《つ》れた。それからもう一匹フグをゲットするまで、釣《つ》りを続けた。トックが作業しているところにもどる頃《ころ》には、みんなが数日間食べられるだけの魚が釣《つ》れていた。チャグがどんな料理を作ってくれるか考えると、おなかが鳴った。

レナが島を歩き回ってもどってきた。卵《たまご》を数個とにわとりを数羽、島の反対側でみつけたらしい。トックがボートを作っている間に、チャグは火をおこして魚を焼く準備《じゅんび》をしてから、もう少しフグを釣《つ》りにいった。というのも、どうやら水中呼吸《すいちゅうこきゅう》のポーションをひとびん作るために一匹必要らしいのと、たぶん、チャグは釣《つ》りで負けたくないっていう気持ちもあったんじゃないかな。

あたしがレナとトックに海から引っ張り上げたあの本をみせると、トックはものすごくびっくりして、その本でなにをエンチャントするか、レナと相談し始めた。

いまのところ、あたしにできることはあまりないから、砂浜《すなはま》にすわってそよ風に吹かれながら日光浴した。もといた陸地はみえないから、ジャロも、ウマたちも、ポピーも、ネコたちも、どうしているかわからないけど、ジャロはきっと、はりきって快適《かいてき》な避難所《ひなんじょ》を建てているだろうし、冷たい海に入らずにすんでほっとしているはず。

チャグとレナとあたしは、前回の冒険《ぼうけん》のあと、何度もネザーにポーションの材料を採《と》りにいったけど、ジャロは決していっしょにいきたがらなかった。ジャロが町の中の生活にもどりたがらないくせに、冒険《ぼうけん》にも出たがらないって、ちょっとおもしろい。トックも同じような感じだと思う。ふたりが、新コーヌコーピアという中間的な場所を、故郷の町の壁《かべ》の外にみつけられてよかった。

長老たちが、いまより規則《きそく》を増《ふ》やして、新コーヌコーピアにいきにくくならないといいな。チャグのランファストには絶対《ぜったい》にいきたいから。

チャグは、フグを三匹釣《つ》ってきた。それと、十二人もいるレナの家族に十分食べさせられるほどのタラと、なぜか鞍《くら》をひとつ。あたしたちは焼けた魚を食べて、トックはボートを完成させて、ポーションをいくつか醸造《じょうぞう》した。醸造中《じょうぞうちゅう》になにも爆発《ばくはつ》しなくてよかった。トックは去年、ずっと眉毛《まゆげ》がなかったけど、いまでは醸造台《じょうぞうだい》を自由に使いこなしているから、だれも吹き飛ばされずにすんでいる。

みんなでボートを押して海に出しているとき、チャグが手を止めて頑丈《がんじょう》な木造《もくぞう》のボートをじっとみた。

「ボートにも、名前をつけるんだよな？　たしか、ナンの本に書いてあったぞ」

レナはうなずいた。「大切なボートに名前をつけることはよくあるよ。なぜかすべて女の人の名前なのよね」

「よし、このボートを……〝レディー・マクボート〟とお呼《よ》びしよう」チャグは自分のボートに大げさな身振《みぶ》りでおじぎした。

「じゃあ、こっちは〝こわいもの知らずのナン〟ね」あたしはすかさずいった。チャグにこっちのボートまで、とんでもない名前にされたらたまらない。「この二艘《そう》のボートが輝《かがや》かしい未来に連れていってくれますように！　というか、エフラムさんのところに、だね」

レナはあたしと、チャグはトックといっしょに乗った。レナはだれよりも目がいいから、あたしがオールで漕《こ》ぐのを引き受ける。連《つら》なる島を離《はな》れて広い海に出ると、もう腕が痛《いた》くなった。レナはボートのへりから身を乗り出して、海面の下の、さらに下の、ずっと深《ふか》いところまでみようと、目をこらしている。

「やっぱり、どうしてこんなところに住もうとする人がいるのか、わからないわ」レナはいった。

「ナンの話だと、エフラムさんは人とかかわりたくなかったみたいだよね」あたしは肩をすくめて、漕《こ》ぎ続けた。「それなら当然、簡単にみつからないようにするんじゃない」

「それにしても、海の中ってどうなの？　住む場所としては、相当変わっているよね」

「コーヌコーピアには、いまだにあたしたちを変わり者扱《あつか》いする人たちがいるでしょ。あたしたちは、冒険《ぼうけん》好きだとか、ペットを飼《か》っているっていうだけで、そう思われているじゃない」

あたしはいった。

「たしかにね。ついこの間も、ラーズ兄さんに〝頭の変なレナ〟って呼《よ》ばれたし」レナは一瞬《いっしゅん》、海の中にエフラムさんを探《さが》すのをやめて顔を上げて、遠くの水平線をみた。そのぼんやりとした線は、藍色《あいいろ》の海が晴れ渡《わた》った青い空と出会うところだ。

「わたしがなにをしようと、家族はみんな、わたしの頭が変だと思うのよ。あの人たちは、わたしたちがコーヌコーピアの恩人だということを、すっかり忘れてしまったみたい。二度も町を救《すく》ったのに。それに、わたしたちが危険《きけん》を冒《おか》してネザーにいかなかったら、町にはひとつも治癒《ちゆ》のポーションがなくなっていたのに」

あたしはため息をついて、オールを放して肩をほぐした。「まったく理解《りかい》できないよね……、あのさ、町のおとなたちは、ずっとあたしたちが言いなりになるとでも思っているのかな？　もちろん、あたしたちは子どもだけど、自立しているよね。どこでだって生きていける。あたしたちがみんなの安全を守っているんだよ、逆じゃないから。おとなにああしろ、こうしろ、いいいいいいいいいといわれなくちゃいけない理由が、まったくわからない」

「長老たちが町を取り仕切って、長老たちが規則《きそく》を作る。これまでずっとそうだったでしょ、マル」

「それだよ、それを変えたほうがいいんじゃないかな。きっと、歳《とし》を取っているからって頭がよくて、知恵《ちえ》が回って、思いやりがあるとは限らなくて、歳《とし》を取っているだけってこともあるんだよ」あたしはオールをつかむと、また元気よく漕《こ》ぎだした。

長老たちは腹立たしいけど、ナンはちがう。ナンは歳《とし》を取っていても、ほんとに頭がよくて、知恵《ちえ》が回るし、思いやりがある。なんといっても、ナンがあたしたちをオーバーワールドに送り出してくれたんだし、初めてあたしたちを信じてくれた人だった。あたしたちは必ずエフラムって人をみつけて、エンチャントされた金のリンゴを手に入れて、急いで町に帰ってすぐにナンの病気を治《なお》してみせる。

長老たちのことを考えるのはそれからだ。

「あっ、だめ」レナがボートのへりから身を乗り出しすぎて、海に落ちた。あたしはつかもうとしたけど間に合わず、一瞬《いっしゅん》、あわてた。でも、心配いらないんだった――レナは水中呼吸《すいちゅうこきゅう》のポーションを飲んでいるし、ドラウンドを見分けられる。レナはしばらく海に潜《もぐ》ってから水面に浮かび上がってきた。

「あった！　きっとエフラムさんの家よ！」レナは自慢そうにいった。

第９章　海底のトック

海はそれほどうるさい場所じゃないから、遠くでザブンという音がしたときは、マルとレナになにかあったんじゃないかと心配した。だけど、すぐにレナが水面に顔を出して、ついになにかみつけたと大声をあげた。

兄ちゃんはそっちに漕《こ》いでいきながら、自分たちが先にみつけられなかったといって、ちょっとへこんでたから、ぼくは、さっき近くの島でウミガメの卵《たまご》をみつけたのだって、レナに負けないくらいすごい発見だとなだめた。

こっちのボートが、マルたちのに軽くぶつかった。ボートのへりからのぞくと、かなり深《ふか》いところに、ごてごてと層《そう》がいっぱい重なった、大きな四角い建物がみえる。初めてみるきれいな青緑《あおみどり》の石でできていて、海面からまだらに落ちる日の光に輝《かがや》いて揺《ゆ》らめいてみえる。

「建物に使われてる石はなに？」ぼくは、知ってそうなレナにたずねた。レナの家族は採掘所《さいくつじょ》をもっていて、レナはそこの仕事をひと通りやらされてたんだ。結局、どれもうまくできなくて、役立たずだといわれたけど。

「わからない」レナはナンの本をぱらぱらめくりながらいった。「うちの採掘所《さいくつじょ》には、あの石はなかったわ。きっとコーヌコーピアにはない石よ。エフラムさんにきいてみないとね。いくつか町に持って帰って、標本《ひょうほん》として展示《てんじ》するといいかも。きれいよね」

「あたしも、あんなのみたことないよ」マルがいった。ウシのいる牧場の裏《うら》でも、ネザーでも、さんざん採掘《さいくつ》してきたんだから、知っててもおかしくないのに。

「なんでみんな、くだらない石がそんなに好きなんだよ？　あの建物の中には、石よりずっといいものがいろいろあるかもしれないのに」兄ちゃんは文句をいった。もともと石に興味がないんだ。ぼくたちがジャロに意地悪されてた頃《ころ》、ジャロに投げる〝石〟は好きだったけど。

「潜《もぐ》ろうぜ！」

「水中呼吸《すいちゅうこきゅう》のポーションは、何分くらいもつの？」マルにきかれた。

ぼくは念のため、まだ開けてないポーションのびんを、ひとりにひとつ配った。「どうだろう。本には正確な時間は書いてないんだけど、たぶん……六時間くらいかな？　あそこまで泳いでいって、エフラムさんと話をするくらいは十分にもつよ。それにエフラムさんは、ポーションの効果《こうか》がいつ切れるか心配しないで、ずっと呼吸《こきゅう》できる方法を知ってるはずだよ。じゃないと、毎晩、窒息死しちゃうっしょ」考えただけで身震いした。ぼくは仲間のなかでも、勇気のないほうだし、あんなところまで泳いでいくのはちょっといやなんだ。

だけど、みんなにそれを知られたくない。ぼくが兄ちゃんに心配かけると、兄ちゃんは自分のことを後回しにして、その結果、だいたい、ふたりともこまったことになるんだ。

四人ともポーションを飲んで、海に飛びこんだ。ボートが流されないようにする方法があればいいのに。どうか、遠くまで流されたり、イカがきてボートを引っ張っていったりしませんように。

マルが先頭になって、まっすぐ海底の建物に向かう。見守ってやるから次にいけと兄ちゃんに手振《てぶ》りで示《しめ》されて、ぼくは必要もないのに大きく息を吸って、潜《もぐ》っていった。

海の中は気持ちいい。それに穏《おだ》やかで静かだけど、生き物がいきなり視界《しかい》の端《はし》に入ってくることがある。ぼくはウミガメや魚がぬっと現れるたびにぎょっとした。攻撃《こうげき》してこなくても、ぼくの脳《のう》はそれをわかってない。ぼくは盗賊《とうぞく》に誘拐《ゆうかい》されてネザーに連れていかれて以来、ちょっと神経質《しんけいしつ》になってる。魚は盗賊《とうぞく》じゃないのに、脳《のう》が「ぎゃー！　やられる！　パニックだ！」って大騒《おおさわ》ぎすると、どうしようもなくなるんだ。

それでも、うちにこもってないでいろんな経験をしたり、仲間とおもしろい冒険《ぼうけん》をしたりするうちに、だんだん恐《おそ》ろしい記憶に悩まされなくなってきてる。だから先頭のマルだけをみて泳いでついていく。兄ちゃんが剣《けん》を持って後ろからきてるし、レナは弓矢をいつでも使えるようにしてるから、大丈夫《だいじょうぶ》だ。

近づくにつれて、エフラムさんの家がだんだん大きくみえてきた。建物に使われてる石はほんとにきれいで、光を屈折させて虹色に色分けできるプリズムみたいにきらきらしてる。建物のまわりには、背《せ》の高い海草が庭の木みたいに揺《ゆ》れてる。入り口はみあたらないけど、マルもぼくと同じことを考えていそう――きっと、ふつうの家の入り口のように建物のいちばん下の階にあるんだろう。大きな魚が何匹も、まるで建物をパトロールするように近くを泳ぎ回ってる。

「じいさんの家、めっちゃすごいな」兄ちゃんがポーションで甲高くなった声でいった。「まじ、でかい。てか、じいさんのひとり暮らしには、まじ、でかすぎないか。　歳を取ると、だいたい体がちっちゃくなるよな？」

「もしかしたら、背《せ》が伸《の》び続けるのかも」ぼくはいったけど、実際《じっさい》には兄ちゃんがたぶん正しい。背《せ》がちょっとくらい低くなったって、エフラムさんが巨大《きょだい》な家を建てたことには変わりないんだけど。それにしても、この建物は、あんまり家っぽくないな。

なんだか家っていうより……。

神殿みたいだ。

建物のそばまで潜《もぐ》ってきて、なおさらそう感じる。

さっとなにか動いて、ものすごくびっくりしたけど、ただの魚だった。

ところが、その魚がこっちに近づいてくるにつれて、ぼくのなかの危険探知機《きけんたんちき》が鳴りだした。

これまでみたどの魚より大きいっしょ。

それに、どう猛そうだ。

フグに似《に》てるけど、体じゅうから剣《けん》が突き出てるみたいだし、間抜《まぬ》けな出っ張った目がふたつある代わりに、巨大《きょだい》な目がひとつだけ。

「あのタラ、変じゃね？」兄ちゃんがいった。

「あれはタラじゃないと思う。レナ、体じゅうに剣《けん》が生えてる巨大《きょだい》な怒《おこ》った魚のこと、どこかで読んだ覚えある？」ぼくは泳いで後ろにさがりながら、ポケットに手を入れて剣《けん》を探《さが》した。

あんまりうまく使えなくても、一本持ってるんだ。

「ナンの持っている本には、海について詳《くわ》しく書いてなかったの」レナはいった。「射《う》ったほうがいいかな？」矢をつがえてねらいを定めてるけど、どうしていいかわからないらしい。ぼくは剣《けん》を取り出して――。

ぎゃ！

ギョッ！

魚《ギョ》ギョッ!!!

魚の顔が！

目の前にきた！

めちゃこわい魚！

ぼくは悲鳴をあげて、その魚と向かい合ったまま、手で水をかいて後退した。だけど巨大《きょだい》な魚は追ってきて、体当たりしてくる。まるで体から剣《けん》がいっぱい突き出たウマに突き飛ばされるみたいだ。ぼくは手足をばたばたさせて、金切り声をあげて、なにがなんだかわからなくなった。もしも水中呼吸《すいちゅうこきゅう》のポーションを飲んでなかったら、間違いなく溺《おぼ》れてただろう。

剣《けん》を振《ふ》って、振《ふ》って、振《ふ》りまくった。あたりが泡だらけになってなにもみえない。しばらくすると、巨大《きょだい》な魚はどこかへいってしまった。目をしばたたかせて、またまわりがみえるようになって初めて、みんなもそれぞれ、こわい顔をした巨大《きょだい》なひとつ目の魚と戦ってるのがわかった。

兄ちゃんが魚に切りつけながら怒鳴《どな》ってる。「これでもか！　まだか！　これでも、これでも、これでもか！」マルは無言で戦ってて、まっ赤になった顔が、水の涼しげな青に浮かび上がってる。レナは苦戦してる。ふだんは遠くから攻撃《こうげき》して敵《てき》を倒《たお》すことに慣《な》れてるうえに、ここには敵《てき》の気をそらしてくれるポピーがいないからだ。どうして助けにいこうと思ったのか、自分でもわからない。だって、正直いって、ぼくは戦うのが苦手だから。それでもぼくはレナのところに泳いでいって、後ろから魚に剣《けん》で切りつけた。レナとふたりでそいつを倒《たお》したとき、兄ちゃんとマルが泳いできた。

「ちょっと、おやつにしないか?」兄ちゃんは期待をこめていった。「ひとつ目大王のとげで突き刺されるのは、楽しくなかったからな」

「泳ぎながら食べて」レナはふやけたクッキーをみんなに持たせた。「あのモンスターの仲間がこっちに向かってきているわ」

むむむ。たしかに、さっきの魚がもっと現れて、こっちに泳いでくる。そのうちの一匹がくるっと向きを変えてぼくをにらみつけてきた。全身がこわばって動けない。そいつの巨大《きょだい》な目から、気味の悪い紫の波打つビームが発射《はっしゃ》された。ぼくは手足をばたばたさせて、そのビームをどうにかよける。

「あっちはぐにゃぐにゃしたビームを発射《はっしゃ》してくるよ! よけて! どこかに隠《かく》れるんだ!」

攻撃《こうげき》はそれきりだったけど、次のビームを発射《はっしゃ》しようとエネルギーをためてるのかもしれない。わからないことだらけだけど、ひとつはっきりしてることがある。それは、あの紫のビームに当たったらどうなるのかは、知りたくないってことだ。マルが建物のいちばん下に向かって潜《もぐ》っていって、ぼくたち三人はついていった。

「母さんがいってたような気がするぞ。食って三十分以内に泳いじゃいけません、ってさ」兄ちゃんはそういいながら、クッキーをあわてて食べた。

「母さんは、兄ちゃんがインカさんちの池で吐くとこまるからそういってたんだよ。あの魚たちは兄ちゃんが吐いたって気にしないと思う。ぼくはビームでまたねらわれさえしなければ、ゲロなんかどうでもいい」

建物のいちばん下に着くと、なるほど、建物の下に潜《もぐ》って泳げるようになってた。めちゃめちゃ太い柱が建物を支《ささ》えてる。いったいどれくらいの重さがかかってるんだろう。目の前にそびえる建物は巨大《きょだい》で、ここに何本もある柱が支えきれなくなったら、ぼくなんか簡単にぺちゃんこにされちゃうだろう。

建物の下に入りこんだとたん、波のようなものが押し寄せてきた。なんだろう？　吐きけがして、力が抜《ぬ》けそうな気がする。不気味な音がして、あのとげだらけの魚の悪夢のような姿が目の前に浮かんで、ぼくは思わずパニックを起こしてじたばたして……。と、思ったら、変だな。みえてたはずのその姿が消えてしまった。ぼくは震えながら瞬《また》きした。

「いまの、感じたのはぼくだけ？」

「ゆらゆら、ぐらぐらして、軟弱な感じの灰色のぐにゃっとした魚のクソみたいな顔があらわれたことか？」兄ちゃんがいった。

なぜか兄ちゃんの説明は完ぺきだった。

「うん、あたしも感じたけど、先に進まなくちゃ。建物の中に入って、あの魚みたいなのから離《はな》れよう」マルがいった。

しばらく泳ぎ回ったけど、入り口はみつからなかった。建物のいちばん下の部分はひたすら平らでまっ暗だった。

「少し上の層《そう》に回ってみない？」ぼくはいった。

上のほうに泳いでいくと、建物のブロックがピラミッドのように積まれているのがわかってきた。ほんの少し先に、下向きの矢印みたいな形の石があって興味深《ぶか》い模様《もよう》がついてる。マルもそれに気づいたみたいで、そこにまっすぐ向かっていく。ぼくたちはできるだけ速く泳いだけど、巨大《きょだい》な魚たちはこわい顔をして追いかけてくる。もっと速く泳げるようになるポーションを知ってたらいいと思うけど、いまさらどうしようもない。

マルが目指してるほうに、アーチが連《つら》なってるところがあって、めちゃめちゃ入り口っぽい。ぼくたちはそのアーチを次々にくぐり、あたりをパトロール中だった一匹の魚をぎりぎりかわして、建物の中に入った。マルについて上に向かい、小さなくぼみにみんなで隠《かく》れた。すると追いかけてきた魚たちは下を泳いでいった。あの連中はどう猛だけど、たいして頭はよくない。それもそうだよな、だって、魚だし。

魚がみえなくなると、ぼくたちは下にいって入り口のあったところにもどった。ここは青が深《ふか》くて、神秘的で暗くて、見通しが悪い。こういうのはかなり苦手だ。左右対称《さゆうたいしょう》にデザインされた立派《りっぱ》でわかりやすい森の洋館とちがって、ここは規則性《きそくせい》がなくて――正直いうと、ネザー要塞《ようさい》っぽい。あまりありがたくない。だって、ネザー要塞《ようさい》はややこしいし、水中で迷路から抜《ぬ》けられなくなるなんてごめんだ。もう少し奥に入っていくと、白く光るランタンがいくつかあった。そこで少し休んでクッキーを食べ、体力を回復した。

「さっき、魚の泡ビームが目の前に発射《はっしゃ》されてから、変な感じがしてるのはおれだけか？　なんか、ポーションを飲んだみたいな気分だけど、どんな影響《えいきょう》があったんだろうな。水中でもちゃんと呼吸《こきゅう》できてるし、力が出ないとか気分が悪いとかもない。けがを治《なお》す効果《こうか》はぜんぜんないしな」兄ちゃんがいった。

「あれは魚じゃないわ。なんという生き物か知らないけれど、絶対《ぜったい》に魚じゃない」レナがいった。

兄ちゃんは片方《かたほう》の眉毛《まゆげ》を上げた。「じゃあ、魚のほかになにに似《に》てる？」

「ああ、そうね、えっと」レナは渋い顔をして考えた。

「思いつかないなら、おれたちは水中で命をかけて戦わなきゃいけないわけだし、ややこしくないほうがいいからさ、あの連中を魚って呼《よ》んでおこうぜ」兄ちゃんがまとめた。

ぼくは首を振《ふ》った。「あれがなにかも、あの紫が当たるとどうなるかもわかったらいいのに。それに、めちゃ変な疲れを感じるのはなんでだろう。魚の目からビームが発射《はっしゃ》されるなんて、ぼくが持ってるどの本にも書いてなかった。マル、ひょっとしてミルクを持ってきてない？」

「ミルクは思いつかなかったな」マルはひと口残っていたクッキーを食べると、剣《けん》を高く上げた。「魚の泡が毒じゃなくてよかったね。それに、弱化のポーションや負傷《ふしょう》のポーションみたいな効果《こうか》でもないよね。ダメージを受けたとは思わないけど……」マルは眉《まゆ》を寄せた。「たしかに、うーん……、なんだろう……」

「嵐を起こしそうな雨雲みたいな感じ」レナがいった。「まだ雨は降《ふ》ってないけれど、雲がどこまでもふわふわとついてきて、そのうちずぶぬれになるのは避《さ》けられない、って感じ」

マルが目を見開いて「それそれ！」といったと思うとまた眉《まゆ》を寄せた。「うまいこといってくれてすっきりしたけど、やっぱり気分は晴れないね」それからダイヤモンドのツルハシを取り出して、きれいな青緑《あおみどり》の石ブロックをじっとみた。「でも、ここにいるうちに、この石ブロックをふたつくらいもらっておこう。プリズムみたいな感じだよね？」

「プリズマリン。名前がわからないから、そう呼《よ》んでおきましょう」レナがいった。

「おれは〝水石〟って名前を考えてたけど、プリズマリンもいいな」兄ちゃんは、自分が先にそれを思いつかなくて、ちょっとがっかりしたみたいだ。

マルはそのブロックを取り外そうと、弧を描くようにダイヤモンドのツルハシを振《ふ》った。一日に何百回もしてきた動きだけど……ブロックはびくともしない。傷《きず》ひとつつかなかった。マルはいらついてため息をつき、ツルハシを別のプリズマリンブロックにたたきつけた。ところが……やっぱり傷《きず》ひとつつかない。

「おれがやってみる」兄ちゃんは手足を曲げたり伸《の》ばしたりしながらいった。マルからツルハシを受け取ると、振《ふ》り上《あ》げてダイヤモンドだって粉々になるような勢いでブロックをたたいた。それなのに、プリズマリンは子ネコに前足でたたかれたような音を立てただけだ。

「こんなに硬《かた》いものは、みたことがないよ」マルはすぐそばのブロックをなでながらいった。

そのとき兄ちゃんは、ありったけの力をこめてプリズマリンをひとかけらでも採《と》ろうとしてた。

「待った」ぼくが兄ちゃんの背中《せなか》に触《さわ》ると、兄ちゃんは動きを止めた。水中で汗をかくなんておかしいけど、なぜか兄ちゃんは汗をかいてた。

「採《と》れないのは石のせいじゃないかも。むむむ……」なんといったらいいかわからなかった。

「実際《じっさい》にポーションを使ってないのに影響《えいきょう》を受けてるとか、エンチャントしてないのに魔法《まほう》にかかってるとか、そんなことがいま、ぼくたちに起こってるんじゃないかな」

「呪いを受けてる、みたいな？」兄ちゃんがいった。

ぼくは何度もうなずいた。「そうそう。あの用心棒《ガーディアン》みたいな魚たちが、あの不気味なぶるぶるダンスをしたら、ぼくたちは採掘《さいくつ》ができなくなった。きっと、ぼくたちにブロックを採《と》らせたくないんだ。そうやってエフラムさんの家を守ってるんじゃないかな」そうはいったけど、ここがエフラムさんの家だというのも怪しいような気がしてきた。「この建物がほんとはなんなのかわかんないけどさ」

マルと目が合った。「じゃあ、トックはここがエフラムさんの家じゃないかもしれないと思っているんだ？」

ぼくは、まわりをぐるっとみた。「これは家とは思えないよ。ひとりで住むには、どうみても大きすぎる。なんでわざわざこんなに大きくて目立つものを作るのさ？　人と関わりたくない人間がそんなことする？　この建物は、まるで『おーい、こっちにこい！』って叫んでるみたいっしょ」

「それなら、あの絶対《ぜったい》に魚じゃないモブたちは、なぜここを守っているの？」レナがたずねた。

ぼくはトンネルのように奥に続く藍色《あいいろ》の暗がりをじっとみた。「持っていく価値のあるものが、ここにあるからだと思う」

マルはひとりひとりの顔をみていった。「ここがエフラムさんの家だと思う人、手を挙げて」

ぼくは手を挙げなかった。レナとマルも。兄ちゃんは手を挙げた。

「おれなら、ほかにやることがなければ、こんな家を建てるな。ただし、そうだな、外壁《がいへき》におれの顔を描く」兄ちゃんはいった。

レナはそれをスルーした。「うーん、これがエフラムさんの建てた家じゃないとしても、ここをみつけて住むことにしたかもしれないじゃない？　ほら、ネザーには砦の遺跡ってあったでしょ。森の洋館だってそう。オーバーワールドには、昔に建てられてだれも住んでいない建物がいろいろあるから、隠《かく》れていたい人にはいい家になりそう。それなら、やっぱりこの中はみておいたほうがいいと思う」

「昔の建物には、たいていいいものが詰《つ》まったチェストがあるしな」兄ちゃんのいう通りだ。

マルの唇が小刻《こきざ》みに震えてる。プリズマリンを採《と》れないのを、めちゃめちゃ残念がってるんだ。ぼくだって、大きな部屋にポーションの材料がたっぷりそろってるのに醸造台《じょうぞうだい》がなかったら、残念に思うだろうな。「エフラムさんが中にいる可能性《かのうせい》があるなら、くまなくみてまわらなくちゃね。でも、全身を防具《ぼうぐ》で守って、いちばん強い武器《ぶき》を持っていこう。あの用心棒《ガーディアン》みたいな魚は、どれもなかなか倒《たお》せなかったし。この中にはどんなものがいるかわからないしね」

兄ちゃんが鼻で笑った。「くるならかかってこい。おれたちに向かってきた相手は、全部倒《たお》してきたんだ。このへんちくりんな建物になにがいようと、みんなで協力して倒《たお》そう」

そしてポケットから全員分の防具《ぼうぐ》を取り出すと強力な防具《ぼうぐ》を分け合って、それぞれがダイヤモンド製のものと、金製のものと、鉄製のものを身に着けられるようにした。

兄ちゃんはダイヤモンド製とネザライト製という最強の二種類の防具《ぼうぐ》を身に着けてるけど、みんなそのまま兄ちゃんが着けておいたほうがいいという意見だった。なんたって、兄ちゃんこそ、大声をあげて戦いに飛びこんでいって、いちばんまともに敵《てき》の攻撃《こうげき》を受けるからだ。

レナはエンチャントされた弓矢を取り出した。この矢が命中したものはなんでも燃え上がる。

兄ちゃんは、ぼくがダメージ増加《ぞうか》のエンチャントを施した剣《けん》を振《ふ》りかざした。

マルはダイヤモンドのツルハシをしまった。このツルハシにはシルクタッチのエンチャントが施されてて、ふつうならびくともしないブロックを楽に手に入れられるようになってる。代わりに取り出したのは、エンチャントされてなくても切れ味抜群《ばつぐん》のダイヤモンドの剣《けん》だ。

ぼくは剣《けん》を出そうとして、その前に、大きく息を吸ってからポケットから新しいポーションを四つ取り出した。

「なにそれ？」レナがきいた。

「再生《さいせい》のポーション。飲んでおけば、けがをしてもすぐ治《なお》るよ。最近はこれを醸造《じょうぞう》してたんだ」

マルは眉《まゆ》を寄せた。「それ、ほんとにいま飲んだほうがいい？　陸にもどったら、いまよりずっとやっかいなことが起こるかもしれないよね」

「そんなに作りにくいポーションじゃないから」ぼくはびんを回して、すみれ色の液体を揺《ゆ》らした。「材料はガストの涙ひと粒と暗黒茸《ネザーウォート》を少し使っただけ。それとさ、ぼく、まだこれを試したことないんだよね。だから、今回は……効果《こうか》を確《たし》かめるためだと思ってくれればいい」

兄ちゃんが肩をすくめて、びんをひとつもらってくれて、ぼくはにっこりした。兄ちゃんはいつも、ぼくを応援してくれる。効果《こうか》がわからない薬を飲まないといけないときでも。ポーションを一気に飲んだ兄ちゃんは笑いながらいった。「塩漬けマッシュルームの味がする」

マルとレナといっしょにぼくもポーションを飲んだ。それから剣《けん》を持ったけど、ぼくの場合はちっとも様《さま》にならなくていやになる。ぼくはジャロといっしょに陸に残ったほうがよかったのかもしれない。いや、ボートに残って、二艘《そう》とも流されないようにみてたほうがよかったのかも。ポーションを飲んだら、また、元気が出てきた——というか、こんなに強くなったような気がするのは初めてだ。

そのとき、兄ちゃんが建物の奥に向かって泳ぎだした。そうだ、ぼくはここにいてよかったんだ。だって、だれかが兄ちゃんを見守らないといけないんだから。

いまのところ、ここはだれも使ってないようにみえるけど、じつはそうじゃないかもしれないんだし。

第10章　ガーディアンに襲《おそ》われるチャグ

おれには大好きなことがいろいろある。初めての場所を探検《たんけん》するのはそのひとつだし、みたこともないかわいい生き物をみつけるのも、はじめてみるうまい食べ物をレシピ本のスロットに入れるのもそうだ。トックが新しく作ったポーションをスープのうま味にちょっと入れたい。それでけがが早く治《なお》るなら、ますますいいよな。

みんなの前ではいわなかったけど、じつはあの不気味なひとつ目の魚にはまいってた。レナにクッキーをもう一枚ねだるか、マルに魚をくれとねだったほうがよかったかもな。体力はとても完璧に回復したとはいえないけど、かまうもんか。ここを切《き》り抜《ぬ》ければ、エフラムさんがみつかってエンチャントされた金のリンゴをもらう。あとは一気に浮上するだけだ。

いまいるいちばん下の階から上にいけそうな穴があったから、泳いで上がっていった。途中《とちゅう》の見通しは――あんまりよくないけど、まあみえる。だけど、上の階に着いたとたんに――。

ぎゃ！

魚だ！

目の前に魚が！

おれは剣《けん》で魚を倒《たお》したけど、あの破壊兵器《はかいへいき》みたいなとげだらけの体で何度か体当たりされた。もう一匹現れたから、おれはそいつに向かっていった。だけど、そいつは逃げて、まるで隠《かく》すみたいにオレンジ色のとげをひっこめた。おれはそいつを倒《たお》し、さっきのやつにとげでやられた腕をなでた。

くそう……とげ魚はきらいだ。

後ろでだれかが悲鳴をあげた。振《ふ》り向《む》くと、マルが魚の目から発射《はっしゃ》される泡ビームを浴びてた。おれはその魚に後ろから剣《けん》で切りつけた。すると、そいつはくるっと向きを変えてこっちに向かってきた。そいつのとげをよけながら戦ってると、おれもビームを食らってしまい、全身に火がついたように熱くなった。

そうか、どうりでマルが悲鳴をあげたわけだ。

おれも大声をあげた。

耳障《みみざわ》りな悲鳴がウワンウワン響《ひび》く。

目から泡ビームを出しておれを焼きこがしてる魚めがけてトックが泳いでいったら、とたんにとげで攻撃《こうげき》された。おれは目の前の魚を倒《たお》すと、トックを助けにいった。

とげだらけの魚はあちこちにいる。

まじで、そこらじゅうにいるんだ。

レナがいらついてうめいてる。レナの後ろから魚が迫《せま》ってるのがみえる。「矢が当たれば燃え上がるはずなのに、水中では効果《こうか》がなくなるみたい。ここでは、なにをやってもうまくいかない！」

「みんな！　ここはやばい。有利に戦える場所に移《うつ》ろう！」おれは叫んだ。

これもきっと、森の洋館みたいなもんなんだ。通路でも部屋でもいいから、とにかく敵《てき》のいないところで体勢を立て直す必要がある。おれは先頭を泳いで進んでいったけど、通路は狭《せま》くて暗い。頭の上に穴がみえたから、そこに向かった。マルとトックとレナがついてくる。おれはほっとため息をつき、通路を先へ急いだ。次の角を左に曲がり、また上に向かうと――。

魚だ！

目の前に魚が！

上の階に顔を出したとたんに、とげで刺された。剣《けん》の詰《つ》まった箱の中に突っこんだようなもんだ。体じゅう痛《いた》いけど、止まるわけにはいかない。おれはいまいましいとげ魚に剣《けん》で切りつけた。だけど体力ゲージが下がっていくのがわかる。ふだんならあり得ないほどでかいダメージを受けちまったらしい。だけど、それは変だ。だって、この防具はネザライト製で、とんでもなく硬《かた》いんだぞ。たいていの攻撃《こうげき》に耐えられるはずなのに、なんでこいつら相手だとこんなに苦戦するんだ？

今度は倒《たお》した魚がきらきらしたかけらをいくつか落とした。おれでも取り外せなかった、あのきれいなブロックとおんなじ素材《そざい》だ。おれはそれを拾ってポケットに入れると、なにか食わなきゃと必死になって、あとに残った魚の肉を生のままがつがつ食った。

あの魚がいなくなって、まわりをみるとほっとした。ここはまともな部屋で、飾《かざ》り棚《だな》やベンチやきれいな海中《シー》ランタンがいくつもある。クログが隠《かく》れ家《が》にしてた森の洋館にも、こんな感じの部屋がいくつかあったな。なんだか、めっちゃセンスのいいよく気がつく人がブロックをひとつひとつ、文句のつけようのないくらい美しく配置したって感じだ。あれはクログがやったんじゃない。あいつはただうるさいだけの悪人で、あの洋館をおれたちより先にみつけただけだ。だけど、あの洋館はたしかに隠《かく》れ家《が》としては最高だった。それにくらべると、ここはあんまり隠《かく》れ家《が》向きじゃないような気がする。殺人鬼みたいな魚じゃない魚がうじゃうじゃいすぎる。おれがその部屋を泳いでみて回って感心してると、みんなも入ってきた。いや、みんなじゃない――。

「レナは？」

おれがトックとマルをみると、ふたりは後ろを振《ふ》り返《かえ》った。だけど、レナは……いない。

心臓《しんぞう》がひっくり返りそうにバクバクしだした。おれはマルに食べ物をくれといいたかったけど、レナを探《さが》すほうが先だ。おれはあわてて下にもどり、部屋から通路に出たけど、曲がりくねって暗くて、ろくに見通しがきかない。

「レナ！」おれは大声で呼《よ》んだ。

「チャグ、ブクブク、ブクブク、ブクブクボコッ！」レナが大声でなにかいってるけど、水の中だしプリズマリンの壁《かべ》もあって、ろくに聞き取れなかった。

「ふたりはここにいてくれ。すぐもどってくる」おれはマルとトックにうと、通路を泳いでいった。

めちゃくちゃに枝分かれしてる奇妙《きみょう》な通路を、全部チェックする。この建物を設計《せっけい》したやつは、目まいに悩まされてて、人を混乱させる趣味があったにちがいない。だって、ぜんぜんわけがわかんない。建物ってのは、必ず合理的にできてるもんだ。さっきおれは、森の洋館みたいだといったけど、訂正《ていせい》する――ちっとも森の洋館っぽくない。ここは最悪だ。エフラムさんは、まじで、本気で、ほっといてほしかったんだろうな。

用心棒《ガーディアン》みたいな魚が一匹、むこうにいるけど、こっちを向いてないし、とげは全部引っこんでる。おれはそっと近づくと、たった数回剣《けん》を振《ふ》っただけで倒《たお》した。

そうか！

こっちを向いてないときに攻撃《こうげき》すれば、楽勝だ！

こりゃあ、最高だ。

先制攻撃《こうげき》がいつものおれのやり方だけど、その作戦が水中ではかなりうまくいくってことだな。

「レナ！」おれはまた大声で呼《よ》んだ。

「チャグ、ブクブク、ボコボコ、折れたの！」レナの大声がきこえる。

おれは声のするほうにいってみたけど、へんちくりんな通路にぶち当たった。腰《こし》くらいの高さのブロックが並んでる。ここはフェンスを立てるにはぴったりだとでも思ったやつがいたんだろうか。少なくとも、ランタンはいっぱいある。おれは泳いできた通路にもどってさらに進んだ。すると、部屋があって中にレナがいた。とげとげの魚も二匹いて……。

ん？　レナを食おうとしてる？

おれはかっとなって大声でわめきながら、突進してガーディアンどもがレナをねらってるうちに切りまくった。レナの弓が折れて床《ゆか》に転がってる。だからレナは動きが取れなくなったんだ。おれは猛攻撃《もうこうげき》にさらに力を入れた。一匹のガーディアンがこっちを向いても、かまわず攻撃《こうげき》した。相手はとげを出して殺気立ってる。目がぶるぶる震えて、いまにも泡ビームを発射《はっしゃ》しようとしてる。

さらに数回剣《けん》で切りつけて二匹のガーディアンを倒《たお》した。それからさっと生の魚肉を拾ってがつがつ食った。まずレナに食わせたほうがよかったんだろうけど、ここは冷静に考えよう

——いまのレナにはおれが頼《たよ》りなんだから、おれが体力をつけとかなきゃだめなんだ。

「ここに追いこまれて、弓が折れてしまったの」レナはやっときこえるくらいの声でいった。

「わたし……これしか武器《ぶき》を持っていないのに」

床《ゆか》に本が三冊落ちてる。きっとレナはまじで必死になってて、手当たり次第になんでも魚に投げつけたんだ。おれは本と折れた弓を拾ってレナに返すと、ポケットから金の剣《けん》を出してレナに渡《わた》した。「ほら、めっちゃいい武器《ぶき》が手に入っただろ。トックが作った剣《けん》だ。さあ、ここから出よう」おれはガーディアンどもが落としたプリズマリンのかけらとプリズマリンクリスタルを集めて、レナを連れてその部屋から出た。

だけど、ひとつ問題があった。この建物は迷路みたいなんだ。

で、ほんと偶然だけど、おれは特に迷路が苦手だ。

だけど、迷路の得意なやつがいる。

トックとマルだ。

迷路が得意なのは、仲間のうちのふたりで、そのふたりは別のところでおれがもどってくるのを待ってる。

「レナ、ひょっとしてもどりかたなんてわからないよな?」おれはなにげないふりしてきいた。

「わからない。命からがら逃げて——泳いでいたもの」

おれは左に曲がった。だけど、そこはフェンスのある通路じゃなく、行き止まりだった。こっちじゃなかったか。さっきの通路にもどって右にいったけど、そっちはレナのいた部屋があるほうだ。じゃ、上か? ああ、きっとそうだ。上の階への通路には見覚えがなかったけど、覚えてないだけかも。かなりあわてて動き回ってたからな。それに、なんだかんだいっても部屋は全部、つながってるはずだよな?

らせん状の狭苦《せまくる》しい通路はネザー要塞《ようさい》の階段みたいだ。そこを上に向かって泳いでいくと、太い柱が何本も立っている大きな部屋に出た。

「よし、ここで少し休もう——」おれはいいかけた。

だけどレナが大声でおれの言葉をさえぎった。「ビッグサイズのとげ魚よ! 逃げるわよ! 走って!」

レナは「泳いで!」といいたかったんだろうけど、おれは訂正《ていせい》しなかった。大急ぎでいまきた通路にもどったけど、もうちょっとでおもらしするとこだった。というのも、巨大《きょだい》な全身灰色のガーディアンが猛烈な勢いでこっちに泳いできたんだ。海の中でみたどのモブよりもでかい。

ただひとつ、ありがたかったのは、相手がでかすぎて、ひとつしかないドアを通《とお》り抜《ぬ》けられないってことだ。

まじで、通れないよな?

さっきの曲がりくねった通路にもどったはいいけど、切羽《せっぱ》つまってどうしようもなく、自分たちがどこに向かってるのかもわからなかった。まっすぐ、曲がって、くぐり、右へ、左へ。ここは暗くて曲がりくねってて、そうしてるうちに、一瞬《いっしゅん》不安が頭をよぎった……。

そうだ、トックのポーションの効果《こうか》は、いずれは切れる。そのとき、おれたちがここから出られないままだったら、呼吸《こきゅう》もできなくなる。空気がたまったエアポケットなんか、これまでどこにもなかった。

呼吸《こきゅう》が速くなってきた。そのとき、レナがおれの腕に触《さわ》った。「大丈夫《だいじょうぶ》よ。このまま泳いでいこう」

「このまま泳いでいくか」おれは繰《く》り返《かえ》した。

よかった。あそこにちらっとみえる光は見覚えがある。泳いでいくと、そこはシーランタンとフェンスのある通路だった。

「ここは覚えてるぞ！」おれは、とたんにほっとした。トックとマルはこのすぐ近くにいるはずだ。

おれたちは大きな部屋に泳いで入っていった。ここ、覚えてるぞ。おお、トックとマルがベンチにすわって、島で釣《つ》って焼いた魚を食ってる。マルは魚をレナとおれにくれて、おれはそいつにかぶりついた。魚が腹に収《おさ》まって体力が回復しはじめると、いまさらだけどわかったんだ。海の中では、防具《ぼうぐ》はほとんど役に立たない。いや、もしかしたら防具《ぼうぐ》はちゃんと守ってくれてて、着けてなければ、おれはいまごろ魚の餌《えさ》になってたのかもしれないけど。

マルにもらった魚だけじゃ、ほとんど腹の足しにならなかった。おれって、一日中食っててても、満腹になったとか、体力が百パーセント回復したとか感じることがないのかもしれない。だけど、先を急がなきゃ。トックにポーションの効果《こうか》があとどれくらい持つのかきくのがこわいから、ひと切れ残った魚を食って、げっぷした。すると魚くさい泡がボコッと出た。おれは入ってきたのとちがうドアを指差した。

「みんな出発できるか？」

だれもそうはみえない。

レナはいまにも気を失いそうで、剣《けん》を持つ手が震えてる。トックの背中《せなか》は丸まってる。ネザーで捕《と》らわれてた、あの石造《いしづく》りの要塞《ようさい》を思い出してるんだろう。マルはめっちゃ怒《おこ》ってるみたいだ。なにひとつ思うようにいかなくて、自分の力ではどうすることもできない感じなんだろう。マルはそういうのが大嫌《だいきら》いだ。

「しっかりしろよ、はみだし探検隊《たんけんたい》！」おれはいった。「エフラムさんはきっと、すぐそこにいるって。じいさんをみつけて、例のエンチャントされた金のリンゴをもらって、ナンに持って帰って、パーティーしようぜ。ストゥ長老より背《せ》の高いケーキを、ナンに作ってやろう！」

マルはうなずいた。「うん、そうだね。ナンのためだ。あたしたち、やり遂《と》げられるよ。でも、みんなに知っておいてもらいたい……」そして、しょうがないって感じのため息をついた。「あたしはここが大嫌《だいきら》い。いますぐにでも、こぢんまりして快適《かいてき》な地下の穴を掘《ほ》りたい気分」

「わたしもネザーのほうがまだまし。なぜって、少なくとも、たいていいつでも、ずっとずっと先まで見通せるもの」

「ぼくはどっちもいやだけど、ここも嫌《きら》いだ。時間との闘いだよね。ここにじっとしてるより、先を急いだほうがいいっしょ」トックは不安そうだ。それをみるとおれも不安になるけど、いいことが起こりそうな予感もしてる。

エフラムさんはきっと、近くにいる。たくさんの金のリンゴでできた王座にすわって、知り合いのナンのために、はるばるやってきた向こう見ずなガキどもに褒美を取らせようと待ち構《ま かま》えてるさ。

少なくとも、おれはそう自分に言い聞かせた。そうでもしないと、母さんのいった通り、食ってすぐ泳いだらゲロを吐いちまいそうだ。

おれは先頭を泳いで通路に出ると、次の部屋に向かった。だって、みんなここがひどいところだってわかってるし、おれならまだまだ攻撃《こうげき》されても平気だからな。部屋のアーチ型の入り口から光が漏れてくる。そこに入っていくと――。

エフラムさんはいなかった。

いたのは、さっきのとは別の、巨大《きょだい》な灰色のガーディアンだ。しかも、めっちゃ怒《おこ》ってる。

「みんな、さがれ！」

小型のガーディアンたちは、直撃《ちょくげき》されるとひるんでたのを覚えてたから、おれは目の前の相手をめがけて泳いでいき、大声をあげながら、剣《けん》で切りつけた。

目の奥に強烈な痛《いた》みが走って、おれは悲鳴をあげた。一瞬《いっしゅん》、意識が遠のいた。

ガーディアンの親玉みたいなやつらは、とげもでかいし、すぐかっとなる。

一回体当たりされただけで、全身の骨という骨が折れちまった気分だ。

おれはもう一回、剣《けん》で切りつけたけど、また利き腕をとげで刺された。

腕にミツバチがたかってる。しかも怒《おこ》ったミツバチだ。それに、熱い。怒《おこ》ったミツバチに火がついてる。腕を切り落として捨てちまいたい。痛《いた》くて痛《いた》くてたまらない。

体が勝手に後退していく。まるでおれのなかの動物的な本能が、逃げないと死ぬとわかってるみたいだ。だけど、脳《のう》は逃げないで仲間を守れといってる。マルがガーディアンの横から飛び出していってダイヤモンドの剣《けん》で攻撃《こうげき》したけど、やっぱりとげで刺された。マルの悲鳴が矢のようにおれの心に突き刺さり、マルの手から剣《けん》が落ちた。

「ここから出るんだ！　このとんでもない場所から脱出《だっしゅつ》しなきゃ！」おれは叫んだ。

みんなが泳いで逃げるのを見届《みとど》けると、おれは振《ふ》り向《む》いた。でかいガーディアンにもう一度切りつけて、おれたちを追ってこないようにできたらいいと思ったんだ。剣《けん》でがつんと切りつけると同時におれはさっと向きを変えて仲間のあとを追った。ところが、くそったれのとげとげした用心棒《ガーディアン》みたいな魚モンスターは、とどめの一撃《いちげき》とでもいうように、背中《せなか》をとげで刺してきた。

せこい。きたないぞ。

全身が燃えるように熱く、石のように、鉄のように固まった。体が重い。

剣《けん》が手をすり抜《ぬ》けていく。

水が冷たい。

床《ゆか》はやわらか。

おれは気を失った。

第11章　ジャロの出会ったもの

ここって、楽園《パラダイス》じゃねえかと思う。マルが置いてってくれたブロックを使って、めっちゃかっこいい避難所《ひなんじょ》を造《つく》れた。どの壁《かべ》も同じ種類の石ブロックで造《つく》って、天井《てんじょう》には豪華《ごうか》な木材を使った。中は広くて、五人分のベッドを置いてもまだ、ペットたちの居場所もあるし、トックが工房《こうぼう》として使うスペースもとれる。

すげえ気持ちのいい天気だから、トックは砂浜《すなはま》に作業台と醸造台《じょうぞうだい》を出して仕事したいというかもな。おれには技術も道具もないから窓は作れないけど、海に面した入り口を作った。こうしておけば、うっとりするような波をみながら、仲間を待ってられる。日中はそよ風が吹くし、イルカがジャンプするし、おれはのん気に過《す》ごしてた。

ところが、仲間がちっとももどってこねえ。こんなに長くかかると思ってなかったんだよな。

おれは、あいつらが五メートルそこそこ沖に出て海に潜《もぐ》ったら、エフラムってやつがそのへんにいるのを簡単にみつけられるんだろうと思ってた。なのに、あいつらがみえなくなってもう何時間にもなる。

いったい、どうしてるんだよ。あいつら、楽しくうまいことやってて、ポケットいっぱいにエンチャントされた金のリンゴを詰《つ》めこんでるならいいけど、食われちまった――てか、海の中で子どもを食う生き物ってどんなのかしらねえけど――のかもしれねえ。危険《きけん》な生き物は陸にもネザーにもいるんだから、海にだって墨を吹っかけるイカよりずっとおっかねえやつがいると思ったほうがいい。

おれは避難所《ひなんじょ》の中を歩き回ってたけど、しばらくして外に出て、ウマたちを入れてある囲《かこ》いのほうにいってみた。砂浜《すなはま》から少し離《はな》れた草地に囲《かこ》いを作ったんだ。ウマは食う草があったほうがいいだろうし、砂浜《すなはま》にいてもおもしろくないだろうからな。ブチと、マーヴィンと、テンテンと、ハッチー、それからおれが繁殖《はんしょく》させてチャグが名づけたモー。なんでそんな名前になったかって、そりゃ、白に黒いまだら模様《もよう》のウマだからだ。

みんな、おとなしく草を食《は》んで、のびのびしてるんだろう。ウマってやつは、かわいいもんで、ぼうっとした感じで、しっぽをシュッ、シュッと揺《ゆ》らすんだよな。

ところが……、様子がおかしい。みんな同じ方向を向いて顔を上げ、しきりに耳を動かしながら、じっと遠くの草原をみつめて、落ち着きなくしっぽを震わせてるんだ。

「どうした?」おれは手を上げてブチの首を軽くたたいた。触《さわ》ったとたんにブチは身震いして、不安そうにいなないた。

おれはウマたちがみてるほうに目をこらした。すると、おい、うそだろ。

あれ……。

ひょっとして……。

火?

エンチャントされた金の斧《おの》を取り出して、その火のほうに走った。まわりに溝を掘《ほ》ってウマたちと避難所《ひなんじょ》のエリアを守ったほうがいいのか? 雷が落ちて火事になるのはみたことがあるけど、今日は一日じゅういい天気だったから、なんで火が燃えてるのかわからなかった。近くまでいくと立ち止まってじっとみた。ぎょっとして口を開けた。両手がしびれて、斧《おの》を落としそうになる。腹の中がひっくり返りそうだ。

文字が書いてある。

ばかでかい文字だ。赤くて肉の塊《かたまり》みたいな暗黒石《ネザーラック》のブロックを地面に並べて書いてあるんだ。

でっかい文字が、文字通り燃えてる。

〝ピッピッピッ〟

おれは息をのんだけど、喉になにか大きなものがつかえてるような気がした。斧《おの》を両手でぎゅっと握《にぎ》った。

仲間がいて、これをみてくれたら、おれが夢でもみてるのかどうかわかるのに。まじで悪夢なんじゃないかと思えてくる。コーヌコーピアに帰りたい。あそこでは、すべて安全で、整然としてて、管理されてる。

だれがこんなことしたのか知らねえけど、だれかがやったに決まってる。

自然にこんなことは起こらねえ。

レナがいってたことが頭をよぎった。だれかにつけられてるって、いい続けてた。つけてきてたのは、あのときみたクリーパーだろうと思ったけど、クリーパーにはこんなことできねえ。できるのは人間だけだ。

だけど、なんでだ？

〝ヒッヒッヒッ〟だと？

なんの意味があるんだ？

ああ、そりゃ、笑い声だろうけど、おれたちはだれかに笑われてるのか？　コーヌコーピアからだれかがおれたちをつけてきて、こんなことをしたのか？　それとも、どこのだれだかわかんねえ、頭のおかしいやつがやったのか？　ひょっとして、エフラムさんからのメッセージ？　じいさんは長年ずっとここで、ひとりっきりでいるうちに正気じゃなくなっちまったのかよ？

おれは文字のほうに歩いていくと、斧《おの》を両手で持って周囲《しゅうい》をくまなくチェックした。動くものはなにもなく、花や草が海風にサラサラ音を立てて揺《ゆ》れてるだけだ。ネザーラックの文字以外、おれたちのほかにだれかがここにいた気配はねえ。足跡もみえねえ。だけど考えてみれば、おれはを追跡が得意じゃねえ。みんなが帰ってきてくれたらいいのに。レナは自然界のことをずっとよく知ってるし、トックはおれよりネザーラックのことに詳《くわ》しい。マルとチャグは、いろんなモンスター相手の戦い方を心得てる。

ところが、ここにはほかにだれもいなくて、おれにはみんなみたいな能力もねえ。おれはチームで協力し合うのにすっかり慣《な》れちまった。それに、ほんとのところ、そうなる前だって、いつもレミーとエドがいっしょだった。もともとひとりで行動するタイプじゃねえんだ。ああ、そうだ、なんで人といっしょにいるほうが好きなのか、思い出した。

ひとりぼっちになるのが、こわいからだ。

特に、このオーバーワールドでは。

あっちのほうからウマが一頭いななくのがきこえて、おれは振《ふ》り返《かえ》った。フェンスのブロックがひとつはずれてて、五頭のウマが別々の方向に走っていく。

「ブチ！」おれは大声で呼《よ》んで、ウマのほうに走っていった。「待て、ブチ！」

ウマがパニックを起こしてるときに、いちばんやっちゃいけねえのは、叫びながら追いかけることだとわかってるのに、こわくて気が動転してたから、どうしたらいいかわからなかった。ウマがいなくなったら、おれたちの移動《いどう》スピードは急激《きゅうげき》に落ちる。ナンの具合がだんだん悪くなってるいまは、一刻《いっこく》を争う。新しくウマを五頭みつけて手なづけるには半日、もしかしたらまる一日かかるかもしれねえ。そんな余裕なんてあるのか？

それに、管理をまかされてる間にウマに逃げられたなんて。ちっこいボールみたいに縮《ちぢ》こまって死んじまいたくなる。おれはいつもママに怒鳴《どな》られてた。スイートベリーの収穫《しゅうかく》に時間がかかりすぎるとか、部屋がきたないとか、成績が悪いとか、そんなことをいわれ続けてたんだ。だけどおれは、このところずっと気分がよかった。あの家を出てきてから、いつもいつも自分が悪いんだと思わされて、情けない気持ちになることがなくなったからだ。なのに、仲間の顔をみて、ウマに逃げられたと話すんだと思うと……。ったく、吐きけがしてくる。

ブチがおれのことを大好きでよかった。こっちにまっすぐ駆《か》けてきて頭を振《ふ》ると、おれをじっとみた。まるで、「もう、ばかね、いったいなにしにいってたのよ？」とでもいってるみたいだ。

いや、おれはばかでかい文字をみにいっただけなんだけどさ。

ブチの背《せ》にまたがると、いちばん近くにいるウマのとこに駆《か》けていった。モーだ。たまたまブチの生んだ男の子がそばにいたんだな。モーは何度も跳《は》ね上《あ》がったり、後ろ足を蹴《け》り上《あ》げたりして、すげえ楽しそうにしてたけど、それほどおれたちを手こずらせずに捕《つか》まってくれた。

一頭、また一頭と、おれはウマを捕《つか》まえて、囲《かこ》いに連れもどした。はずれたフェンスのブロックはそばに転がってた。おかしい。だけど、ウマのどれかがフェンスを蹴《け》り倒《たお》したのかも。ウマにそんなことできるとは思わなかったけど、ウマやラマやマッシュルームについては、うちの農場にいたとき毎日のように新しい発見があった。もしかしたらモーが、火をみてちょっと興奮《こうふん》してフェンスにぶつかったのかもしれねえ。なんだかんだいってもまだ子どもで、元気がいいし、なんでそんなことしたんだってことがよくあるもんな。

ああ、きっとそうだ。あの火のせいで、ウマたちは落ち着きがなかった。そこにきておれがおかしな行動をとったんだから、気の小さい動物にしてみりゃ、たまったもんじゃねえよな。

それしか考えられねえ。

それ以外に説明がつかなかった。

修理した囲《かこ》いの中にウマがみんな無事にもどると、おれはコムギの穂《ほ》をいくらか投げ入れて、ウマを落ち着かせようとした。それから避難所《ひなんじょ》の正面にもどって海をみた。仲間が帰ってくるのがみえるかも、と思ったんだ。

けど、そんなわけなかった。

そう、うまいことはいかねえよな。

海の上には、人もなにもみえねえ。ただどこまでも青くて、イルカが数匹、ジャンプしてるだけだ。おれは避難所《ひなんじょ》に入ろうと振《ふ》り返《かえ》って、また、はっとした。あごがはずれそうだった。

おれのベッドが粉々になってる。

まじで、だれかが斧《おの》で叩《たた》き壊《こわ》したみたいだ。木《こ》っ端《ぱ》みじんになって、毛布はびりびりだ。ミャーとかすかな声がして、キャンダとクラリティが隅《すみ》のほうに落ちてる枕の下からこっちをみていた。二匹とも、おびえてる。

おれはその場で一周まわって、隅々《すみずみ》までしっかりみたけど、だれもいない。

それでも……、たしかにだれかここにいたはずだ。だれかが、ベッドを壊《こわ》したんだ。

だんだん状況がつかめてきた。

だれかがネザーラックで文字を作って燃やして、おれをおびき出した。おれはのこのこ出て調べにいった。それを待ちかまえてたやつは、フェンスブロックをはずしてウマたちを逃がしておれを動転させておいて、避難所《ひなんじょ》に忍《しの》びこんでおれのベッドを破壊《はかい》したんだ。

口の中がからからになった。舌《した》がはれ上がって、喉をふさぎそうだ。ひとりでこの避難所《ひなんじょ》にいる限り、おれは安全だと思ってた。オーバーワールドってのは、夜、モンスター連中が入ってこねえようにして、昼間の道中で盗賊《とうぞく》に会わねえようにさえしてれば、それほどこわくねえと思ってた。おれ、すげえばかだったんだ。

レナは正しかった。だれかがおれたちをつけてきてる。そいつはおれたちに危害《きがい》を加えるつもりだ。そいつは頭がいい。おれをはめておいて、気づかれねえようにここに忍《しの》びこんだ。そいつはまだ外に、どこか、たぶんめっちゃ近くにいる。そしておそらく、おれを見張ってる。

次にどうするか、計画を立ててるんだ。

また外に出た。沈みかけた太陽をみながら、数歩海に入ってみた。波は冷たくて荒っぽくて、おれのブーツの足首のまわりが白く泡立ってる。

「早く、頼《たの》むから、早く」おれは手を額にかざして、遠くの波をみつめながら、ブツブツいった。「帰ってきてくれ、みんな。おれ……ひとりじゃ無理だ」

チャグの自信と剣《けん》の腕が必要なんだ。

マルの統率力《とうそつりょく》と、楽観的で機転のきくところが必要なんだ。

トックの賢《かしこ》さと、難《むずか》しい問題を解決《かいけつ》する力が必要なんだ。

レナの鋭《するど》い感覚と、独特《どくとく》な視点《してん》が必要なんだ。

昔、自分があの四人を見下して、変わり者でうっとうしい連中は嫌《いや》がらせされて当然だと思ってたことを考えると、すげえおかしいよな。いまのおれは、あの四人のだれかひとりでもいいから会いたくてしょうがない。

おれは避難所《ひなんじょ》の中に入って、耳をそばだててた。だけど、打ち寄せる波の音のせいで、物音がよくきこえねえ。おれは開いてるドアに背《せ》を向けずに、ベッドをもと通りにもどそうとしたけど、だめだった。木っ端《こぱ》みじんにされてるんだ。

こんなことするやつは、頭がおかしいと思うぞ。まじでいかれてる。あの〝ヒッヒッヒッ〟だって、いかにもばかにした笑いだ。

トックが作業台を持ってったから、新しいベッドは作れねえ。だけど、考えてみれば、おれはクラフティングがまるっきりへただし、材料をなにも持ってねえ。

最悪の気分だ。みんなきっと、さんざん泳いで疲れて帰ってくるだろうに、おれはバキバキになった木くずをみせて、ベッドを作ってくれと頼《たの》まないといけねえのか。ウマたちを連れもどしたのが、せめてもの救《すく》いだ。おれだって、少しは役に立てた。

外に出てすわろう。おれは海も、避難所《ひなんじょ》の入り口も、ウマもみえるところを選んだ。そこにすわってブーツを脱《ぬ》ぎ、つま先を砂に突っこんだ。こんなにいやな気分じゃなければ、気持ちいいんだろうな。斧《おの》をそばに置いて海をじっとみて、仲間が早く帰ってくるよう願いながら、いったいだれがこんなことしたんだろうと考えた。思い当たるのはひとりだけだ。

いや、正確《せいかく》には、1グループ。

オーロックとその仲間だ。

あの連中は、まず、はみだし探検隊《たんけんたい》の最初の冒険《ぼうけん》では、ラマからマルのひいひいひいばあちゃんのダイヤモンドのツルハシまで、全部ごっそり奪《うば》った。チャグのペットのブタまで奪《うば》って、ポークチョップにしようとした。それからコーヌコーピアにきて、町にあるポーションをひとつ残らず盗《ぬす》んだついでにトックとおれを誘拐《ゆうかい》した。それからトックをネザーに連れてって、大量のポーションと武器《ぶき》を作らせたんだ。

おれたちは、ポータルを壊《こわ》してオーロックと手下をネザーに閉じこめておけば、牢屋《ろうや》に入れとくようなもんだと思ってたけど、あの連中はオーバーワールドにもどってくる方法をみつけたんだろうか？　ネザーをさんざん移動《いどう》してまわれば、起動してるポータルがみつかることがあるらしいから、連中はそれを使ったのかもしれねえ。

それで、オーバーワールドのどこにもどってきたのかがわかると、計画を邪魔《じゃま》したガキどもに仕返しすることにしたんだろう。おれたちのせいで、連中は溶岩《ようがん》に囲《かこ》まれてホグリンの肉ばっか食う生活をするはめになったんだもんな。

だけどもし、ほんとにあの盗賊《とうぞく》だとすると、やべえ……おれは終わったな。

あの連中をネザーに置き去りにしてきたとき、あっちは五人いた。全員防具《ぼうぐ》を着けて、武器《ぶき》をいっぱい持ってた。あの連中はもともと残酷で短気だったのに、おれたちに逃げられたんだから、そりゃ怒《おこ》ってるよな。しかもおれたちは、トックを連れて、ネザーポータルまで通《とお》り抜《ぬ》けた。おまけに、無事にオーバーワールドに逃げもどってすぐポータルを壊《こわ》したんだ。

ここにいるのがあの盗賊《とうぞく》で、こっちがひとりだとすると、おれは前のときと同じように、縛《しば》られて目隠《めかく》しされて、人里離《はな》れたところに置き去りにされるだろう。あいつら、おれを木に縛《しば》りつけて、そのまま死なせようとしたんだ。おれはひとりっきりで、武器《ぶき》もなく、壁《かべ》に囲《かこ》まれた町の外で生きていくのに必要な能力も知識もなしで、置いていかれたんだ。

ろくでもない連中だ。

あいつらに対抗《たいこう》するのに、自由に使いこなせるものってなにがある？

エンチャントされた金の斧《おの》、使い古した鉄の剣《けん》、それにもうガクガクしてるひざ。

トックのネコたちがこっそり外に出てきて、おれにすり寄ってきた。頭をなでてくれとおれにぶつかりながら、ゴロゴロ喉を鳴らしてる。キャンダとクラリティのあごをかいたり背中《せなか》をなでてやったりしてるうちに心配になってきた。おれにはこいつらを守ってやれない。二匹になにかあれば、トックは正気でいられなくなるだろう。

コーヌコーピアから外に出るたびに、思い知らされる。なにが起こっても不思議じゃない広い世界があるんだ。もしかしたら、長老たちのやり方が正しいのかも。もしかしたら、壁《かべ》の中の生活のほうがいいのかも。

もしかしたら、危険《きけん》なよそ者が入ってこれなくて、おれみたいなばかなガキが陽気に外に出て、ウマを借りて、死への旅に出ないほうがいいのかも。

キャンダがおれのほっぺたに頭をこすりつけてきて、自分が泣いてるのに気づいた。

「悪いやつらがきたら、おまえたちは逃げるんだぞ。いいな？」キャンダにいうと、クラリティがミャーと返事したから、おれはつけ加えた。「逃げて、トックが探《さが》しにくるのを待つんだ」

ふいに、ネコたちがシャーッと音を立てて避難所《ひなんじょ》に駆《か》けこんでいって、おれはぎょっとした。

金の斧《おの》を手にがばっと立ち上がる。くそっ、ブーツを脱《ぬ》ぐんじゃなかった。

ネコたちがこわがったものの正体がすぐわかると、血が凍《こお》りついて胃が溶けちまいそうになった。

こっちにまっすぐ向かってくるのは、おれがいちばん恐《おそ》れてるやつ。クリーパーだった。

第12章　危機《きき》に陥《おちい》ったレナ

全身が燃えるように熱くて、鉄になったように重い。わたしは海のものすごく深《ふか》いところで迷路にはまっていて、そこにはたくさんの、そう、凶暴《きょうぼう》な殺人魚がいる。眠《ねむ》いし、けがをしているし、体が重くて、うまく動けない。もう、どうにもならない。いつもならチャグとマルがさっときて助けてくれるのだけれど、チャグは気を失ってプリズマリンの床《ゆか》のほうに漂《ただよ》っていくし、マルはまだ戦っているけれど、わたしと同じくらいダメージを受けている。トックはチャグを揺《ゆ》さぶりながら、お願いだから目を覚まして、といっている。

「ポーションの効果《こうか》はもうすぐ切れるんだよ、兄ちゃんのばか！」トックは叫んでいる。「頼《たの》むから目を覚まして、水面に泳いでいってくれよ。そしたらこれからずっと、ぼくの分のクッキーを全部あげるから。ぎゃ！」

大きな灰色のガーディアンがトックにぶつかった。トックは息をのんで手足をばたつかせている。そしてこっちをみて、わたしと目が合った。このときばかりは、わたしは目をそらさなかった。「ここから逃げて。いますぐ浮上するんだ」トックはいった。

わたしは首を振《ふ》って、チャグに寄り添うトックのところにいった。「そんなことできない。いっしょにチャグを引っ張り上げよう。チャグはまだなんとか生きているんだから」

チャグの脚をトックと片方《かたほう》ずつ抱えたけれど、チャグはまだ防具《ぼうぐ》を着けている。防具《ぼうぐ》が重くて扱《あつか》いづらいから、浮力のある水の中でさえチャグをうまく動かせない。灰色のガーディアンは——エルダーガーディアンと呼《よ》ぶのがぴったりね、だって図体が大きくて血色が悪くて意地悪で、まるで長老《エルダーズ》たちみたいだもの——目から泡ビームを発射《はっしゃ》してトックに命中させた。トックはチャグの脚を放してしまい、身をよじって苦しんでいる。エルダーガーディアンがとげを引っこめた瞬間《しゅんかん》、マルが剣《けん》で切りつけたけれど、相手をもっと怒《おこ》らせただけだ。

わたしたち、負けるんだわ。

勝つどころか、逃げるすべもないと思うのは初めてだった。

痛《いた》っ！

小型のガーディアンが体当たりしてきた。いまいましいオレンジ色のとげだらけの体で激突《げきとつ》されて、わたしは肺に穴を開けられたような気がした。チャグの脚を放してしまい、いっしょに床《ゆか》に落ちていく。ここまで落ちてくると気持ちが安らいだ。わたしは指をチャグの指にからめ、ずっと大きなチャグの手を握《にぎ》った。

「いい友だちでいてくれてありがとう、チャグ」そういうと、わたしの口から泡がもれて、小鳥が羽ばたくように上がっていった。

「あきらめないで！」マルが怒鳴《どな》る。「だめ！　すぐに立ち上がって、ここから脱出《だっしゅつ》するよ！」

「立てないよ」トックが弱々しくいった。「ダメージが大きすぎる。目を開けてるのがやっとだ」

トックはチャグのむこう側にいて、もう一方の手を握《にぎ》っている。マルがダイヤモンドのツルハシを手に泳いできて、またわたしたちをねらって突っこんできたガーディアンにガツンと振《ふ》り下《お》ろした。

「そんなことない！　あたしたち、はみだし探検隊《たんけんたい》だよ！　なにがあっても、前に進むの！　いこう、トック！」

けれどトックは、兄さんと同じように、もう気を失っている。

もうこれ以上、戦えない。

ふたりとも、息も絶《た》え絶《だ》えだ。

「無理よ、マル。もう無理」わたしは許しを乞うようにいった。

「無理じゃない！　あきらめないで！」水中で涙を流せるなんて不思議だけれど、マルは泣いている。「みんなでここから脱出《だっしゅつ》するの！　そして、みんなでエンチャントされた金のリンゴを手に入れて、みんなでナンを助けるの！」

「じゃあ、逃げて。やり遂《と》げて」口を動かすのがやっとだった。もう、手の感覚さえない。

「わたしたちのことは忘れて」

「だめ！　みんなを置いていけないよ！　絶対《ぜったい》に置いていかない！」

一瞬《いっしゅん》、恐《おそ》ろしい沈黙があった。逃げないとだめよ、いまいかないとここから出られなくなるといいたいのに、ちっとも口が動いてくれない。

「全員で逃げてはどうかね？」きいたことのない声がして、わたしはやっとのことで目を開けた。

マルの隣《となり》におじいさんがいる……そんなわけない、きっと夢なのね。ネザライトの防具《ぼうぐ》を着けて、エンチャントされたトライデントを持っている。それから——うそでしょ？　ヘルメットの代わりにカメの甲羅《こうら》を頭にかぶって、いろいろなポーションのパワーが全身からにじみ出ている。水中呼吸《すいちゅうこきゅう》のポーションも使っているはずよね、だって海底でしゃべっているんだから。

「あなたは、だれ？」マルはいった。

「きみらを助けにきた」その人はぶっきらぼうにいった。「さて、あのどでかいビームモンスターを倒《たお》したら、さっさとずらかるぞ」

わたしが瞬《またた》きしている間に、大きな灰色のガーディアンが倒《たお》されて、あとに海綿だけが残された。おじいさんはそれをポケットに入れると、チャグを片方《かたほう》の腕で抱え、もう片方《かたほう》でトックを抱えた。

「その女の子を連れてこい」おじいさんはマルにいった。遠のいていく意識のなかで、おじいさんがわたしのことをいっているんだとわかった。

体をなでるように水が流れる感じがしてまた目を開けると、マルがわたしを引っ張りながら曲がりくねった通路や奇妙《きみょう》な明かりで照らされた部屋を泳いでいた。夢をみているようだけれど、肺が焼けるようだし、体じゅうが痛《いた》い。もう一度瞬《またた》きしたときには、マルがわたしを連れて海草の間を泳いでいた。海草は深《ふか》い青緑《あおみどり》の水の中でゆらめいて、とても美しい。指先で、ゆらゆらしている緑《みどり》の海草をさわってみた。きっと夜なんだと思う。それとも、ひどいダメージを受けたせいで、すべてが暗くみえるのかしら。

「息を止めて」わたしはマルにいわれた通りにした。

体がふわっと軽くなったと思ったら、水面に向かって上へ、上へ、上へとあがっていく。顔が水面から出ると、胸いっぱいに思い切り息を吸った。空気って、甘くて、塩気もあって、すがすがしくて、おいしい。けれど、息は吸ったら吐くもので、そのとき間違いなく肋骨がすべて折れていると思った。

「その子をボートに乗せろ」おじいさんにいわれて、マルはわたしを押し上げようとしたけれど、防具《ぼうぐ》を着けているせいでうまくいかない。わたしはマルに押してもらいながらボートのへりをよじ登《のぼ》ろうとした。ざらついた木材を水でふやけた手でつかんだら、指の皮がむけてしまった。

ボートの中にドスンと背中《せなか》から落ちると、青い空がみえた。夕方でうっすら暗くなりかけている。

「これを飲ませるんだ」おじいさんの声がして、ポーションのびんが唇に触《ふ》れる。わたしは喜んで飲んだ。

「床《ゆか》にこぼれたポーションを、全面的に支持する」と、ぼそっといってみる。いかにもチャグがいいそうなことだと思って、笑いがこみ上げてきたとたん、塩水が鼻から出てきた。

うわあ、ポーションのおかげでとても気持ちいい。おなかから温かいものがしみ出して手足の指先まで広がっていく。肋骨の痛《いた》みはだんだん消えて、ひとつ目の怒《おこ》った魚のモンスターに海の底でたたきのめされてもうろうとしていたのがうそみたい。体を起こせそうな気がしたからすぐに起き上がった。

「チャグとトックは無事?」わたしはたずねた。

マルは自分の分のポーションを飲んでいたから、わたしはおじいさんのほうを向いた。おじいさんは自分のボートでチャグを支えながらポーションを飲ませていた。

「こいつは重体だ」おじいさんは、まるでわたしのせいみたいにいった。

「チャグはときどき重体になるんです」わたしはまだ少し頭がぼうっとしていた。

自分のボートに乗せられたトックが起き上がって、ぼんやりとあたりを見回している。「むむむ。夢だったの？　それとも、ほんとにみんな死にかけた？　ほんとに、まじめに、実際《じっさい》に死にかけたの？」

「夢じゃないよ」マルの声に恐《おそ》れがにじみ出ていた。「最悪の状態《じょうたい》だった」

「うむ、おろか者が四人、あそこで死にかけとった。おれも初めて海底神殿《かいていしんでん》に入ったとき、同じ目にあってなあ」おじいさんはそういうと、空になったポーションのびんを海に投げてもう一本ポケットから取り出した。「だが、きみらほど奥までいけんかった。むろん、あのビームを発射《はっしゃ》するでかいやつを倒《たお》そうとも思わんかった。だが少なくとも、おれは水中呼吸《すいちゅうこきゅう》のポーションを飲むくらいの分別は持っとったがな。なにが起こったんだ？　ポーションを使い果たしたのか？　それとも、本当にただの脳《のう》なしなのか？」

「ポーションの効果《こうか》がどれくらいもつのかも、いつ次のを飲んだらいいのかも、わからなかったんです」トックが腕を組んでいらついている。トックをよく知っているわたしには、トックが兄さんをとても心配しているのも、自分がポーションのことでしくじったのを悔《くや》しがっているのも、よくわかったわ。

「じゃあ、痛《いた》い目にあって学んだか」おじいさんはポキッと音を鳴らして腰《こし》を伸《の》ばすと、なにか考えるように首をかしげてチャグをみつめた。「わかったならば、半《なか》ば戦いを制《せい》したようなもんだ」

チャグはぴくりとも動かない。肌《はだ》は冷たそうで青白い。息をしているようにみえないけれど、おじいさんがポーションを飲ませたのだから、チャグは大丈夫《だいじょうぶ》なのよね？

みんなが息をこらして見守っていると、おじいさんはチャグのおなかをパンチした。トックは息をのんでボートの中で立ち上がったけれど、おじいさんは不機嫌《ふきげん》そうに「すわっとれ！」といった。

かなりの間があってから、チャグは噴水《ふんすい》のように水を吐き出して起き上がり、目を大きく見開いた。「おれ、あいつを倒《たお》したのか？」

「なにを倒《たお》したって？」トックが泣きながらにっこり笑っていった。

「あの、ひとつ目のとげだらけの灰色の最悪な魚を」

みんなチャグをじっとみた。

「いや、そいつは兄ちゃんをぶちのめしたんだ。徹底的にね。みんな、兄ちゃんが死んじゃったと思ったんだから」

チャグはごくんと息をのんで立ち上がると、トックのボートに移《うつ》ろうとした。ところが失敗して海に落ち、トックに助けられてボートによじ登《のぼ》った。ふたりはハグして背中《せなか》をたたき合って泣いていた。

「おまえを助けようとしたんだ、トック！」チャグが泣きながらいった。

「わかってるよ、兄ちゃん！　ぼくも兄ちゃんを助けようとしたんだ！　だけどあの魚が――」

「おれはあの魚モンスターが嫌《きら》いだ！」

「ぼくたちには歯が立たない相手だったんだ。あいつにはだれも勝てないっしょ」

「じゃあ、どうやって脱出《だっしゅつ》したんだ？」

トックがおじいさんを指差すと、チャグは目を丸くした。いま初めて、おじいさんに気づいたのね。

「トック、このじいさんはだれだ？」

「エフラムさんよ」わたしはいった。

だって、そうでしょ。そうとしか考えられない。

わたしたちは海に、とても、とても歳《とし》を取ったおじいさんを探《さが》しにきた。そのおじいさんはいろいろなことを知っていて、人里から遠く離《はな》れて暮《く》らしている。そんな条件にぴったり当てはまる人が、このあたりの海に、ふたりいるとも思えないもの。

きっとそうよ。

「なんでおれの名前を知っとる?」エフラムさんは怒鳴《どな》って、いきなり身構《みがま》えた。「だれの命令できた? 報酬《ほうしゅう》はいくらだった? おれはその倍《ばい》くれてやる。だから放っておいてくれ」

「だれかにいわれてきたんじゃありません。ナンが病気になったからきたんです。ナンから、あなたがエンチャントされた金のリンゴを持っているってきいたから」

みんないっせいにマルをみた。ポーションが効《き》いてきたのね。けれど、マルはいまにも倒《たお》れそうだ。赤毛の三つ編みはほどけてしまって、ずぶぬれの髪《かみ》が垂《た》れて目にかかっている。そばかすのあるほっぺに涙のあとがついているし、体のあちこちに疲れがあらわれている。

「ナン?」エフラムさんはあごをなでた。「あのちびっ子か。これくらいの背《せ》の?」

エフラムさんは手を、ちょうど六歳《さい》くらいの子の背《せ》の高さに持ち上げた。

「ナンは、あたしのひいひいおばあちゃんなんです。たしかに背《せ》は低いけど、あなたが知ってた頃《ころ》からは、ちょっと大きくなっています」マルは海水をちょっと吐き出して、顔を拭いた。「それで、そのリンゴはありますか？　どうしてかというと……」マルはため息をついた。「そのエンチャントされた金のリンゴがどうしても必要なんです。それがないと、ナンを助けられないから。もうあまり時間がないんです」

エフラムさんの表情をみてすぐ、うれしい返事はきけそうにないと思った。

「こんなことがあるとはな」エフラムさんは目をそらした。「そのリンゴはとっくにおれが食ってしもうた。あれは、初めてあの海底神殿《かいていしんでん》を攻めようとしたときのことだった」

マルは必死に、とても動揺《どうよう》しているのをみせないようにしていたけれど、無理だった。肩をがっくり落として、震えながら深呼吸《しんこきゅう》した。

「そうですか。わかりました。お騒《さわ》がせしてすみません」マルは自分のボートのオールを持った。「もう邪魔《じゃま》はしません。助けてくれて、ありがとう」マルはボートを漕《こ》いでエフラムさんから離《はな》れていく。わたしは戸惑ってマルを振《ふ》り返《かえ》った。小さい頃《ころ》からマルを知っているけれど、こんなに簡単にあきらめたことは一度もない。けれど……、そうね、今日の午後はひどい目にあったもの。みんなもきっと、しっかりした地面の上にもどりたいよね。

チャグもオールを持って漕《こ》ぎはじめて、ぼそっといった。「残念だったな、マル」

わたしたちがそれほど遠ざからないうちに、エフラムさんが大声でいった。「待て。ナンの孫の孫がそんなに簡単にあきらめてどうする？　エンチャントされた金のリンゴは世界にひとつしかないわけじゃないことくらい、知っとるだろう？」

マルは漕《こ》ぐのをやめて、エフラムさんをじっとみた。「どこで手に入れられるか、知っているんですか？」

エフラムさんはため息をついて、防具《ぼうぐ》の下に手を突っこむとおなかをかいた。いま、わたしは意識がはっきりしているし、海の中で死にそうになっているのをエフラムさんに助けられている最中《さいちゅう》でもないから、この人がナンよりずいぶん歳《とし》を取っているのがわかる。いったいどれだけポーションを飲んで、リンゴを食べて、エンチャントを使ったら、わたしたちを救《すく》えるほど強く素早《すばや》く動けるようになるのかしら。エフラムさんは悲しそうで、疲れ切っているみたいで、いまにも弱って死んでしまいそうにみえた。

「地図がある」エフラムさんはいった。

「地図？」マルは突かれたようにピクッと動いた。

エフラムさんはため息をついた。「うむ。いずれ必要になったときのためにとっておいたんだが、今日、ちょっとした冒険《ぼうけん》をしてみてわかった。たとえ必要になっても、おれにはもう、戦いながらエンチャントされたリンゴのありかにたどり着く体力も気力もない。おれが二十種類ものポーションやエンチャントを使っとらんかったら、きみらはいま頃《ごろ》あの魚の餌《えさ》になっとったろう。信じられんかもしれんが、おれはもう若くない。こうしておれるのも、エンチャントされた金のリンゴが起こす奇跡《きせき》の賜物《たまもの》よ。だがな、奇跡《きせき》にだって有効期限《ゆうこうきげん》ってもんがある」

「どこにあるんですか？」チャグはたずねた。

「地図か？　ああ、むろん隠《かく》してある。絶対《ぜったい》にみつからんようにな」

チャグは首を振《ふ》った。「ナンのいった通りだ。じいさんは頭がおかしい」

「ああそうだ、そりゃあおかしくもなるだろ！」エフラムさんは怒鳴《どな》った。「あんなことが起こったら――」エフラムさんは咳払《せきばら》いして、気持ちを静めようと目を閉じた。「いいか、おれがこの海にとどまったのは、むこうの世界が危険《きけん》だからだ。きみがナンの孫の孫ということは、おれの昔の仲間はみんな目的を果たしたということだな？　みんな落ち着いて暮《く》らせる土地をみつけて、自分たちの町を造《つく》ったのだな？」エフラムさんの言葉にマルがうなずく。「なあ、おれはクリオを亡くして、仲間と旅を続けられんかった。木からリンゴをもぐように、別のだれかを連れ合いにして、新しい土地に落ち着くなんぞ、できようはずもなかったし、仲間といれば、どうしてもクリオを思い出しちまうから、いっしょに暮《く》らせんかった。それもあってここに残って、自分の家を作ったのよ」

「海の中の家ですね」チャグは知ったかぶりしてうなずいた。

エフラムさんは鼻で笑った。「海の中だと？　おい、その頭は飾《かざ》りなのか？　海の中に家を建てるわけがなかろう。小さい島がいくつかあったから、そのうちのひとつに住むことにしたわけだ。必要なものは島でそろうからな。だから、島までついてきたら地図を渡《わた》そう。で、きみらは出ていけばいい。かわいいナンのために、せめてそれくらいはさせてくれ。だれだって、大切な人を亡《な》くす気持ちなど味わわずにすめば――」エフラムさんは咳払《せきばら》いした。「まあ、ついてきなさい」

エフラムさんが向かった島は、わたしたちがボートを作るために上陸した島のすぐむこうにあって、わたしは自分のおでこをペシッとたたいた。

「家を〝海のまん中に〟建てたって、海のまん中にある島にだったのね。海の中じゃなかったのよ。ナンは〝海の中〟とはいわなかったもの」

四人とも、みじめで、悔《くや》しい思いで顔を見合わせた。

「まじかよ。島をもういくつかチェックしとけば、死にそうにならずにすんだってことか」チャグがいった。

「信じられないな。なんでナンに〝海のまん中〟ってどういう意味か正確《せいかく》に確認《かくにん》しなかったんだろう。なんで、〝海の中〟以外の可能性《かのうせい》を考えもしなかったんだろう」トックはうめくようにいった。

「あたしたち全員、あの神殿はエフラムさんの家だと思っていたなんて、信じられない」マルが最後にいった。

「だよな。魚《フィッシュ》に守られてる建物に住んでるなんて、どう考えたってうさんくさい《フィッシー》もんな」チャグはにやりとして、わたしもにっこりした。なぜって、そんなくさい冗談《じょうだん》をいえるなら、チャグはずいぶん気分がよくなっているということだもの。

「さて、心してきけよ」エフラムさんは厳しい口調でいった。「島に上がったら、絶対《ぜったい》におれから離《はな》れるな。おれの後ろにぴったりついてくるんだぞ。いいか」

「でも、どうしてです?」マルがきいた。

「わながあちこちに仕掛けてあるでな。歩いていい道から一歩でもわきにそれたら……」エフラムさんはマルを鋭《するど》い目でみた。「今度こそ死ぬぞ」

第13章　マルとわなだらけの島

最初は、あたしたちがボートを作るために立ち寄った島にいくのかと思ったけど、エフラムさんはその島を回っていった。ここからみえるだけでも、あとふたつ島があって、エフラムさんが目指したのは、あたしたちが使った島の隣《となり》にある、もっと木が生《お》い茂《しげ》った島だった。あたしはその島にだれかが住んでいそうな気配がないか注意深《ぶか》くみたけど、エフラムさんがそこに隠《かく》れているとわかるものはなにもみつからなかった。だから最初にこのあたりにきたときも気づかなかったんだ。

あたしたちはボートから飛《と》び降《お》りると、砂浜《すなはま》にボートを引っ張り上げた。あたしは弱っていたから、ちゃんと立てるかどうか不安だったけど、さっき飲んだポーションはとっても効《き》き目《め》があったにちがいない。だってとっても元気になったもん。エフラムさんはボートから降《お》りると、防具《ぼうぐ》を脱《ぬ》いで全部ポケットに押しこんだけど、カメの甲羅《こうら》のヘルメットだけはかぶったままだった。

「頭にカメを乗せてるんですか？　ひょっとして、エフラムさんは――」チャグがいいかけた。

「こいつは、古いカメの甲羅《シェル》をいくつか組み合わせて作ったものだ」エフラムさんはヘルメットをげんこつでたたいた。「かぶってると、水中で呼吸《こきゅう》できる時間が長くなる。きみたちも、いいシェルメットをかぶっとれば、あんなひどいことにならんかったかもしれんな。さあ、ついてこい。おれの足跡をたどってくるんだぞ。それと、なにも触《さわ》らんように」

「だけど――」チャグがいいかけた。

「触《さわ》るなといったら、触《さわ》るでない！」エフラムさんが怒鳴《どな》ると、色とりどりのオウムの群れが空に飛びたった。

「絶対《ぜったい》触《さわ》ってほしくないみたいだね」あたしが小声でいうと、チャグはククッと笑った。

　エフラムさんは森の中に迷いのない足取りで入っていった。あたしはチャグに先にいってと手を振《ふ》った。そうすれば、あたしがチャグを見張っていられる。そうでもしないと、チャグが低いところになっている果物をみつけたとたんに、やっかいなことになるに決まってる。チャグの次にあたし、それからトック、レナの順で、慎重《しんちょう》にエフラムさんのあとをついていった。

「あれが、ひとつめのわなだ」エフラムさんは、森の中の空き地に落ちているおいしそうなパイを指差した。両側に木材ブロックがひとつずつ置いてある。「パイを取ったとたんに、そいつは挟まれて、ぺちゃんこという具合よ」

「だけど、パイは食いたい」チャグがすねた。

「死のパイだぞ！」エフラムさんが怒鳴《どな》る。

もう少し森の奥に入っていくと、小ぎれいな建物が道のそばにあった。いかにも疲れた旅人が夜を明かす避難所《ひなんじょ》にぴったりの場所だ。

「ふたつめのわなだ。穴を掘《ほ》って溶岩《ようがん》をたっぷり入れてある。ドアを開けたとたん、溶岩《ようがん》にドボンというわけだ」エフラムさんはいった。

「最高の歓迎《かんげい》だな」チャグがぼそっといった。

さらに進むと、道が枝分かれしていた。一本の木に看板が釘で打ちつけてあって、いちばん上に『警告《けいこく》』と書いてあるけど、それ以外は字が小さすぎて、目をこらしても読めない。

「三つめのわなだ。あの看板を読もうと近づくと、レッドストーン回路のスイッチが入る。するとピストンが作動して、看板に近づいた者は空に投げ飛ばされる仕掛けだ」

トックが目を輝《かがや》かせた。「むむむ、エフラムさんはレッドストーンの使い方を知ってるんですか？」

「年寄りだからな、なんでも知っとる」

「ぼくに教えてもらえませんか？」

「あー、それはできんな。きみたちには早いとこ出ていってもらいたい。ただ、本なら持っていいぞ」

「ああ、『本なら持ってっていい』って、なんて美しい響《ひび》きだろう」トックは幸せそうにため息をついた。

エフラムさんが四つめのわなを指差したとき、あたしはたずねた。「あの、ほんとに心から、人と関わりたくないと思っているんですね？」

エフラムさんが思い切りうなずいたからカメの甲羅《こうら》のヘルメットが音を立てて揺《ゆ》れた。「もちろんだ。わざわざこんなとこに住んで、これだけのわなを設置《せっち》しとるんだぞ。人と関わりたいわけがなかろう」

「じゃあ、なぜわたしたちを助けてくれたんですか?」レナがレナらしく、ずばりとたずねた。

「たしかに。なんでぼくたちがこのへんにきてるって、わかったんです?」トックもたずねた。

「周囲《しゅうい》を警戒《けいかい》しとるからな。それで、きみらがくるのがわかった」

「ああ! わたしたちが海に着くまでにあとをつけてきていたのは、エフラムさんだったんですね? わたし、だれかにつけられているような気がしていたけれど、どうしても証拠をつかめなかったんです」レナがいった。

「いや。かれこれ五十年も、むこうの土は踏んでおらん。必要なものはなんでもこの島にあるでな。まあ、みればわかる。クラフティングの音がきこえてきて、むかいの島の浜《はま》にいるきみらがみえたんだ。あんな音がするのはクラフティング以外にない。あげく、ボートで漕《こ》ぎ出していったと思ったら、救《すく》いようのないおろか者のように、海底神殿《かいていしんでん》に潜《もぐ》っていくじゃないか。いつまでたってももどってこんから、助けにいかなきゃならんと思ったんだ」

「じゃあ、やっぱりいい人だ!」チャグはいった。

「それはどうかな。おれの庭先の海に無人のボートが二艘《そう》浮かんどるのも、子どもサイズの骸骨《がいこつ》が浮かんどるのもいやだっただけだ」

「このじいさんみたいなおとなになりたいよな」チャグがあたしの耳元でこっそりいった。

「着いたぞ」そういってエフラムさんが枝をいくつかどけると……。

島の楽園があらわれた！

ほんとに、そこは小さいコーヌコーピアみたいだった。ウシとヒツジが別々の囲《かこ》いに入っていて、整然と並んだ小さな畑には、カボチャとスイートベリーとスイカとニンジンとジャガイモが植えてある。そのまん中に、平屋がひとつあった。飾《かざ》りけがないけど、頑丈《がんじょう》そうだし、トックの工房《こうぼう》みたいにちょっと屋根が張り出した部分があって、天気が悪くても外で作業できるようになっている。

「すごい」チャグはいった。

「ここにいたいなどと、思うなよ。ここはひとり用なんだ！」

チャグはフンと鼻を鳴らした。「どうもご親切に。だけど、遠慮《えんりょ》しときます。おれはうちにブタを待たせてるんでね」

エフラムさんが家のほうに歩きだして、あたしたちはその通りについていった。「この開けた土地には、わなを仕掛けてない。だが、他人に入ってきてほしくないから、ここで待っておれ」エフラムさんにいわれて、あたしたちが立ち止まると、エフラムさんは家の中に入って、ドアを勢いよく閉めてしまった。

チャグは恐《おそ》る恐《おそ》る列から出た。地面が爆発《ばくはつ》するんじゃないかと不安そうだったけど、もちろんそんなことは起こらなかった。いまは、まずまず安全そうな場所にいられてほっとしているけど、太陽は沈みかけているから、もうすぐ外は安全でなくなると思うと気が重くなる。

「もうすぐ夜になるって、みんな気づいている?」あたしは不安になってきいた。

「おれは腹が夕飯をくれといって鳴ってるのには気づいてるぞ」チャグはおなかをさすった。

「それに、森の中に持ち主のいないパイが落ちてるのも知ってる」

「ぼくたち、海底神殿《かいていしんでん》に思ったより長いことといたからね」トックはいった。

トックは自分の計画通りにいかなかったのを申《もう》し訳《わけ》なく思っているみたいだから、あたしはいった。「あそこであんなことになるなんて、だれにも予測《よそく》できなかったと思う」

「次に海を冒険《ぼうけん》する人たちが、あんな目にあわないようにしたいわ」レナはいつの間にか日記を出して、熱心になにか描いている。「だれか、あのガーディアンのとげが何本あったか、覚えている?」

「くさるほどあった」

「いっぱいだ」チャグはぼそっといった。

あたしはポケットから残り物の魚を全部出して配った。チャグにクッキーのほうがいいと文句をいわれたから、今度必ずタラのクッキーを焼いてあげるといった。するとチャグは、それに応えて「おえっ」と吐くまねをしてくれた。レナは食べる間だけ絵を描くのをやめた。チャグがおなかをすかせたポピーが食べ物をねだる声をまねすると、レナはクッキーを配った。あたしは何度もエフラムさんの家のドアを振《ふ》り返《かえ》ったけど、ドアは閉まったままだった。

夜になって、まわりがまっ暗になった。チャグは松明《たいまつ》を数本ポケットから出して、あたしたちのまわりに円形に設置《せっち》した。それから剣《けん》を抜《ぬ》いて暗闇《くらやみ》をにらんだ。そっちのほうで鳥が鳴いて、木の葉の間をカサカサ動き回っているみたい。

松明《たいまつ》の光で、チャグの剣《けん》が震えているのがわかる。刃《は》が松明《たいまつ》の火を反射《はんしゃ》して、まっ暗な森にきらきらと光を投げかけている。チャグはあたしの最高の相棒《あいぼう》だけど、そのチャグが少しでもびくついているのをみるのは初めてかもしれない。

そっか、チャグは敵《てき》に真《ま》っ向《こう》から挑《いど》んでいって負けたのは今回が初めてなんだ。

チャグはずっとあたしたちのヒーローだったから……、うん、たぶん、みんなの期待を裏切《うらぎ》ったと思っているんだ。でも、あたしこそ間違いなく仲間をがっかりさせたと思う。みんなあたしをリーダーだと思って一目置いているのに、あたしはみんなを死んでもおかしくないような危険《きけん》な目にあわせてしまった。

クログのたくらみを阻止《そし》して森の洋館で戦っただけじゃなく、盗賊《とうぞく》を出《だ》し抜《ぬ》いてネザーから生きて帰ってきてからというもの、あたしたちはどんな敵《てき》も打ち負かせるし、ホグリン以外ならどんな生き物もなつかせられるし、なにがあっても死なないと思いはじめていたんじゃないかな。

今日、あたしたちは、やっぱり勝てないものがあるんだと思い知った。

痛《いた》い目にあって、学んだ。

それはチャグだけじゃなくて、あたしたちみんなにいえる。あたしはみんなを危険《きけん》なところに連れていって、そこから連れ出せなかった。トックはみんなのポーションを作ったけど、効果《こうか》が切れる前に補充できなかった。それにエフラムさんに会って初めて知ったポーションやエンチャントがあって、それがあれば助かったかもしれないのに、トックの本には載《の》っていなかった。もしかしたら載《の》っていたのに、トックは役に立たないと考えたのかもしれない。そしてレナは——みんなとはぐれた。きっと、日記になにかスケッチするのに夢中だったんだろう。レナがなにかに気を取られていたのが、チャグの敗北につながったのかも。もしもあたしたちがボートを作る音をエフラムさんがききつけて、しっかりみてくれていなかったら、全員死んでいた可能性《かのうせい》が高い。

あたしは身震いして、壁《かべ》とベッドがあったらいいのにと思った。いまなら、コーヌコーピアを取《と》り囲《かこ》む巨大《きょだい》な壁《かべ》の中にいるのだっていやじゃない。いままでオーバーワールドがこれほどこわいと思ったことはない。死にそうになったのは海だったけど、やっぱりこの世界そのものがこわい。

やっと家のドアが勢いよく開いて、エフラムさんが地図をあたしに、一冊の本をトックに投げた。まるでもうあたしたちに近寄りたくないといっているみたい。トックはすぐに本をぱらぱらめくりだした。レッドストーンのことを独り言のようにぶつぶついっている。あたしは巻いてある地図を開いて、どっちが上だろうと考えていた。

エフラムさんがさっと地図を取り、上下を逆にしてから右端《みぎはし》にある印を指差した。「リンゴがあるのはここだ。もはやおれにはとても取りにいけんが、地図に間違いはないぞ。そのあたりのことは知らんので、アドバイスできることはないんだが、海の中じゃないのが救《すく》いだな。きみらは洞窟《どうくつ》なら大丈夫《だいじょうぶ》なんだろ?」

「洞窟《どうくつ》も、崖《がけ》も、山脈も、谷も、ネザーも、エフラムさんがおれたちをみつけてくれたあの場所以外なら、だいたいどこでもまかせてください」チャグは胸を張っていった。

「だろうな」エフラムさんは片方《かたほう》だけ眉《まゆ》を上げた。「でなけりゃ、きみらはとっくに骸骨《がいこつ》になって、だれかのうちの庭に転がっとるだろう」

「エフラムさんて、だれかに感じのいい人だっていわれたことあります?」チャグがたずねた。

すると、エフラムさんは不機嫌《ふきげん》なうなりとしか思えない音をあげた。

チャグがもっと失礼なことをいう前に、あたしは口を出した。「ありがとうございます。すごく助かります。ナンも喜ぶと思います」

「まあ、死なずにすんで喜ばない人間はおらんからな」エフラムさんはいった。

「お見事ってくらい存在感があって、魅力的《みりょくてき》だな」チャグがブツブツいっているから、あたしはチャグのおなかをひじで突いた。

「あのう、わたしたちはどこで寝《ね》たらいいんです?」レナが描いていた絵から眠《ねむ》そうな顔を上げてたずねた。

エフラムさんは冗談抜《じょうだんぬ》きで戸惑っているみたいだった。「寝《ね》る場所だと？　きみらがどこで寝《ね》ようと、おれの知ったことじゃない」

「いやいや。だって、おれたちをこんな不気味なわなだらけの世捨て人の島のまん中に連れてきたのはエフラムさんだし、おまけに外はまっ暗だし。これでおれたちがもといた場所にもどろうとしたら、確実《かくじつ》にパイの落とし穴に落ちて死にますから」チャグはいった。

エフラムさんはため息をついて、顔をこすった。この百年間でこれほど疲れたことはなかった、って感じ。でも、それって、きっとそうなんだと思う。チャグって人をどっと疲れさせるんだよね。

「ここで野営《やえい》してもらってはこまる。おれは本当に静かなところに慣《な》れとるんだ。ナンを助けてやれるのはうれしいが、覚えとる限り、子どもというのはやかましくて騒々《そうぞう》しい。ボートまで送ってやるから、そのあとは、自分たちの野営地《やえいち》にもどるなり、浜《はま》で寝《ね》るなり好きにせい。だが、島の木は切るな。おれの木だからな。だれにも渡《わた》さん！」

ここにいればいるほど、ひとりぼっちで島に百年も住むって、人間の精神によくないんだとわかってくる。エフラムさんがあたしたちを救《すく》ってくれたのは親切だと心から思うけど、食べ物を分けてくれたわけでも、寝《ね》る場所を用意してくれたわけでも、なにかを説明してくれたわけでもない。命を救《すく》うリンゴを探《さが》すための地図は気前よくくれたけど、あたしたちがあまり好きじゃないみたい。考えてみるとエフラムさんて、コーヌコーピアの長老たちに似《に》ている。ナンみたいに好奇心いっぱいで、やさしい年寄りになる人たちと、つまらなくて、人嫌《ひとぎら》いで、機嫌《きげん》の悪い年寄りになる人たちをわけるものって、なんだろう。

それがなにかわからないけど、あたしはナンみたいになりたい。

いうべきことはいった、という感じでエフラムさんはあたしたちをさっさと砂浜《すなはま》に連れていこうとした。さっきいっていた注意をもう一度してくれたりはしなかったから、あたしは小声でいった。「覚えている？　エフラムさんのすぐあとをついていくこと。それと、なにも触《さわ》らないこと！　パイがあっても、だめだからね！」

「武器《ぶき》を出しとけよ」エフラムさんはエンチャントされた剣《けん》を抜《ぬ》いた。「陸での戦い方は知っとるんだろうな？」

「もちろんです。陸の戦いはまかせてよ」チャグがいった。

エフラムさんにしかみえない道をたどって、木をよけながら進んでいくと、いきなり右側で不気味な声がした。エフラムさんは素早《すばや》く数回剣《けん》を振《ふ》ってゾンビを倒《たお》すと、また歩きだした。

みんなびくびくして、神経質《しんけいしつ》になっていた。頭の中にガーディアンの姿が焼きついているんだ。そして、どこからともなくいきなり目の前にガーディアンの幻《まぼろし》が現れて、顔から出す泡や体じゅうに生えているとげであたしを攻撃《こうげき》してくる。

あたしたちは夜の闇《やみ》のせいで想像力がふくれあがっているうえ、自分たちの足音以外の音にやたら敏感になっている。いまにもなにかが森からあたしの目の前に飛び出してくるような気がしていた。

波音が大きくなるにつれて、心臓《しんぞう》のバクバクがおさまってきた。浜《はま》に波が打ち寄せていて、三艘《そう》のボートはさっき置いておいたところにある。エフラムさんは、星明かりに照らされて葉ずれの音を立てる森の端《はし》で止まった。

「砂浜《すなはま》におれば、比較的安全だ。だが森に入ったら、おそらくとんでもない死が待っとるぞ。ナンに、早く元気になれよと伝えてくれ。あれはいい子だった。賢《かしこ》くてかわいい子だった」エフラムさんはいった。

「伝えます。いろいろとありがとうございました――」

「ありがとう、ありがとうと何度もいわんでいい。無事にリンゴがみつかるよう、願っとるぞ」

そういったかと思うと、エフラムさんはいなくなった。

「存在感があって、魅力的《みりょくてき》で、礼儀知らず。それがエフラムさんだ」チャグがブツブツいっている。

みんな月明かりに照らされたボートをみつめた。ここからだと、むこう岸はみえない。そこにジャロは居心地《いごこち》のいい避難所《ひなんじょ》を建てて、あたしたちの帰りを待っているはずだけど。

「選択肢はふたつ」あたしはいった。「ボートに乗って、ジャロのいる海岸をめざすか……」

「どっちにいけばいいか、だれかわかるか?」チャグがたずねた。

あたしはどこまでも黒い海をみつめた。「あっち……かな」

「わたしは、どちらかというと、こっちっぽいと思ったけれど」レナはあたしがみているのより少し左を指差した。

「そっか。じゃあ、今夜はボートで漕《こ》ぎ出すのはやめよう」あたしはツルハシをしまって、こめかみをさすった。「木は切るなといわれたよね。あたしが持っていた石ブロックは全部、ジヤロが避難所《ひなんじょ》を造《つく》れるように置いてきた。トック、木材はまだある？　ドアを作る分はありそう？」

トックはポケットをさぐって、うなずいた。「ドアを作るよ」

あたしはさっきしまったツルハシを取り出すと、砂地の地面が土に変わる、森の始まるあたりにいって、掘《ほ》りだした。「エフラムさんは島の木を切るなといったけど、避難所《ひなんじょ》を掘《ほ》るなとはいわなかったよね」

チャグが剣《けん》を抜《ぬ》いて暗闇《くらやみ》をにらむと、あたしは掘《ほ》ることに集中できる。この感覚、やっぱりいい。自分がどうすればいいかわかっていて、気持ちが落ち着く。あぶないものが現れれば、仲間が守ってくれるとわかっている。

そばではトックがレナの弓を修理してから、ドアを作り始めている。レナの武器《ぶき》がまた使えるようになってよかった。レナは海のほうを向いてトックの後ろに立っている。海の中からなにか上がってきても、みんなを守れるようにしているんだ。あたしはにっこりした。これって、昔のあたしたちみたいだ。初めて冒険《ぼうけん》の旅に出たときのことを思い出す。海底神殿《かいていしんでん》を攻略するのは無理かもしれないけど、あたしたちはたいていのことはやってのけられる。陸の上でなら、なんにだって立ち向かえる。もちろん、みんなジャロの造《つく》った快適《かいてき》な避《ひ》難所《なんじょ》にいられればそのほうがいい。でも、ジャロが無事にそこにいると思うと安心できる。ジャロはきっとあたしたちのことを心配しているだろうけど、避《ひ》難所《なんじょ》のドアはポピーが守ってくれるだろうし、ベッドで休んでいるジャロの足元で、キャンダとクラリティが喉を鳴らしながら眠《ねむ》っているんじゃないかな。

あたしはできるだけ小さな避《ひ》難所《なんじょ》を地面に掘《ほ》った。四人分のベッドがやっと置けるくらいのサイズだ。穴をもっと深《ふか》くしようと思ったけど、下から水が噴《ふ》き出《だ》してこないかとチャグにきかれて、手を止めた。

「そんなこと考えもしなかった」あたしはいった。

「もし水が噴《ふ》き出《だ》してきたら、それって島が海に浮いてるってことだろ。だったらいきたいとこにいけるよな。ばかでかいウマみたいなもんだ！」チャグは興奮《こうふん》していった。

「たぶん島は海底から盛り上がってると思うよ。だってどうみても、どの島もぷかぷかどこかに流れていったりしてないもん。だから、水が噴《ふ》き出《だ》してくる心配もないっしょ。ちょっと、ぎょっとしちゃったけど」トックがいった。

レナは松明《たいまつ》のそばにすわって日記をひざの上に広げている。「なるほどね。それも書いておくわ」

避難所《ひなんじょ》ができると、トックがドアを取りつけて、あたしたちは中に入った。粗削りでその場しのぎの避難所《ひなんじょ》だけど、身を守ることはできる。あたしたちはベッドを出して、松明《たいまつ》を設置《せっち》し、できるだけ心地よくすごせるようにした。レナが鶏肉とジャガイモを配ってくれて、あたしはそれを食べ終わらないうちに横になっていた。こんなにくたくたになったのは初めて——でもないか。毒のポーションを浴びたあのとき以来、海底神殿《かいていしんでん》でガーディアンに負けそうになったとき以来かな……。

でも、いまはそんなこと考えてる場合じゃない。

夜明けからしばらくしたころ目が覚めた。ベッドを片《かた》づけて外に出ると、三艘《そう》のボートは昨日置いた場所にあった。ゾンビとスケルトンの足跡が、ぞっとするほどたくさん、砂浜《すなはま》についている。

「星空の下で寝《ね》なくてよかったな」チャグがいった。

トックはドアをしまった。あたしは掘《ほ》った穴を土ブロック一個でふさいで、エフラムさんに島の景色《けしき》を台無しにしたと思われないようにしておいた。朝食を少し食べると、あたしたちはボートに乗って、チャグとあたしが漕《こ》いで向こう岸を目指した。ここからだと向こうの岸辺は、水平線上のぼんやりした緑《みどり》の染みみたいにみえる。

「よかったよね。少なくとも、エフラムさんをみつけて地図をもらえたもんね」あたしはいった。

「ああ、エフラムさんな。すっごくいい人だった。めっちゃ感じのいい、親切なじいさんだった」チャグが皮肉をいう。

「コーヌコーピアに住んでれば、間違いなく長老のひとりだね」

「最年長の長老だ！　だって、町を造《つく》ったご先祖《せんぞ》のひとりなんだもんな！」

正真正銘のご先祖《せんぞ》のひとりが現れて、町を仕切り始めたら、ストゥ長老がどんな顔をするだろうと思うと、笑いがこみ上げてきた。

「ねえ、あれ、なに？」

あたしはレナが指差したほうをみた。

わけがわからなかった。あそこには、緑《みどり》のものしかないはずなのに……。

「火事だ！」トックが大声をあげた。「ジャロの避難所《ひなんじょ》が燃えてる！」

第14章　トックとクリーパー頭

むむむ。この目が信じられない。

岸には石と木材でできたすてきな避難所《ひなんじょ》があって、ウマたちは囲《かこ》いに入ってて、笑顔のジャロがぼくのネコたちやポピーといっしょに海岸から手を振《ふ》ってるのを想像してたのに。

なのに、避難所《ひなんじょ》は燃えてて、囲《かこ》いは開いてる。

ウマは一頭もいない。ネコもオオカミもいない。

ジャロもいない。

なにかひどいことが、とんでもないことが起こったんだ。

「兄ちゃん、もっと速く漕《こ》げない？」ぼくはいった。

「おい、こっちはきのう死にかけたんだぞ」兄ちゃんはうめくようにいった。「これでも精いっぱい漕《こ》いでるんだ」そして兄ちゃんも岸をみた。「なんだ、あれは?! ジャロ!」

マルが顔を上げて息をのみ、力いっぱい漕《こ》ぎだした。マルたちのボートがこっちと並ぶと、レナは弓矢を手に持ってた。よかった。レナもぼくと同じ思いなんだ。

あそこでなにがあったのかわからないけど、あれは事故じゃない。

ぼくたちには敵《てき》がいる。もしかしたら、敵《てき》はひとりじゃないかもしれない。

ようやく、ボートの底が砂をこすって、ぼくたちは武器《ぶき》を手に飛《と》び降《お》りた。兄ちゃんは剣《けん》を高く振《ふ》り上《あ》げて、燃え盛る避難所《ひなんじょ》に走っていく。

ちがう——そのむこうの草地に横たわってる塊《かたまり》にむかって走っていった。

ジャロだ。動いてない。

だけど、マルのほうが兄ちゃんより足が速くて、先に駆《か》け寄った。そしてジャロの隣《となり》にひざをつくと、そっと体をひっくり返した。顔が血だらけでスイートベリーのパイみたいだ。ふたつの黒い目が瞬《またた》きして、ぼくたちをみた。そして、兄ちゃんとレナが見張りに立つのをみて、ジャロはほっとしたように全身の力を抜《ぬ》いた。

「ジャロ、大丈夫《だいじょうぶ》? なにがあったの?」マルが話しかけてる間に、ぼくはポケットに手を入れて治癒《ちゆ》のポーションを探《さが》した。

「いきなり現れたんだ」ジャロははれた唇を動かしていった。

「なにが現れた？」兄ちゃんがうなるようにいった。

ジャロはごくんと唾をのんで、目を大きく見開いた。

「頭だけのクリーパー」ジャロが小声でいう。

その言葉をきいて、ぼくは震え上がった。

「頭だけのクリーパーって、どういうこと？」マルにきかれても、ジャロは瞬《またた》きしただけで首を振《ふ》った。これ以上なにもいう気になれないって感じだ。

ぼくはジャロに近づいてポーションのびんのふたを取った。「ジャロ、口を開けて。これを飲めば、痛《いた》みがなくなるよ」ジャロはわずかに口を開けた。ぼくは少しずつポーションをジャロに飲ませてやった。ジャロは最後のひと口をごくんと音を立てて飲んだ。あざや切《き》り傷《きず》が薄《うす》れて、日焼けしたばかりの肌《はだ》と涙のあとがみえた。

ポーションを飲み終えたジャロは、体が半分マルのひざに乗ってるのに気づいて、すごく恥ずかしそうにした。自分で起き上がると、少しマルから体を離《はな》して、破れたシャツの汚れをそっとたたいた。

「頭だけのクリーパーって、なに？」マルはもう一度たずねた。「まだこのへんにいる？」

ジャロは首を振《ふ》った。「わからねえ。たぶん、ずっといたんだと思う。おれたちをつけてきてたんだ」ジャロは悔《くや》しそうにレナをみた。「レナのいった通りだった。おれたち、クリーパーをみたと思ったよな——あのときのあれも、頭だけクリーパーだったんだ」

レナは弓を引きしぼって避難所《ひなんじょ》のまわりを慎重《しんちょう》に見回した。「家族といっしょに住んでいた頃《ころ》は『ほら、いった通りでしょ』という機会があると、とてもうれしかったけれど、今度ばかりはぜんぜんうれしくないわ」レナはジャロをまっすぐみた。「ポピーをみなかった？」

ジャロはうなだれた。「いや、あれ以来……なあ、最初から最後まで説明したほうがいいと思うんだ。何か、食い物があったらくれるか？」

レナとマルが食べ物を渡《わた》してる間、兄ちゃんはまだ燃えてる避難所《ひなんじょ》のまわりを歩き回ってた。そしてマルにバケツを借りると、海水をくんできて燃えてる木材にかけて火を消した。あたりに塩のにおいのする煙が漂《ただよ》った。ぼくはネコたちの名前を大声で呼《よ》んだ。二匹が近くの茂《しげ》みから走り出てくるのをみたら、オーバーワールドいち大きなため息が出た。無事でいてくれて、ほんとによかった。キャンダとクラリティはぼくにべたべたくっついて、ゴロゴロ喉を鳴らしたり頭をこすりつけてきたりした。ぼくはほっとして、胸が破裂しそうなほどいっぱいになった。残念ながら、レナが呼《よ》んでもポピーは出てこなかった。

ジャロはしばらく食べ物を食べていたけど、まわりの空気が張《は》り詰《つ》めていた。ジャロは、みるからに、もっと食べなきゃ回復しなさそうだった。だけど口をぬぐって、ちょっと姿勢を正してすわった。それでみんな、ジャロのまわりに集まった。レナは立ったまま、海に背《せ》を向けて周囲《しゅうい》を見張ってる。

ようやく体力がある程度回復して、ジャロはなにが起こったのか話せるようになった。ジャロが順序だてて説明して、やがてクリーパーのことを話しだすと、ぼくは前にクリーパーであぶない目にあったときのことを思い出した。初めての旅では、兄ちゃんがクリーパーに吹き飛ばされそうになったことがあった。だけど、ジャロの話は信じられないほど不気味で恐《おそ》ろしい展開になっていった。

「クリーパーが突進してくるのをみて、おれは避《ひ》難所《なんじょ》に駆けこんだ。相手はドアを開けられねえから、これでひと安心だと思った。そしたら、ドアがバンと開いて、おれはみんながもどってきたんだと思ったんだ。だけど、おれの目に飛びこんできたのはクリーパーの顔だった。はじめは、そいつの体がクリーパーの体じゃないって気づかなかったんだ。そいつが入ってきた瞬間《しゅんかん》、おれはその顔だけみてパニックになった。そして斧《おの》を持って駆《か》け寄って、爆発《ばくはつ》する前に倒《たお》そうとしたんだ」

ぼくは首をかしげた。「クリーパーはネコたちに近づかないはずだけど……」

「だろ！　だけど、パニクッてると、そんなこと忘れちまうって、わかるか？　おれはとっさに斧《おの》を持ってそいつに向かっていった。前回みたいに吹き飛ばされたくなかったからな。そいつがツルハシを持ってるのがみえなかった。クリーパーなのに手があったんだ。つまり、そいつはクリーパーなんかじゃないってことに、おれは気づかなかったんだ」

「なに者だったの？」レナがたずねる。

ジャロは悪夢をみているような顔をしていった。「わかんねえ、緑《みどり》のケープを着て、クリーパーの頭をかぶっただれかだ。クリーパーを殺して、その頭をヘルメットみたいにかぶってる感じだった。あんな恐《おそ》ろしいものはみたことがねえ」

マルはひざの上にツルハシをのっけてる。「そいつは、なにかいった？」

「いや」ジャロはやっときこえるくらいのしゃがれた声でいった。「なんにも。いま考えると、男だと思う。うめくのがきこえたんだ。やつはおれを何度もぶったたいてきたけど、うめくだけで、ひと言もしゃべらなかった。おれはいろいろきいたんだ。『なにが目的だ？』、『なんでこんなことをする？』、『いったいだれなんだ？』。だけど、返事はなかった。ポピーがやつのケープを引っ張ってくれたとき、おれは斧《おの》で数回切りつけた。だけど、あのクリーパー頭は凶暴《きょうぼう》だった。背《せ》はおれより低いくせに、おれより強くて、恐《おそ》ろしく怒《おこ》ってた」

ジャロはそこで少し黙って海をみつめると、ひざを胸に引き寄せた。

「ポピーがあいつにかみついて、あいつが振《ふ》り払《はら》おうとしてる間に、おれは外に逃げたんだ。もう外は夜になっててまっ暗だったけど、避難所《ひなんじょ》の屋根にはもう火がついてた。ウマはいなくなってた。おれはウマに乗って逃げるつもりだったから、からっぽの囲《かこ》いをみてぼうぜんと立ったままでいた。そこへクリーパー頭がきて後ろから殴ってきた。それから……」ジャロはうつむいて自分の手をじっとみながら、その手を握《にぎ》ったり開いたりした。「おれは負けたんだ。そのまま死ぬんだと思った。それからずっと、気を失ってたんだろうな」

兄ちゃんがジャロの肩に腕を回して、ぎゅっと引き寄せた。「いいってことよ、相棒《あいぼう》。おれたちも、戦いに負けたんだ。だれだって、負けることはあるって」

ジャロはあんぐり口を開けた。「はあ？　負けたって――どういうことだよ？　おまえら、エフラムさんを探《さが》しにいったんだろ？　エフラムさんと戦わなきゃならなかったのか？」

「おれたち、海底神殿《かいていしんでん》ってやつをみつけたんだ。そこにはでっかいとげだらけの魚がいっぱいいて、目からビームを出しておれたちに向かってきた。まじで死にかけたけど、エフラムさんが助けてくれた。だけど、じいさんはエンチャントされた金のリンゴを持ってなかったんだ。で、自分たちで取りにいけって、地図をくれた。だけど――、なあ、ジャロ、おれなんてビームで焼かれたうえに、迷路みたいな海底神殿《かいていしんでん》の床《ゆか》に倒《たお》れてたんだぞ。おまえは、しくじったとか思わなくていい。でないと、おれたち全員がしくじったと悔《く》やまなきゃならなくなるじゃねえか。おれはそんなふうに思いたくないんだ。だから、な？」

ジャロは兄ちゃんにもたれかかり、ぼくはクラリティをジャロのひざにのせた。するとクラリティは喉を鳴らし始めた。しばらくの間、みんな黙ってすわってた。この一日にあった出来事の重大さが苦々しく、骨身に染みた。ぼくたちみんな、運がよかったんだ。信じられないくらい、ラッキーだった。

ただし……。

「それで、ジャロが〝クリーパー頭〟と呼《よ》んでいるその人は、まだどこかこの辺にいるのよね？」レナがぼくの考えてたことをいった。「どっちにいったのか、わかる？」

「わかんねえ」ジャロはウマの蹄《ひづめ》の絵を地面に描いた。「だけど、レナとおれは、こういう蹄《ひづめ》のあとをみたよな。あのときは本物のクリーパーがいたと思ったけどさ。だから、あいつもウマで移動《いどう》してて、それでおれたちに遅れをとらずについてこれたんじゃないか？」

ぼくの頭の中で、ある考えが大きな泡のようにもこもこふくれている。そんなのぺちゃんこにつぶしてしまいたい。だって、声に出していうだけでも吐きけがしてくるから。だけど、ぼくたちは、はみだし探検隊《たんけんたい》だ。仲間同士でうそはつかないし、みんなの命にかかわるようなことを、はっきりいわずに黙っておくことはないんだ。

「オーロックや、手下の盗賊《とうぞく》の可《か》能性《のうせい》はあると思う？　ぼくは、あいつらをあんなふうにネザーに置き去りにしたのが、なんとなく後ろめたくて、ずっと不安だったんだ。もしかしたら、あいつらがいつかネザーからもどってきて、ぼくたちを探《さが》し出して仕返しするんじゃないかって」

ジャロは立ち上がって砂をはらった。そして、小高い丘にあるなにかのほうに、頭をくいっと傾けると、「こっちきて、みてくれ」といって歩きだした。みんなジャロについていった。

ジャロにみせられたものは、めちゃめちゃ不気味だった。

肉の塊《かたまり》を連想させるネザーラックのブロックを使って〝ヒッヒッヒッ〟と文字が書かれて、それが燃えてるんだ。

「クリーパー頭が昨日やったんだ」ジャロはいった。「おれは火がみえたから調べにきた。その間に、やつはウマたちを囲《かこ》いから出したんだ。そのときおれは、ウマがフェンスのブロックをひとつ蹴《け》り倒《たお》したのかと思ったけど、いま思えば、クリーパー頭がおれにいやがらせしたんだな」

「でも、なんのために?」マルがいった。

「脅《おど》しよ」レナは草原をみつめた。「わたしたちをこわがらせて、おもしろがっているのよ」

「だけど、なんでおれを、ぼこぼこにしなきゃならねえ?」ジャロは小さな声できいた。

「ジャロがここにいたからよ。ジャロは襲《おそ》われてこわがっているでしょ。わたしたちもこわがっている。わたしたち、だれかにつけられているのはわかっていて、そのだれかはわたしたちに、どうしようもないと思わせたいのよ」

「なんでわかるんだよ？」

レナはジャロをとんでもない間抜《まぬ》けをみるような目でみた。「なぜって、わたしはずいぶん長いこといじめられてきたからよ」

ジャロは顔を赤くして、レナはごめんねって感じでジャロに笑いかけた。「以前のジャロだけじゃなくて、家族にも意地悪されていたから。ラーズ兄さんはわたしにいたずらばかりしていたけれど、わたしを苦しめるようないたずらばかりだった。門番に選ばれるのも、うなずけるわ。人にどうしようもないと思わせるのが趣味《しゅみ》なんだもの」

「じゃあ、どうする？」ぼくはきいた。

マルがきっぱりといった。「まず、ポピーとウマを捜《さが》す。そんなに遠くにはいっていないと思う。避難所《ひなんじょ》から使えるブロックを回収《かいしゅう》して。それから、釣《つ》りをしよう。魚以外にも、ここで手に入れられる食べ物を蓄えていかないと。エフラムさんにもらった地図をみると、エンチャントされた金のリンゴのある場所にいくには、何日もかかりそう。コーヌコーピアからここまでよりも、遠いよ。クリーパー頭がいても、いなくても、急がなくちゃ」

「だけど、対策《たいさく》はしておける」ぼくはいった。「もちろん、エフラムさんみたいに、わなだらけにするんじゃなくて、夜の間に不意打ちされにくくするようなわなを何種類か考えられると思う。エフラムさんからもらった本を読んで、なんでいままでぼくの作った装置《そうち》がうまく作動しなかったか、やっとわかったんだ」

遠くでよく知ってる吠え声がして、レナの表情ががらりと変わった。「ポピー！」レナは甲高い声をあげて駆《か》けだした。

ぼくたちもみんなついていった。レナがポピーを呼《よ》んでポピーが吠え返すのがほほ笑ましい。ポピーがいつこっちに走り出てくるかと思ったけど、なかなか姿がみえない。だけど、吠え声は大きくなってきてるから、ちゃんと近づいてるはずだ。ぼくは走るのが苦手だけど、それをあらためて思い知った。すぐに息が切れてきて、みんなより遅れだした。

「ねえ、あれってあたしたちのウマ？」マルがいった。息切れしてるのはぼくだけじゃないみたいで、ほっとした。

茶色と黒とグレーのものが背《せ》の高い草のなかにいる。そして、ようやくポピーがみえた。ポピーは全力で走ってきてレナに飛びついた。キャンキャンいいながらジャンプして、うれしそうによだれを垂《た》らしてる。

「ポピーがウマたちをまとめてくれてたのか」兄ちゃんが感心してる。「へえ、おれ的には、オオカミは絶対《ぜったい》にブタのすばらしさにはかなわないけど、これはめっちゃびっくりな技だな」

兄ちゃんのいう通りだ。五頭いたぼくたちのウマがみんなそろって、草を食べながら、「なにやってんの？」とでもいいたそうにこっちをみてる。五人のうちウマの扱《あつか》いにいちばん慣《な》れてるジャロが五頭を連れてきて、みんなウマに乗って避難所《ひなんじょ》にもどった。レナは最後尾で何度も後ろを振《ふ》り返《かえ》ってた。あんなにしょっちゅう後ろを向いたら、首の筋を違えるんじゃないかな。だけど、ぼくにもわかる――だれかに見張られてるっていう、常《つね》に落ち着かない感覚があるんだ。ジャロのいうことがほんとなら――というか、ジャロがあんなうそをつく理由がないと思うし、うそをついてるとしても、わざわざあんな奇妙《きみょう》でこみ入った話をでっちあげる必要もないと思う――だれかがどこか、たぶんすぐ近くにいて、ぼくたちを脅《おど》すためだけに、あとをつけてきてるってことになる。

そう思うと、不安になる。

もちろん、ちょっと前までコーヌコーピアでは、ぼくたちはいつだって、ハブにいけばジャロとレミーとエドが不意打ちしてくると覚悟《かくご》してたけど、あんなのはこれにくらべたら子どものお遊びみたいなものだ。もしもその正体不明の人物に追いつめられて、そいつが目の前でクリーパーのマスクを脱《ぬ》いでオーロックの顔が出てきたらと考えると、恐《おそ》ろしくてたまらない。ぼくは眠《ねむ》ってるときにあいつに誘拐《ゆうかい》されたんだ。そう思うと、歯がガチガチ鳴って、どうしようもなくなった。

だれかにあとをつけられるって、最悪だ。

また誘拐《ゆうかい》されるとか、考えただけでいやだ。

ということは、かなり巧妙《こうみょう》なわなを考え出さないといけないってことだ。

第15章　旅を続けるチャグ

相棒《あいぼう》のジャロと砂浜《すなはま》にすわって釣《つ》りをするのは、まじでめっちゃいい気分だ。空は青く、そよ風が吹いて、とげだらけでひとつ目の、目からビームを撃《う》ってくる巨大《きょだい》な魚が釣《つ》れることはない。マルは避難所《ひなんじょ》をばらして、まだ使えるブロックをしまってて、トックは作業台でなにか作ってて、レナとポピーは周囲《しゅうい》を警戒《けいかい》してる。レナはモンスターと戦う弓の名手で、とびきり目がよくて、野生のオオカミをなつかせて連れ歩いて、正体のわからない敵《てき》からおれたちを守ってくれてる。

そうかと思えば、レナの親や町の長老たちからみれば、レナはかなり変わり者だ。背丈《せたけ》はおれの腋《わき》の下《した》くらいしかなくて、町のほとんどの人から頭が変な子と呼《よ》ばれてた。

それだけじゃない。おれは町のみんなから声も体もデカいガキで、石の壁《かべ》にだってけんかを売ると思われてる。それにだれも「町でいちばんうまいマッシュルームシチューを作るやつって、おまえのことか？」とはきいてくれない。おれのシチューはまじでうまいのに。人は見た目だけじゃわからないというけど、人って二年もすれば見違えるほど変わるもんだよな。

そもそも、見た目があてにならないことだってある。死んだクリーパーの頭をすっぽりかぶって子どもをこわがらせようとする、あぶないやつだっているんだから。

ジャロはクリーパー頭のことで、かなりまいってる。数秒おきにレナをちらっとみては、砂浜《すなはま》を見回して、自分の浮きをみるってのを繰《く》り返《かえ》してる。だから魚にやたらと餌《えさ》を取られちまってるけど、そんなことはどうでもいい。ジャロがまた安心して過《す》ごせるようにしてやらなきゃ。だから、おれはジャロの隣《となり》にすわって、波をみてるうちにちょっとでも落ち着けるといいと思ってる。

神経質《しんけいしつ》になってるときの気持ちはよくわかる。前回の冒険《ぼうけん》のきっかけは、おれの寝《ね》てるベッドのすぐそばで眠《ねむ》ってたトックが誘拐《ゆうかい》されたことだった。あれからしばらくは、朝までろくに眠《ねむ》れない日が続いた。なかなか寝《ね》つけなくなって、眠《ねむ》りが浅かった。ちょっとした音で、ぎょっとして目が覚めたし、夢をみるたびに何度も何度も恐怖《きょうふ》がよみがえった。

いつもの感覚にもどるまでに時間がかかった。それだけじゃない。よく考えて、納得《なっとく》できる対策《たいさく》をして、寝《ね》てる間に他人がうちに侵入《しんにゅう》できないようにしなきゃならなかった。

おれたちはいま、またあのときとおんなじ、守りのモードに入ろうとしてる。トックが作業台でなにを作ってるのか知らないけど、あいつははっきりした目標があると、めっちゃいけてる装置《そうち》を考え出すんだ。あれは意味不明な分厚い石板にみえるけど、エフラムさんからあのレッドストーンの本をもらったんだから、ただの石の板よりもおもしろくてあぶないものになるんだろう。弟はとてつもなく頭がよくてセンスもあって、こっちはぶったまげてばっかりだ。トックは作業台なんてきいたこともない頃《ころ》から、いろんなものを作ろうとしてた。ひとつも成功しなかったけどな。

「ジャロ、引いてるぞ！」おれは大声を出して、釣竿《つりざお》を指差した。糸が引っ張られて、竿がしなってる。

ジャロははっとして竿をしっかり握《にぎ》り直すと、サケを釣《つ》り上げた。

「うぉー、やった！　夕食がまた釣《つ》れた！」おれはジャロの背中《せなか》をたたいて、サケを焚火のところに持っていった。

「引きにぜんぜん気づかなかった」ジャロは静かにいった。

「だろうな、ちょっと考え事をしてただろ。よくあることさ。いいってことよ、おれがおまえの浮きもみといてやる。ひとりよりふたりのほうがいいもんな」

おれがそういうと、ジャロはちょっと気がまぎれたみたいで、竿を振《ふ》ってまた釣《つ》り糸《いと》を垂《た》れた。

マルが避難所《ひなんじょ》をばらし終わって、トックのクラフティング作業も終わると、おれは完璧な焼き加減《かげん》になった魚をみんなに配って、捕《と》れた魚はほとんどジャロが釣《つ》ったんだというのも忘れなかった。いまじゃ、おれたちがこの砂浜《すなはま》にいたのがほとんどわからないくらいだ。あとに残ってるのは、足跡と砂に混じった黒い灰くらいか。ジャロのいうクリーパー頭ってやつが、おれたちの避難所《ひなんじょ》に火をつけたなんて、いまだに信じられない。少なくとも、避難所《ひなんじょ》はほとんどの部分が石造《いしづく》りだったから、屋根の木材ブロックが何個か燃えちまっただけですんだ。

みんなウマに乗ると、マルは地図を確《たし》かめてから、コーヌコーピアと逆の方向に先頭でウマを進めた。どういうわけか、もうエフラムさんを捜《さが》すのがこの旅のいちばんの目的じゃないことを、つい忘れちまう。まだこれから、エンチャントされた金のリンゴを取りにいって、ナンを助けなきゃならないんだ。おれたちは海底神殿《かいていしんでん》で死にかけたけど、あれはまったく時間の無駄だった！　あのときは判断《はんだん》を誤《あやま》って、オーバーワールドではやっぱり簡単に痛《いた》い目にあうんだと思い知らされた。

おれたちは海岸沿《かいがんぞ》いに進んでいった。のどかで気持ちがいいけど、一時も気を抜《ぬ》かず、クリーパーの顔がこっちをじっとみてやしないかと、全方向を気にしてなきゃならない。レナがいちばん後ろについてる。レナはジャロがあんな目にあったことで、多少責任《せきにん》を感じてるはずだ。何者かがあとをつけてきてるのを知ってたんだからな。だけど……、あんなことが起こるなんて、いったいだれが予測《よそく》できた？　経験のないことは予測《よそく》がつかないもんだ。

モンスターに攻撃《こうげき》されたことならいくらでもあるけど、今回はちがう。クログには邪悪《イリジャー》な村人の集団をけしかけられたり、毒のポーションを投げつけられたりしたけど、斧《おの》を振《ふ》り上《あ》げて襲《おそ》ってくる人間なんて、いなかったからな。トックを誘拐《ゆうかい》した連中だって、トックにけがさせたりはしなかった。あの連中にまた会ったらどうしてやろう――。

いや、あんまりいらつくのはよくない。心穏《こころおだ》やかにいよう。ジャロのためにも。

今日はのんびりしてる。みたことのないものや、恐《おそ》ろしいものに出会ってないし、草原にはヒツジがいっぱいいる。つまり、夕食にうまい肉をたらふく食えるし、羊毛が手に入るから、クリーパー頭に木っ端《こっぱ》みじんにされたベッドを作り直せるってことだ。それだけじゃなく、野生のカボチャまでみつかった。カボチャのパイを作ろうと考えたら、よだれが出た。

いつもより早く旅を切り上げなきゃな。頑丈《がんじょう》な避難所《ひなんじょ》を造《つく》って、トックがどんなわなを作ったか知らないけど、それを仕掛けなきゃならない。トックとマルはしばらく小声で相談して、そのうちマルは海に面した石壁《いしかべ》を造《つく》りだした。ふだんマルが造《つく》る避難所《ひなんじょ》の倍くらいの幅《はば》がありそうだけど、おれはなんにもきかずにおいた。だってそうだろ、ふたりとも、おれより頭いいし、おれに説明してもらったところで、時間の無駄だ。レナは弓矢を持ってこのあたりをパトロールして慎重《しんちょう》に確認《かくにん》してるけど、海には背《せ》を向けてる。まあ、クリーパー頭がずっとウマに乗ってたことも、たぶんいまもあとをつけてきてるのも、わかってるからだろう。

ジャロがウマたちを入れておく囲《かこ》いを作りだしたら、トックがそんなことしなくていいといった。ジャロがなんでだときくと、トックはいたずらっぽく笑って、ちょっとの間ウマたちをみててくれといった。

おれが火をおこして料理に取りかかろうとしたら、マルに手伝ってくれといわれた。建物を造るのは得意じゃないけど、クリーパー頭を寄せつけない避難所のコンペで賞をねらってるわけじゃないもんな。マルは石ブロックを一スタックくれて、壁《かべ》を作れというから、いわれた通りにした。

やってみると、なんか楽しいな。トックとふたりで新コーヌコーピアで場所を選んで家と店を建て始めたころ、めっちゃわくわくしたのを思い出す。石ブロックはマルからもらったけど、おれたちは自分で設計《せっけい》を考えて完成させたんだ。おれたちの家と店は、ただ窓をいっぱいつけて、ネコの数を増《ふ》やし、おれが壁《かべ》に防具《ぼうぐ》や武器《ぶき》を好きに飾《かざ》れるってだけだったかもしれないけど、生まれ育った農場の家よりずっといかしてた。

だんだん避難所《ひなんじょ》の形がみえてきて、わけがわからなくなった。だいたいいつもの倍の広さがある。旅をしてるときは、できるだけ手っ取り早く簡素《かんそ》な避難所《ひなんじょ》を造《つく》るもんだろ。なのに、これはどうみてもちがう。

だけど、よくよく考えてみたら、なんでこんなに広いのかわかった。なるほどな。

四方の壁《かべ》を造《つく》り終わると、マルはジャロにウマを中に連れてきてフェンスブロックでウマの場所を仕切るようにいった。ジャロはほっとしたみたいだ。これでもう、クリーパー頭がウマたちをおびえさせる心配はない。きっとひどいにおいになるだろうな。だって、くたくたのガキが五人、へとへとのウマが五頭、それにオオカミが一匹なんだから。だけど、考えてみれば、おれはブタを抱えて眠《ねむ》ったことがあるんだから、たいして気にならないに決まってる。マルと屋根を造《つく》ってると、ウマたちは目を丸くしておれたちを見上げて、不安そうに音を立てた。

「大丈夫《だいじょうぶ》だ、マーヴィン」おれは自分のウマに話しかけた。「おまえの上になにも落としたりしないって。たぶんだけどな。ああ、ニンジンを落とすかも」

そういっておれはマーヴィンにニンジンを一本落としてやった。じゃないと、期待を裏切《うらぎ》ることになっちまうからな。

避難所《ひなんじょ》に全員分のベッドを置いて、松明《たいまつ》を壁《かべ》や床《ゆか》に設置《せっち》した。こうしとけば、アットホームな雰囲気《ふんいき》になるし、敵対的《てきたいてき》モブは寄りつかない。ちょっと休憩《きゅうけい》してみんなで外に出てすわり、日が沈むのをみながら夕食をとった。みんな気持ちが張《は》り詰《つ》めてて、目をきょろきょろさせてまわりを気にしてるし、背中《せなか》は丸まってる。クリーパー頭がいまにも襲《おそ》ってくるんじゃないかと不安なんだ。

かわいそうに、ジャロはウサギみたいにびびってる。おれが作ったパイを渡《わた》したら、ちょっと落ち着いたみたいだ。少なくともちょっとの間は、後ろを振《ふ》り返《かえ》るよりパイに気を取られてた。だけど、ろくに噛まずに飲みこんでるような気がするぞ。それじゃ、あとで腹の具合が悪くなっちまう。

薄暗《うすぐら》くなってきたから、おれたちはトックを残して避難所《ひなんじょ》に入った。弟は開けっ放しのドアのすぐ外で、地面になにか置いたり石のハーフブロックを重ねたりして、あれこれ調整した。

「なにやってんだ？」おれは避難所《ひなんじょ》の戸口からたずねた。

「外に出てこないで」トックが注意する。「一歩も出たらだめだよ。これがうまくいけば、中で安全に過《す》ごせるんだ」

「そうか……うまくいきそうか？」

疑《うたが》ってるみたいにきこえるかもしれないけど、大事なことだ。トックは新しい道具や機械を作ろうとして、おれのベッドを吹き飛ばし、おれのすね毛を焦がしたことがあるからな。それに、新コーヌコーピアの家では屋根がテーブルの上に落ちてきて、とびきりうまくできたケーキを台無しにしたこともある。

「大丈夫《だいじょうぶ》さ」トックはいつも以上に自信たっぷりにいった。それからひょいと跳《と》んで中に入ってくると、分厚い金属《きんぞく》のドアを入り口の穴にはめこんだ。「鉄製にしたんだ」トックはドアをノックした。これまで作ったどのドアよりも頑丈《がんじょう》そうな音がする。

マルがベッドのところで顔を上げた。「それで、どんな仕掛けなの?」

トックはネコたちを抱いて自分のベッドにどさっとすわると、にやりとした。「クリーパー頭がぼくたちに手出ししなければ、なにも起こらない。だけど、ドアから入ってこようとすると、めちゃめちゃびっくりすることになるよ。大丈夫《だいじょうぶ》だって。外に出なければ、まったく安全だから」

トックの発明が最初からうまくいくとは限らないってわかってるみたいに、ポピーがレナのベッドの足もとからドアの前にいって寝《ね》そべった。念《ねん》のためってやつだな。

やっとくつろげる。こういうひとときは、おれがオーバーワールドを旅するなかで気に入ってることのひとつだ。大変な一日だった。みんな疲れきってて、満腹で、ここはめっちゃ居心地《いごこち》がいい。こうして親友が全員ひとつの部屋にそろってて、無事なのがひと目でわかるってうれしいよな。

トックのベッドはいつもとおんなじようにおれの隣《となり》にある。トックがキャンダとクラリティを両脇に抱えるようにしてすぐに眠《ねむ》っちまったところをみると、設計《せっけい》したわなにまじで自信があるみたいだな。弟が安心してると、おれも安心できる。うとうとして、眠《ねむ》っちまいそうになったとき、鼻をすするかすかな音がトックと反対側《はんたいがわ》からきこえてきた。

寝返《ねがえ》りを打ってそっちを向くと、薄暗《うすぐら》い松明《たいまつ》の明かりにジャロの背中《せなか》がみえた。壁《かべ》のほうを向いて、背中《せなか》を震わせながら、必死で声をひそめて泣いてる。

石造《いしづく》りの避難所《ひなんじょ》で過《す》ごす夜に、音を立てずにできることってないんだけどな。いくらウマたちがやさしく鼻を鳴らしたり、足を踏み替えたりする音がしててもきこえるもんだ。

「おい、ジャロ。大丈夫《だいじょうぶ》か？」おれは小声でいった。

「いや」押し殺した声が返ってきた。

「夕食の魚がそんなにまずかったか？　たしかに生焼けのシーフードを食うと屁をこきたくなるやつも——」おれはジャロの気分を明るくしようとしていった。

「やめてくれ。ただでさえばかみたいな気分なんだ」

おれはため息をついた。「おれがもっとばかっぽくしたら、気が楽になるかと思ったのに」

クスッと笑いがきこえた。「ああ、それならおまえ、地でいけるだろ」

よかった。ジャロのやつ、いまのはうまいことといったと気をよくしてるな。本気じゃないのも、おれは承知《しょうち》してる。「ジャロ、なあ、おまえは昨日、殺されかけたんだ。そんなことがありゃ、気が動転して当たり前じゃねえか」

「わかってる。その、昨日は大変なことが起こったんだとわかってるし、動揺《どうよう》してもおかしくねえのはわかってる。だけど……」ジャロのため息が震えてる。「問題はそこじゃねえんだよな。クリーパー頭はおれを——殺すつもりはなかったと思う。おれをこわがらせたかっただけだ。おれはやり返さなかった。できなかったんだ。あっちが殴るのをやめるまで、ぎゅっと丸まってた。なんつーか……、あれは警告だったような気がする。それがやたらこわいんだ。わけがわかんねえっつーか」

「わけがわからないのはこわいわね」レナが静かにいった。「ゾンビやスケルトンと戦うのは納得《なっとく》がいく。盗賊《とうぞく》と戦うのでさえ、納得《なっとく》できる。それは、相手の習性や目的がわかっているから。だけど、相手のことがわからなければ、なにを仕掛けてくるかも、それをどうやってやめさせればいいかも、わからないもの」

「おれ、今回はどんなやつがかかってきても立ち向かえると思ってたんだ」ジャロはいった。

おれはフンと笑った。「おう、おれもだ。とんでもなかった。ジャロは変装《へんそう》した人間にぼこぼこにされて、おれは目がひとつしかない魚にぼこぼこにされた」

「いろいろなことが変わっていくし、変化を止めることはできない。そのなかで、どうやって生きていくかを考えるしかないと思う。わたしはいつもとちがうことが大嫌《だいきら》いだったけれど、いざ変化が起こってみたら、いいほうに変わったことばかりだった。採掘所《さいくつじょ》とうちの家族から離《はな》れたこと、冒険《ぼうけん》の旅に出たこと、ポピーをみつけたこと、ナンと出会ったこと。どれも、そのあとずっとよくなった。だけど、それでおしまいとは限らない。旅に出るたびに、前とはちがうことが起こるのよ」レナがいった。

「じゃあ、クリーパー頭はどうすんだよ？」図体がでかい割に、いまのジャロはめっちゃ、気弱になってる。

「ほかのことも全部そうだけど、みんなでなんとかしようぜ」おれはいった。「夜はトックのわなが守ってくれるし、昼間はレナが目を光らせててくれるから、大丈夫《だいじょうぶ》だ。これからは、だれかひとりを置いていくのはやめよう」

後ろでなにかがきしむ音がした。トックがベッドから出てクラリティを抱き上げると、ジャロのところに連れていって胸の上にのせた。

「ネコがいればクリーパーは寄ってこない」トックは寝言《ねごと》みたいにいった。「だから、ネコといっしょに眠《ねむ》りなよ。今日はへとへとになったっしょ」寄せつけたくないのは、クリーパーじゃなくてクリーパー頭なんだけどな。

ジャロが思わずって感じで、ちょっとだけ笑った。気持ちよさそうに喉を鳴らしてうとうとしてるクラリティを、大笑いして起こしたくなかったんだ。ネコたちがゴロゴロ喉を鳴らす音と、ウマたちがやさしく鼻を鳴らす音と、仲間の規則《きそく》正しい寝息《ねいき》をきいてるうちに、おれはすぐに眠《ねむ》っちまった。

ひと晩じゅう眠《ねむ》っててもおれの緊張《きんちょう》が解《と》けることはなく、なにか起こるんじゃないかと頭の片隅《かたすみ》で思ってた。けど、なにもなかった。クリーパー頭がドアにちょっとでも近づこうものなら、ポピーが吠えまくるだろうし、トックのわなが作動するのがきこえるはずだ。

とにかく、その夜は静かで、なにも起こらなかった。そして朝起きると、トックはみんなに中にいるようにいいおいて、外に出てまずわなを解除《かいじょ》した。どんなわなだったのかな。おれが灰色の朝もやの中に出ていったときは、もうあとかたもなかった。レナは弓を持って避難所《ひなんじょ》のまわりを歩き回ったけど、クリーパー頭があたりにいた形跡はみつからなかった。朝食後、おれはマルが避難所《ひなんじょ》をばらすのを手伝った。それからみんなでウマに乗って出発した。ウマたちも入れるくらい広い避難所《ひなんじょ》を造《つく》るなんて、めっちゃ賢《かしこ》いよな。コイツがいっしょだったら、絶対《ぜったい》に避難所《ひなんじょ》の中で寝《ね》かせたと思うぞ。

マルは、地図によるとこのまま海岸沿《かいがんぞ》いを長いこと進むことになるといった。目指してる洞窟《どうくつ》まで二日かかるらしい。今日は長時間ウマにまたがってなきゃならないんだな。トックに頼《たの》んで、鞍《くら》専用のクッションを開発してもらおうか。それとも尻《しり》にクッションをつけられるレギンスでもいいかも。

昼食をとるために、ちょっとだけウマを止めたけど、マルは時間を気にしていらついてた。大好きなナンがもしかしたらもう――いや、口に出していえないけど――ナンがそう長くは持ちこたえられないのはみんなわかってるんだ。

ウマは速い。歩けば十倍の時間がかかる。だけど、みんな気づいてると思う。おれたちは急いでるだけじゃなく、追われてるんだ。これは気楽な旅じゃない。レナはしょっちゅう、肩越しに後ろをみてるから、顔がそっち向きに固まっちまうんじゃないかと心配になる。おれも母さんによく、夕食中に変顔ばっかりしてると、そういう顔になっちゃうわよっていわれたな。

午後はめっちゃ長いような気がした。薄曇《うすぐも》りで、いまにも太陽が顔を出しそうだった。左側にはきらめく海がある。ほんの二、三日前には、海なんてきいたこともなかったのに、いまその大きな水の塊《かたまり》が目の前にあって、どこまでも広がってるんだから、おかしいよな。

沖のほうを長いことみてると、ありもしないものがみえるような気がしてきた。大きな船がいくつも砂浜《すなはま》に乗り上げてて、おそろしい海のモンスターがいっぱいいて、へんちくりんな塔みたいなものがいくつも建ってるような。

ところがそのとき、ばかみたいなものがみえた。緊張《きんちょう》と尻《しり》の痛《いた》みのせいでちょっとおかしくなってきたらしい。

「あー、なあ、みんなにもみえるか?」おれは目をこすった。

「みえるってなにが?」トックがいった。「ぼく、考え事をしてたんだ」

おれは沖のほうを指差した。

「あの島に――あれは……ウシか?　それともマッシュルーム?」

第16章　ジャロとムーシュルームの島

チャグがいったのは、どっちも正解《せいかい》。おれはいま、頭がすげえこんがらがってる。もやがかかってるし、遠いけど、たしかにあそこに島があって、家よりでかいマッシュルームがびっしり生えてる。それに、たしかに哀れっぽい鳴き声が、モーモーきこえてくる。

「ここで止まって、あそこにいってみない？」レナがいった。あとをつけられてると感づいたときから、こんなうれしそうな顔をするのは初めてだ。「スケッチしておかないと。あのウシ、すっごく変よ」

「シチューに入れるマッシュルームを採《と》っておきたいな」合いの手を打つように、チャグの腹が鳴った。といっても、チャグの腹はいつも鳴ってるけど。

「それに、あれが新種のモブだったら、繁殖《はんしょく》させられるかもしれねえな」おれはいつだって、新コーヌコーピアにあるおれの動物飼育場《しいくじょう》のことを考えてる。

マルは遠くをみつめてる。海も草原も、どこまでも続いてるみたいだ。「だめだよ。むだに時間をつぶしている間も、ナンは苦しんでいて、ちょっとずつ――」マルは首を振《ふ》った。「早くいこう」

「けれど……ナンは、わたしたちがここで探検《たんけん》するのを望むんじゃないかしら」レナは問いかけるようにいった。「ナンはなによりも、新しい発見について話をきくのが好きなのよ。いつもいっているもの。『冒険《ぼうけん》をしなければ、なにも得られない』って」

ああ、たしかにおれも、ナンがそういうのをきいたことがある。たしかにマルはナンの孫の孫だけど、レナはナンの助手で、ほとんどずっと森の中にある小さな家でいっしょに過《す》ごしてるもんな。

「新しい発見の話なんかきけないじゃない、死んじゃったら」マルはこわばった声で〝死んじゃったら〟といって、眉《まゆ》を寄せた。

「もしかしたら、みたこともない植物とか、ポーションがあの島にあるかもしれないよな？」

チャグは片手《かたて》を額にかざしてみてる。「エンチャントされた金のリンゴの入ったチェストが、あの島に隠《かく》されてるかもしれない。いってみなきゃわからないよな」

マルはため息をついた。「それは虫がよすぎるんじゃない？　地図はあるんだから、リンゴを取りにいくだけでいいんだよ」

「ちょっとだけいってみないか？」チャグがお願いモードでいった。「ここはいっといて損はないような気がするんだ」

「そうよ、ナンはいつも、直感を大事にしなさいっていうし」レナがいった。

マルは沖の島のほうをみて眉《まゆ》を寄せてたけど、やっと「ほんとに、ちょっとだけだよ」といった。「夜になる前に、かなり先までいかなくちゃいけないから、島から帰ったら、あとはずっとウマを走らせていくからね」

チャグは鞍《くら》の上でもぞもぞ動いた。「おれの尻《しり》は喜んで犠牲《ぎせい》になるといってるぞ」

みんながウマを降《お》りると、おれはウマたちを入れる囲《かこ》いを作った。ボートは二艘《そう》しかねえし、もう一艘造《そうつく》る時間がもったいねえから、だれがあのなぞの島に漕《こ》いでいくか考えねえとな。まず、レナはいくだろ。みつけたものを日記に記録《きろく》したり、薬になりそうな植物を探《さが》したりしなきゃいけねえからな。はっきりとモーモーって鳴き声がきこえてくるから、ウシの牧場で育ったマルもいったほうがいい。チャグはいきたがってる。かわいい動物に目がないし、われらがマッシュルームシチューのエキスパートだもんな。そうなると、あとはトックかおれだ。

「ジャロがいってきてよ」トックがいった。「ウマをならしたのはジャロだ。あそこにいるのが初めての動物なら、きっとうまく扱《あつか》えるっしょ」

「だけど、トックはいいのか？　大丈夫《だいじょうぶ》か……」おれはチャグをちらっとみた。トックはちゃんとおれのいいたいことをわかってた。

「兄ちゃんが変なことしないように見張っといてくれるっしょ？　凶暴《きょうぼう》そうなウシがいたら、ハグさせちゃだめだよ。ぼくはここに残って、いま思い出した新しいポーションを作ってたほうがいいんだ」

「だけど、クリーパー頭が現れたらどうする？」チャグがいってくれてよかった。おれはそれを一番心配してたけど、あんまりそのことばっかり持ち出して、臆病者と思われたくねえからな。

トックは草原のほうをみた。平坦《へいたん》でなんにもねえ。ずっと先まで見渡《みわた》す限り草が生えてるだけだ。「隠《かく》れる場所はないよ。みんなはすぐもどってくるんだし、ポピーがここで見張ってくれるっしょ。それにぼくだって、無防備《むぼうび》じゃない」トックは片方《かたほう》のポケットから剣《けん》を取り出して、もう片方《かたほう》からあぶねえ感じの青みがかった灰色のポーションを取り出した。「ぼくは大丈夫《だいじょうぶ》。敵《てき》がこっそり近づけない限り——そんなことできっこないから——心配いらない。こっちはそいつがうろちょろしてるのはわかってるし、ちゃんと警戒《けいかい》してられるから、不意打ちしようったってそうはいかない。クリーパー頭は、ばかみたいなマスクをかぶった、ただの嫌《いや》なやつだ」

おれはチャグといっしょにボートに乗ってすわった。ひとりで待たなくてすむのも、クリーパー頭からほんのちょっとでも遠ざかれるのもうれしい。

自分には高く評価《ひょうか》されるような能力があるってことも、チャグたちがおれについてきてくれといってくれるのも、いまだに信じられねえ。おれはいつもママに、役立たずでまともなことはひとつもできねえっていわれてたけど、いまじゃ友だちに、おれにしかできねえことがあると思われてる。そんなこといわれると、胸がふくらみすぎて、はちきれるんじゃねえかって気がする。おれはなにかで役に立てるんだ。はみだし探検隊《たんけんたい》のお荷物《にもつ》になってるわけじゃねえ。

それでも、何度はみだし探検隊《たんけんたい》の一員だといわれても、仲間だといわれても、いまだにおれは心の奥で意地悪な声に、「いつかあいつらに、やっぱりだめなやつだと見抜《みぬ》かれて、放り出されるに決まってる」といわれてる気がしてた。

　ボートに乗るのは初めてで、ちょっと気持ち悪くなってきた。チャグが漕《こ》いでる間、おれはきらめく青緑色《あおみどりいろ》の水の中を見下ろしてた。いろんな種類のおもしれえ生き物が、水中で思い思いのことをしてる。チャグから気をつけろといわれてた、ひとつ目のとげだらけの魚を見逃さないようにしてたけど、みえるのはタラやサケや、かわいらしいカラフルな魚ばっかで、どいつも青い水を通して届《とど》くまだらな日の光にきらめいてる。朝食ったものがせり上がってこなけりゃ、楽しめるのに。

　近づいていくと、ぼんやりした影みたいにみえてた島が、かなりはっきりみえてきた……なんだこりゃ？　あり得ねえと思うけど、いま実際《じっさい》にそれをみてる。海から盛り上がってる島は、土ブロックでできた段々畑《だんだんばたけ》みたいになってるけど、あちこちに巨大《きょだい》なマッシュルームが赤や茶色の傘を開いてるんだ。まるで木みたいにでかい。ウシが数頭跳《は》ねまわってて、すげえかわいい子ウシも一頭いる。だけど、コーヌコーピアにいる、マルんちのウシたちとは似《に》ても似《に》つかねえ。おれは前にウマをウシと間違えて恥《はじ》をかいたことがあるけど、そのあとでマルが自分ちで飼《か》ってるウシをみせてくれたんだ。おお、もちろんウシよりウマのほうがずっと好きだけど、マルにもマルんちのウシにもそれは黙っとくつもりだ。

この島のウシは、マルんちのみたいに茶色じゃねえ。まっ赤な体に白いぶちがあって、鼻は黒くて湿《しめ》ってて……。

えー、まじか？

背中《せなか》にマッシュルームが生えてる。

「マッシュモーモーだな！」チャグが漕《こ》ぎながら陽気にいった。

「わたしはムーシュルームがいいと思う」レナはもうスケッチしてる。

「いや、マッシュモーモーのほうが、ぜんぜんおもしろいだろ」チャグが反論した。

レナは顔をしかめた。「ごめんね、チャグ、もう〝ムーシュルーム〟って書いてしまったから。しかもペンで。だから、もう変えられないの」

チャグはふくれっ面した。「まじか。子どものほうは、マッシュミニモーって呼《よ》ぶつもりだったのに」それから小声で独り言をいった。「いや、絶対《ぜったい》にそう呼《よ》んでやる。レナのペンだろうとなんだろうと、止めれるもんなら止めてみろ」

ボートが島の浜《はま》に乗り上げ、おれたちは飛《と》び降《お》りた。ムーシュルームは——おお、この名前はヒットしそうだな——おれたちのことはぜんぜん気にしてないみたいだった。そう思ってると、みんながおれの後ろで待ってて、こっちをじっとみてる。すぐにはわからなかったけど、みんなはおれが動くのを待ってたんだ。

ポケットにはいつも、ウマにやるためのコムギが入ってるから、ひと束出して、いちばん近くにいるウシに差し出した。ウシはモーと鳴いてよたよた歩いてくると、コムギを食べて、頭をこすりつけてきた。おれはウシをなでてやり、背中《せなか》をさわってみた。やっぱり背中《せなか》の皮からマッシュルームを生やしてるなんて信じられねえ。

チャグがウシをこわがらせないように気をつけながら、素早《すばや》く寄ってきて、ククッと笑いながらウシをなでた。子ウシが大きな目をきょろきょろさせながら、たどたどしい足取りでやってきた。チャグはすぐに仰向《あおむ》けに寝《ね》て、腹の上に子どものムーシュルームを立たせた。親ウシたちは気にしてないみたいで、よかった。

「へえ、ウシはウシでも、種類がちがうんだろうね」マルがいった。

チャグがウシにすり寄られてめろめろになっちまってるから、マルは小さなマッシュルームをいくつも採《と》りながら歩き回ってたけど、採掘《さいくつ》するのによさそうな場所があった。

レナはマッシュルームの軸にもたれてすわって、文章を書いてはスケッチしてる。おれもなにか役に立つことをしねえとな。動物にかかわることがいい。そのときはっとした。おお、ムーシュルームにも乳房《ちぶさ》があるじゃねえか。

「なあ、マル、バケツ持ってるか？」おれはきいた。

「いつも持ってるよ」マルはバケツを投げてよこした。

おれはさっきのウシのところにいった。ウシはまだちょっと、食べたコムギの味にうっとりしてる。ウシのミルクを搾《しぼ》ったことはないけど、マルがするのをみたことはある。そんなに難《むずか》しくなさそうだったよな。

間もなくおれは、ミルクがいっぱい入ったバケツを抱えてた。正直いって、ちょっと意外だったっつーか、がっかりしたっつーか、ムーシュルームから出るのはマッシュルームの汁とか、もっとキモいものかと思ってたんだ。

「なんだ、ただのミルクか！」チャグがおれの思ってることをいった。

「でも、ミルクは役に立つよ」マルが肩にツルハシをかついで、笑顔でこっちにもどってきた。

「あたしのポケットはいっぱいだから、ジャロがミルクを預かってくれる？　もうもどらなくちゃ」

「けれど――」レナがいいかけた。

「〝けれど〟もなにもない。旅を続けなくちゃ。ナンが元気になったら、またくればいいでしょ」

レナはしぶしぶ立ち上がりながら、まだ絵を描いてる。チャグは何頭も腹に乗せてたマッシユミニモーをどかして、こっちにきた。赤いウシの毛だらけになってる。おれたちが坂道を下って浜《はま》に下りていくとき、血の凍《こお》るような音がきこえてきた。

トックの声だ。

悲鳴をあげてる。

「トック！」チャグが大声で呼《よ》びかけるとボートに飛び乗って、おれを待たずに漕《こ》ぎ出した。ボートが岸を離《はな》れる直前にマルが飛び乗った。そのほうがよかったと思う。なにかまずいことが起こってるとしたら、おれよりマルのほうがずっとうまく戦える。

おれはもう一艘《そう》のボートに乗ると、オールを手に取った。レナは向かい側にすわって日記をポケットにしまうと、弓矢を出してトックのいる岸のほうをみながら前のめりになってる。まるで意志の力でボートをスピードアップさせようとしてるみたいだ。

ボートを漕《こ》ぐのははじめてだけど、これもみた通りにやればいい。疲れるけどな。チャグはもうだいぶ先までいってるから、おれは全力でボートを進めようとした。トックの悲鳴は一度きこえたきりで、それからはなにもきこえねえ。まずいだろう。おれはクリーパー頭と取っ組み合ってる間ずっとわめきちらしてた。仲間にきこえれば助けにきてもらえると思ったからだ。

砂浜《すなはま》がみえてきた……ああ、なんてこった。

トックがいない。

作業台も醸造台《じょうぞうだい》もあるのに、トックはいない。

ポピーもいない。

ウマたちは囲《かこ》いに入ったまま、落ち着かなそうにいなないて、せわしなく足踏みをしてる。

ネコたちは、トックの作業場にすわって、しっぽをゆらゆらさせながら、戸惑《とまど》ってるみたいに情けない声で鳴いてた。

「トックはクリーパー頭にさらわれたんだ！」チャグが大声でいう。「あいつの頭を切り落としてやる！　かぶってるクリーパーの頭も、あいつの頭も両方だ！　それから――ほかのものをぶった切る！」チャグは剣《けん》を手に、わめきながら草原のほうに走りだした。「トックを返して、おれと戦え！　くそったれ」

「待って」レナが地面を指差した。「足跡がひとり分しかないわ。クリーパー頭がトックを誘拐《ゆうかい》したなら――だれが連れ去ったとしても――もみ合った跡《あと》が残るでしょうし、少なくとも足跡はひとり分じゃないはずよ。それなのに、トックのブーツの跡しかない」

「それに、ネコたちもパニクッてねえ」おれは目の前の状況をどう説明したらいいのか、いくら考えてもわからなかった。「まあ、ウマたちは落ち着かなそうだけど、ウマってのはたいていいつもこんな感じなんだ」

レナは口笛《くちぶえ》を鳴らしてポピーを呼《よ》んだ。すると遠くから吠え声がしたけど、オオカミの姿はまったくみえねえ。マルはチャグの隣《となり》までいくと、ふたりで間隔《かんかく》を空《あ》けて草原に入っていった。トックが草の上で丸まって寝《ね》てるのでもみつかるか、もしかしたらクリーパー頭がトックをチェストに押しこんで運んでるのがみえるとでも思ってるのか。おれもレナと草原を歩いた。だけど、変わったことはなんにもねえ。文字が燃えてるわけでも、避難所《ひなんじょ》が壊《こわ》されてるわけでもねえ。少年がひとり行方不明で、わけがわかんねえだけだ。

「なにあれ？」レナは動物が草の中を駆《か》け抜《ぬ》けるのを指差した。

「ウマ？」おれは目をこらした。「いや、ウマはあんなに速くねえ」

レナはポケットから本を出すと、熱心にページをめくりだした。「ヤマネコかしら？　けれど、草原じゃなくてジャングルに住んでいるみたい。それに、あれはヤマネコよりずっと大きそう」

ポピーの吠え声が、さっきより近くからきこえてきて、草のなかを跳《は》ねるように走ってきた。

ポピーは舌《した》を出して、笑ってるみたいにみえる。またクリーパー頭と戦ってたようにはみえねえな。

「トックはどこ？」レナがポピーにたずねる。

「ワン！」ポピーは大喜びで跳《と》びはねて返事した。

レナはため息をつく。「返事はいつもそれね。ポピー、トックを探《さが》してきて」

ポピーは向きを変えて草原のむこうのほうに走っていきながら、こっちを振《ふ》り返《かえ》って吠えてる。

「あれはポピーが〝こっちにきて遊んで〟っていうときの吠え方よ。〝大変なことになってる〟っていう吠え方じゃないわ」レナは困った顔をしてる。

おれたちは武器《ぶき》を手に、慎重《しんちょう》に草原の奥に進んでいく。心臓《しんぞう》がバクバクしてる。おれは金の斧《おの》の柄を握《にぎ》りしめた。クリーパー頭がまた襲《おそ》ってきたら、無傷《むきず》じゃ逃がさねえぞ。トックになにしてんのか知らねえけど、仕返ししてやるからな。はっきりいって、こわい。だけど、はみだし探検隊《たんけんたい》がまわりにいて、みんなで仲間のひとりを助けようとしてるんだから、気を強くもってとにかく前に進むぞ。

「うわーーーー！」だれかが叫んだ。あっちへこっちへと走ってた動物が、おれたちのほうに向かってくるけど、速すぎてはっきりみえねえ。

みんないっせいに身構《みがま》えて、レナはしっかりねらいを定めて矢を放った。

「ぎゃ！　痛《いた》い！　むむむ!?　なんで!?」

おれたちの前に、トックが立ってた。肩に矢が刺さってる。息を切らして、汗だくで、まるでおれたちに誕生日パーティーをぶち壊《こわ》しにされたみたいな顔してる。

レナがうろたえてる。「ええ!?　トック！　なんてこと。本当にごめんなさい！　なにかがあり得ないスピードで向かってくるのがみえて、てっきりクリーパー頭か、もしかしたら本物のクリーパーがすごい速さで向かってきたんじゃないかって――」

「ぼくだよ。レナ、思い切りぼくのこと射《う》ったっしょ」トックは平気な顔してそういうと、矢を抜《ぬ》いてレナに返して皮肉っぽい笑いを浮かべた。この失敗は、一生忘れさせないからね、といってる笑いだ。

レナはトックにクッキーを二枚渡《わた》した。トックはそれをあっという間にたいらげて、傷《きず》が消えていくのをみながらため息をついて、肩を回した。

「どういうことだ、トック」チャグがけわしい顔をしようとしてるけど、ぜんぜんできてねえ。弟が無事だとわかってめっちゃうれしそうだ。

トックは海のほうにもどりながらポケットからポーションのびんをひとつ出して、みんなにみせた。ポピーが跳《と》びはねながらトックについていく。

「いままではたいてい、町で必要なポーションばかり作ってた」トックが説明しだした。「ちっともおもしろくないポーションばかりだよ。みんなも知ってる通り、材料を手に入れるのは大変だから、無駄に使いたくないしね。町の人たちには、なによりも治癒《ちゆ》のポーションが必要だから、ぼくが時間と材料を使って醸造《じょうぞう》するのもだいたいそれだった。だけど、持ってる本の中に、俊敏《しゅんびん》のポーションのレシピが載《の》ってたのを思い出したんだ。それで、考えたんだ。それをウマに使ったら、二倍の速度で移動《いどう》できて、ナンのところに予定より早くもどれるかもしれないって。ただし、まずためしてみないといけない」トックはにやりとした。「それで、自分でやってみたんだ」

チャグはトックに殴りかかるように抱きついた。「神童《しんどう》ばか！　天才あほんだら！　自分で実験するやつがいるか！　だけど、ったく、やれやれ、おまえ、めっちゃすごいスピードで動いてたぞ！　誇らしいやら、腹立たしいやらだ！」

トックはそのハグに機嫌《きげん》よく応じた。「だって、ネコたちやポピーでためすわけにはいかないっしょ。それはそうと、めちゃめちゃ楽しかったよ。ぼくはずっと足が遅くて――」

「あのときのこと、覚えてるか？　ほら、学校の運動会で、なんにもないところでつまずいて転んで、鼻の骨を折ったよな。で――」チャグは咳払《せきばら》いした。「その話は二度としないって、おれに約束させただろ？」

「覚えてるよ」トックは片方《かたほう》の眉《まゆ》を上げて、ゆっくりいった。「だけど、走るのが好きな人が多いわけがわかったような気がする。ポーションは、ウマにかけるだけで効《き》くように調整したから、めちゃめちゃ時間の節約になるはずだよ」

「ウマに飲ませなくていいのは助かるな。こいつら、よだれをよく出すからさ」おれはいった。みんなほっとして、砂浜《すなはま》にもどった。島に漕《こ》ぎ出したときと変わった様子はなにもねえ。だれも昨日からクリーパー頭の形跡を目にしてねえ。もしかしたら、おれをぼこぼこにして満足して、おれたちに嫌《いや》がらせするのはやめたのかな。

そうだといいけど、そんなわけねえ。

クリーパー頭はいまもどこかにいて、機会をねらってるはずだ。なんでそんなことするのか、おれたちにはわからねえ。

第17章　レナとクリーパー頭

俊敏《しゅんびん》のポーションの効果《こうか》は期待以上だった。まわりの景色《けしき》がよくみえないくらい飛ぶように流れていく。これなら、たとえクリーパー頭がウマに乗っていても、わたしたちに追いつくのは無理ね。

左側に海をみて進みながら、右側に変わったことがないか、みんな目を皿のようにしてみている。自分の直感が正しかったとわかったのはうれしい。わたしたちは、たしかにあとをつけられていたし、つけてきているのはブタやオオカミでも、知性《ちせい》のない飢《う》えたモンスターでもなく、人間で、その人はわたしたちを殺すとはいわないまでも、傷《きず》つけたがっているらしい。

それなりの理由があるんでしょうけれど、〝ヒッヒッヒッ〟という文字からは、その動機はまったく見当がつかない。少なくとも、どんなやつかはわかった。クリーパーの頭をかぶっただれかと、ウマ。それに、少なくとも、わたしたちはいま、追手《おって》には不可能なスピードで移動《いどう》している。もちろん、だからといって、一瞬《いっしゅん》だって気《き》を抜《ぬ》かないけれど。視界《しかい》に入ってくるものがあれば、迷わず射《う》って、あとから考えるつもり。

そうすれば――あっ、ごめん。トックが根に持つタイプじゃなくてよかった。

それどころか、わたしを責めもしなかった。

それでもやっぱり、わたしはとんでもないことをしたとくやんでいる。

まあ、もう一度同じことが起こったら、同じことをすると思うけれど。

前をいくウマたちをみていると、とてもおかしい。脚が倍速で動いていて、乗っているみんなはそれに合わせてぽんぽん弾んでいる。トックはポピー用のポーションも作ることになったけれど、ポピーは草原を突っ走るのが楽しいみたいで、舌《した》を出して笑っている。ネコたちはトックの肩に一匹ずつ乗っている。あの子たちにあんなふうに爪を立ててしがみつかれて、トックがちょっとかわいそう。そのうちトックは、肩に革のパッドを入れて、ネコが爪でしがみついても平気な防具《ぼうぐ》を開発するんじゃないかしら。

岩だらけの暗い灰色の山脈がむこうのほうにみえてきて、空には少しずつ黒い雲が出てきた。

太陽は雲の間から顔を出してはまた隠《かく》れ、草原を雲の影が流れていく。わたしは何度も後ろを振《ふ》り返《かえ》ってみたけれど、クリーパー頭がついてくる様子はなかった。

その日の夕方、マルはいつもより少し早めに旅を切り上げて、ウマたちも入れる大きな避難所《ひなんじょ》を海辺に造《つく》った。がんばれば、夜までにあの切り立った崖《がけ》までいけたかもしれないけれど、そうすると避難所《ひなんじょ》を掘《ほ》る時間がなかったと思う。この先で海は終わって、山岳地帯になる。わたしはもうひと晩、美しい青い海のそばで泡を立てて穏《おだ》やかに打ち寄せる波の歌をききながら過《す》ごせるのがうれしい。コーヌコーピアに海のようなところはないけれど、ここにいるとても落ち着く。なんていうか、壁《かべ》の中のあの町でこんな気持ちになれることはまずない。海が常《つね》に動いているから、心がようやく静まるのかもしれない。

わたしたちはウマから降《お》りて、いつものようにそれぞれのできることをした。マルとチャグは避難所《ひなんじょ》を造《つく》り、ジャロはウマの世話をする。トックはいつもならクラフティングをするけれど、いまはしていない。きっと、なにか作っても、ポケットがいっぱいで入れられないのね。それに、避難所《ひなんじょ》の外に仕掛けたわなに満足しているようで、チャグから釣竿《つりざお》を借りて夕食の魚を釣《つ》りにいった。

俊敏《しゅんびん》のポーションでエンチャントされたウマから降《お》りてしまったから、まわりの動きがとてもゆっくりに感じられる。けれど、ポピーはまだポーションの効果《こうか》が残っていて、ミツバチみたいにあちこちビュンビュン走り回って、草原にいるウサギたちをこわがらせたり、咲いている花を散らしたりしている。わたしは弓矢を手に、全身の感覚を研《と》ぎ澄《す》ませて、らせんを描くように避難所《ひなんじょ》のまわりを歩いてみた。

避難所《ひなんじょ》からかなり遠ざかってからヒツジを一匹仕留めたけれど、気になるものはなかったし、心配になるような音もきこえなかった。これじゃあ、これまでよりも不安になる——前は、だれかにつけられているのがわかっていたけれど、いまはつけられているのかどうかさえわからない。俊敏《しゅんびん》のポーションのおかげで、わたしたちがクリーパー頭を引《ひ》き離《はな》せた可能性《かのうせい》が高いけれど、もしも敵《てき》がこのあたりにいるとしたら、こっちが警戒《けいかい》しているのをわかっていて、みつからないように以前より慎重《しんちょう》になっているということよね。

遠くでマルがわたしを呼《よ》ぶのがきこえたので、周辺の見回りをやめてポピーと浜辺《はまべ》にもどった。トックに次に新しいベッドを作るときに使えるように羊毛をあげて、わたしたちのシェフ、チャグに羊肉を渡《わた》した。焼き上がった数種類の魚から湯気が上がって、マッシュルームスープの入ったボウルも並んでいる。わたしは仲間と輪《わ》になってすわったけれど、海を背《せ》にして、草原が見渡《みわた》せる位置を選んだ。ここなら、近づこうとするものがあればすぐに気づく。ジャロとトックは特に神経質《しんけいしつ》になっているけれど、無理もないと思うわ。

日が沈むと、わたしたちはウマたちを避難所《ひなんじょ》に用意したエリアに入れて、自分たちのベッドを並べた。トックは外に出てわなを仕掛け、みんなに一歩も外に出ないように念を押した。わたしは毛布をかぶって丸くなると、昔のことを思い出していた。姉さんたちのうちふたりと同じ部屋を使っていた頃《ころ》、夜、ベッドで寝《ね》ていると、なにかを引っかく音やうめき声が家の壁《かべ》を通してきこえてきた。その壁《かべ》は、コーヌコーピアを取《と》り囲《かこ》む壁《かべ》に接していた。いまでは、夜、外をよろめきながら歩き回るゾンビだったのだとわかるけれど、あの頃《ころ》は姉さんたちに、わたしのばかげた想像だと笑われた。

けれどわたしは、姉さんたちのいうことなんて信じなかった。人のいうことのほとんどが間違っているような気がしていたの。というか、少なくともわたしにとっての真実ではなかったから、みんながそういうからといって頭から信じないで、自分の感覚を大事にすることをまったく疑問《ぎもん》に思わなかった。夜、外でする音が気になってしょうがないときは毛布と枕を持ってベッドの下で眠《ねむ》った。

いまはそんなことをする必要はない。外にいるゾンビは入ってこられないとわかっているし、わたしたちは避難所《ひなんじょ》の中には慎重《しんちょう》に松明《たいまつ》を設置《せっち》するから、ゾンビが中でスポーンすることはない。ここは絶対《ぜったい》に安全なの。

それなのに、ベッドの下で寝《ね》たくなってしまうのはなぜかしら？

だからといって、そんなことはしないけれど。だって、ここは下が土で、コーヌコーピアでいつも寝《ね》ていた石づくりの床《ゆか》とは、くらべものにならないくらい寝心地《ねごこち》が悪そう。土って……だいたい、とても汚いもの。手触《てざわ》りのいやなものがいくつかあって、土はそのひとつなの。

わたしはベッドで眠《ねむ》りについた。ようやくいつものスピードにもどったポピーが寄り添って静かな寝息《ねいき》を立てている。

物音で目が覚めたけれど、なんの音かすぐにわからなかった。音がしたとたんに、ポピーがドアに向かって激《はげ》しく吠えだした。

「ぼくの仕掛けたわなだ！」トックがベッドから飛び出した。「みんな武器《ぶき》を持って！」

わたしは弓矢をさっと出した。マルとチャグは剣《けん》を持っている。ジャロは少し戸惑ってたけれど、はっとしたように斧《おの》を取り出した。ジャロは恐《おそ》れていても、みんなといっしょに立っている。トックは剣《けん》を持ってドアにそっと近づいた。わたしはポピーの首輪《くびわ》をつかんで、トックの邪魔《じゃま》にならないところに移動《いどう》させた。トックはチャグに手振《てぶ》りで、ドアを開けるから剣《けん》を振《ふ》り上《あ》げてと伝えた。チャグはうなずいて、足音を立てないように進み出た。険しい顔がヘルメットからのぞいている。

トックが指を三本立てた。それから、二本、次に一本。そして、勢いよくドアを開けた。

ドアの外にいるものをみて、みんな戸惑った。

ヒツジが一匹、ドアのすぐ外に、ピクリとも動かずに立っている。

あら、ちがう。

まったく動いていないんじゃない。

動いているけれど、すごーく、とーってもゆっくり動いている。

奇妙《きみょう》な灰色の渦がヒツジを取り巻くようにゆらゆらと立《た》ち上《のぼ》っていて、トックがドアの前に置いた石の上にガラスの破片《はへん》が散っていた。

「まずいなあ」トックはささやくようにいった。

「いや、ヒツジでよかったじゃないか」チャグがいう。

「静かに。中にいて」

トックはガラスの散らばった石を飛び越えて、その石をポケットにしまった。「これは感圧板《かんあつばん》だったんだ。だれかが外からドアを開けようとしてこの上に立つと、感圧板《かんあつばん》が作動して、鈍化《どんか》のポーションがふたつ落ちてくる仕組み。クリーパー頭がぼくたちに危害《きがい》を加えようとしたら、このヒツジみたいに動きが鈍《にぶ》くなるようにしといたんだ」

みんなでヒツジをじっとみる。けれど、ヒツジはほとんど動かず、恐怖《きょうふ》に顔を引きつらせている。

「メエエエエエエエエ！」と気の遠くなるようなのろさで鳴いている。

「つまり、わなにかかった音がきこえて走ってみに出れば、クリーパー頭だろうと、この避難所《ひなんじょ》をねらうやつはだれだろうと、簡単に捕《つか》まえて縛《しば》り上《あ》げられるってことなんだ」

「それにしても、なんでそのヒツジがそんなにまずいのさ？」チャグがいった。

トックはその言葉に首を振《ふ》る。「だって、ヒツジは自分で歩いて避難所《ひなんじょ》の入り口になんかこないっしょ。たぶん、クリーパー頭は感圧板《かんあつばん》やレッドストーンのことを知ってたか、このドアの前にわなが仕掛けてあると予測《よそく》したんだよ。だから、そのヒツジをここに置いてわなを作動させたんだと思う」そういうと、ウサギみたいに不安そうにあたりを見回した。「ということは、クリーパー頭はまだそのへんにいるかもしれない」

チャグはマルと並んで入り口から飛び出していった。わたしも矢をつがえてついていく。外はまっ暗で、きこえるのはいつまでも静かに寄せては引く波の音だけだ。今夜は曇《くも》っていて、月も星も出ていないから、ほとんどなにもみえない。クリーパー頭が二十歩離《はな》れたところに立っていても、これじゃわからない。

「ポピー！　だれかいるか、においでわかる？」

ポピーは空気のにおいをかいで、興奮気味《こうふんぎみ》に駆《か》け出《だ》したけれど、ふつうのスピードにもどっているのに気づくと、ふてくされてため息をついた。それからヒツジのにおいをかいで、地面のにおいをかいで、暗闇《くらやみ》に少しにおいをたどっていったけれど、がっかりした顔でもどってきた。

「いっしょにいくから、においをたどってみて」と頼《たの》んでも、ポピーは悲しそうにしっぽで地面をパタパタたたくばかりで、「ごめんね」とでもいっているようだった。「おかしいわ。ポピーがなにかかぎつけたのに、においをたどろうとしないなんて」

「それならきっと、理由があるんだよ」トックはじっくり考えるモードになっていて、目はなにもみていないし、剣《けん》は体の横にだらりと下げていて役立ちそうにない。みんなトックのことをよくわかっているから、そっとしておいたけれど、そのうち近くでうめき声がして、わたしの首の後ろの毛がぴりぴりした。

「中に入ろう」マルがいった。

「だな。ヒツジのお届《とど》けならがまんできるけど、腐《くさ》った肉の詰《つ》まった袋《ふくろ》はいらねえや」チャグがいった。

わたしたちは避《ひ》難《なん》所《じょ》の中に入ってドアを閉めたけれど、だれもベッドにもどろうとしなかった。みんなドアのそばに固まっている。ウマたちは起こされていらついて、足を踏み鳴らしたり鼻を鳴らしたりした。ウマは、あまりいいルームメートにはなれないみたい。

「もっとたくさんわなを仕掛ければよかった――」トックがいった。

チャグがそれをさえぎる。「自分を責めるな。みんな、クリーパー頭をかなり引《ひ》き離《はな》したと思ってたよな。なのに、きっとあいつは、おれたちが休んでた間も移《い》動《どう》し続けたんだろう。それか、もしかしたら――」

「クリーパー頭もいろんなポーションを持ってるんだ」トックがしょげている。「ああ、こまった！　解決策《かいけつさく》をみつけたと思ったのに、なんにもうまくいかないみたい」

「だったら、基本にもどろうよ」マルはドアにもたれてすわった。「交替で眠《ねむ》るの。あたしは最初に見張りをして、眠《ねむ》くなってきたらチャグを起こす。見張りをするときは、武器《ぶき》を持ってここにすわることにしよう」ポピーが駆《か》けてきてマルのまわりをかいでまわり、ひざのそばで横になった。マルはにっこりした。「ほら、見張りには優秀《ゆうしゅう》な助手がついてくれるみたいよ」

わたしたちはベッドにもどったけれど、すっきりしないのはみんな同じだ。寝返《ねがえ》りを打ったり、ごそごそしたり、ため息をついたりする音があちこちでしている。

やっと眠《ねむ》れたと思ったら、マルがチャグを起こす音でちょっと目が覚めて、次にチャグに肩をゆすって起こされたときは、思わずその鼻をパンチしそうになった。ドアのそばのチャグがすわっていたところは温かくて、少し魚くさかった。チャグったら、残り物の魚を食べていたのね。

わたしがドアにもたれて、片手《かたて》でポピーをなでている間、海はいっしょうけんめい子守唄を歌って眠《ねむ》れ眠《ねむ》れとささやいていた。わたしが見張りをしている間にはなにも起こらなかった。

ただ、あるとき鈍化《どんか》のポーションの効果《こうか》がなくなったらしく、ヒツジがびっくりして、プライドを傷《きず》つけられたというような調子で「メーッ!」と鳴き、どこかへ走っていったようだった。ポピーはそのとき小さく吠えて、自分の役割を果たしたという感じだったけれど、みんなを起こさないよう気をつかったのね。もう一秒たりとも目を開けていられなくなってトックを起こすと、トックはのっそりベッドから出て、眠《ねむ》っているネコたちにしっかり毛布をかけてやってから、重い足取りでドアのほうに歩いていった。

朝、わたしたちはみんな、トロッコにひかれたみたいにぼろぼろだった。みんなあくびをしたり、伸《の》びをしたりして、武器《ぶき》を手にふらふら外に出た。もう、なにひとつ安全だとは思えない。

「まじか」ジャロが凍《こお》りついている。みんなジャロの指差しているほうをみた。

ネザーラックのブロックを並べて作った「おつかれさん」という文字が燃えていた。

「つまり、あのヒツジはたまたまわなにかかったんじゃないってことだな」チャグがむっつりといった。

「クリーパー頭は、いまもおれたちをつけてるんだ」ジャロはおろおろして目をやたら動かし、途方《とほう》に暮《く》れている。「そんなこと、あり得《え》るのかよ?」

「あっちもポーションを持ってるにちがいないね。それしか考えられない。だったら、すぐに出発しなくちゃ。急げば、目指している洞窟《どうくつ》に、夜になる前に着けると思う。あたし、黒曜石を多少持ってるから、それで入り口をふさげばいいんじゃないかな……その先がどんなところでもね。どうだろう」マルは目をこすった。「クリーパー頭の目的がわかってればいいんだけど」

「オーロックと手下の盗賊《とうぞく》なんじゃねえか?」ジャロがいった。「あいつら、おれたちを恨《うら》んでるよな。おれたちに〝ネザー〟っていう牢屋《ろうや》にぶちこまれたようなもんだからな。だって、ほかにだれがこんなことすんだよ?」

「もしかしたら、長老たちがジェイミーさんとラーズ兄さんにわたしたちのあとをつけさせたのかも。ただ、あのふたりが町の外を旅したことなんてないと思うけれど……」わたしはいった。

「どっちにも、ウマを貸《か》したことはねえぞ」ジャロはブチをぽんぽんとたたいた。「貸《か》すつもりもねえよ、コーヌコーピアの門で嫌《いや》がらせされたんだからな。だけど、おれからウマを貸りなかったら、あいつらきっと、せいぜい新コーヌコーピアまでしかいけねえだろう」

「あたしたちが出発したあとで、あのふたりがウマを盗《ぬす》んだとか」マルがいった。

トックは首を振《ふ》る。「それじゃ、ポーションのことは説明がつかない。ラーズとジェイミーさんの頭じゃ、俊敏《しゅんびん》のポーションを醸造《じょうぞう》するなんて無理っしょ。レナの兄さんをそんなふうにいって、悪いけど」

「ぜんぜん平気よ。まったく同感だわ。あのふたりには、コンクリートパウダーに水を混ぜるのだって無理よ」

本気でそう思う。わたしは九人もいるきょうだいのなかでラーズ兄さんが二番目にきらい。それが多くを語っているでしょ。あの人は、だれもが自分にとっての脅威《きょうい》だと思っているから、なにかするとしたら、やってみたいからではなくて自分を守りたいからなのよ。わたしは三歳《さい》のときに兄さんのすねを蹴《け》ったけれど、いまだに許してもらえない。

「じゃあ、盗賊《とうぞく》ってこと?」トックはあごをトントンたたいている。「だけど、どうみても、ぼくたちをつけてるのはひとりだし、ウマも一頭だ。盗賊《とうぞく》は六人だったよね」

「もしかしたら、全員は生き残らなかったのかも」わたしはいった。「ほら、ネザーでは眠《ねむ》ったらだめだったでしょ? 眠《ねむ》らずに生きてはいられないわ。そう考えると、クリーパー頭のわけのわからない行動も説明がつくわ。オーロックだとしたら、睡眠《すいみん》不足と仲間が死んでいくのを目の当《まあ》たりにしたせいで、頭がおかしくなったんじゃないかしら」

「で、復讐《ふくしゅう》してやろう、ってか」チャグが山脈をにらみながら、いかめしい、暗い声でいった。「こわれた男、怒《いか》りに燃える男、引き返すことができなくなって、なにがなんでも仕返しするつもりか――」チャグは咳払《せきばら》いして、いつもの声にもどって続けた。「自分の人生をめちゃくちゃにした、イケてるガキどもを」

「だれがクリーパー頭なのかは、たいして重要じゃないよ」マルがきっぱりいった。「とにかく進まなくちゃ。暗くなる前に、目指す洞窟《どうくつ》に着かなくちゃ」

わたしはクッキーとパンを配った。みんなウマに乗って、トックが俊敏《しゅんびん》のポーションをかけてくれるのを待った。間もなく私たちは草原を山脈に向かって駆《か》けだし、穏《おだ》やかで美しい海をあとにした。青い空がまぶしい。ナンの命の火が消えかけているのでなければ、一瞬一瞬《いっしゅんいっしゅん》を楽しめるのに。

それに、クリーパー頭があたりをうろついていなければ、だわね。だれだか知らないけれど、わたしたちが思っていたよりはるかに頭がいい。

第18章　待《ま》ち伏《ぶ》せするマル

オーバーワールドのなかでも海はあまり好きじゃない。海で死にかけたんだから当然だけど。とはいえ、海の風景《ふうけい》がみられなくなるのは、それはそれで寂しいような気がする。海沿《うみぞ》いに旅しているうちは、三方向からしか攻撃《こうげき》される心配がないのもよかった。いま登《のぼ》っている山のほうが、あたしに合っているけど、この山脈は高くて、重くのしかかってくるような感じで、穏《おだ》やかな雰囲気《ふんいき》はまったくない。それでも、初めての場所での採掘《さいくつ》ほど楽しいことはない……もちろん、まずは目的地に着いてナンを救《すく》わなくちゃいけないけど。

トックのポーションのお陰《かげ》で、夜までに洞窟《どうくつ》に着けそう。手に入れた地図はそれほど詳《くわ》しくはないけど正確《せいかく》で、縮尺《しゅくしゃく》から判断《はんだん》するといま正しいルートを進んでいるのがわかる。

たぶん、この洞窟《どうくつ》には、コーヌコーピアの近くに最近みつかったような地下の要塞《ようさい》があるんだろうけど、地図に描かれているのは山のふもとにある入り口だけ。まるで山があくびしているみたいな黒い穴が描いてある。そこから先は地下だ。地下はあたしとレナが詳《くわ》しい。地下なら知らないことはひとつもない。それに、もしあたしの持っている黒曜石ブロックで入り口をふさいでクリーパー頭——きっとオーロックだ——の追跡の邪魔《じゃま》をしたら、もしかしたら……。

ううん。

そんなの、うまくいくわけない。

うまくいったとしても、クリーパー頭は洞窟《どうくつ》の外であたしたちが出てくるのを待《ま》ち構《かま》えているはず。

それに、こっちがウマを外に置いていけば、クリーパー頭はウマを逃がすか……もっとひどいことをするかもしれない。

ウマを洞窟《どうくつ》の中《なか》に連れて入ったとしても、蹄《ひづめ》の跡が残るから、行き先はばっちりわかっちゃう。

難《むずか》しい。

頭の中で、ある計画が形になりつつあった。気に入らない、というか、そんなことしたくはない。でも、ナンにあのエンチャントされた金のリンゴを持って帰る方法を考えなくちゃならない。ということは、危険《きけん》で不気味なやつがどこへでもついてきて、本気であたしたちに危害《きがい》を加えたがっていることも考えて作戦を練《ね》らなくちゃ。

昼食をとるために休憩《きゅうけい》したとき、あたしは魚を受け取ったけど食べなかった。みんなは草原で立って休んでいた。というのも、すわってばかりでうんざりしていたし、俊敏《しゅんびん》のポーションを使うってことはさらにお尻《しり》が鞍《くら》にぶつかりっぱなしになるってことだから。その間、あたしは少し歩き回って、どういえばみんなにうまく伝わるか考えていた。

「あのさ、みんなも、クリーパー頭はあきらめそうにないと思うよね？　いまもきっと、あたしたちのあとをついてきているよね？」あたしは話し始めた。

「間違いないっしょ」トックがリンゴを食べながらいった。「あのヒツジはドアの前に遊びにきたんじゃないよ」

「それに、あっちも俊敏《しゅんびん》のポーションを持っていて、ウマに乗っていると思ったほうがいいよね。レナはあいつのウマの足跡をみたんだし、あたしたちに遅れを取らずについてきているもんね」

「まじでいやなやつだな」チャグがいまいましそうにいう。

「ということは、あたしたちが洞窟《どうくつ》に入れば、あっちもついて入ってくるか、外で待《ま》ち伏《ぶ》せするよね？」

「だけど、マルが持ってる黒曜石で、あいつが入ってこれないように入り口をふさぐって――」チャグがいいかけた。

「うん、そうなんだけど、時間をかければ、あいつは黒曜石をはずして中に入ってこられる。そうでなくても――あたしたちが町の壁《かべ》を壊《こわ》して外に出たように、あいつも黒曜石をよけて穴を掘《ほ》るかも。それに、あたしたちに危害《きがい》を加えるのが目的なら、ウマを追《お》い払《はら》うかも。ううん、もっとひどいことをするかも」心やさしいチャグに、あたしはそれ以上はっきりいわなかったけど、チャグのむかついた表情をみれば、いいたいことはちゃんと伝わったのがわかる。

「てことは、あいつを洞窟《どうくつ》の中までついてこさせちゃいけねえし、外にいさせるのもだめってことか」ジャロが話を整理してくれる。

「考えがあるんだ」あたしは立ち止まってみんなのほうを向いた。「山に登《のぼ》って、こっちが待《ま》ち伏《ぶ》せするのはどう？　ウマたちを隠《かく》して、岩山の崖《がけ》に登《のぼ》るの。それで、レナが火矢で射《う》つか、みんなでポーションを投げつける。それか、なにかわなを仕掛けたらどうかな、エフラムさんのパイのわなみたいに」

トックは首を振《ふ》った。「あの島みたいに木がうっそうと茂《しげ》ってないから、ひと目でばれるよ」

「それにおれのパイをひとつだって、むだにするのはいやだ」チャグはうなるようにいった。

レナはきた道を振《ふ》り返《かえ》って、いつものようにわたしたちの敵《てき》の気配がないかじっとみている。

「わたしは人間と戦いたくない。モンスター相手ならかまわないけれど、相手が死ぬかもしれないとわかっていて火矢を放つのは無理」

「あんな目にあわされたからな、おれはできるぞ」ジャロは荒っぽくいった。

「いいえ、無理だと思う。ジャロが戦いの最中に固まるの、みたことあるし」レナがいつものように、遠慮《えんりょ》がなさすぎるくらい正直な意見をいう。そして、あたしたちひとりひとりをみていった。「だれもそんなこと、できないんじゃない?」

「だったら、別のわなを考えなくちゃね」あたしはトックをみた。「なにかいい方法を考えてもらえる?　昨日の夜のわなはうまくいかなかったけど……」

「今回は成功させる」トックは覚悟《かくご》を決めたようだけど、少しおびえてもいるみたい。盗賊《とうぞく》に誘拐《ゆうかい》されて以来、トックはプレッシャーがかかると少しびくつくようになった。だからこれはトックにとって難《むずか》しい課題になると思う。「それと、昨日のわなは考えた通りに働いたんだ。ただ、相手が一枚上手だった。今度はもっとうまく、ばれないような工夫をするよ」

「トックならできるよ」あたしはトックの目をまっすぐみた。

「おまえは、なんだってできるって」チャグもいった。

「うん、エフラムさんの本を読んで、いくつかおもしろいことを思いついたんだ……」声が小さくなって、トックは草地をみつめた。そっちをみていれば答えがみつかるとでもいう感じ。

「コケがほしい。それと、ちょっと騒々《そうぞう》しいっていうか、見た感じごちゃごちゃしてる場所だと助かるな。崖《がけ》の近くがいい。やつの気が散るようにしたいから、ちょっと土をかけて隠《かく》すらいじゃだめなんだ」

「それで、あいつをおびき寄せるんだね。初めて旅に出たとき、盗賊《とうぞく》に待《ま》ち伏《ぶ》せされたような山道がみつかるといいね。避《さ》けて通れないような」あたしはいった。

トックはゆっくり、おっかない笑いを浮かべた。この子が敵《てき》じゃなくてよかった。「ぼくがいい場所をみつけるよ」

全員ウマに乗って、ポーションをかけているとき、レナは何度も後ろを振《ふ》り返《かえ》っていた。レナのいう通りだ。あたしたちは子どもで、武器《ぶき》で人を襲《おそ》うなんてことはしちゃだめだ。少なくとも、そうするしかないとき以外は、あたしたちはやらない。そんなことしたら、やましい気持ちに耐えられなくなる。オーロックの一味にトックを誘拐《ゆうかい》されたときは、どうしようもなかったけど、いまはあのときとちがって状況がよくわからない。

わなにかかったのがまたオーロックか手下のだれかだったら、人間を射《う》ちたくないというレナの気持ちじゃ、きっと変わると思う。いっそ、正体がわからなければいいんだけどな。

さらに進んでいくと、ごつごつした崖《がけ》がさらに高くそびえていた。草地に花がなくなって木が目立つようになってきた。みたこともない変わった木もある。草地をすごいスピードで駆《か》け抜《ぬ》けながら、あたしは鮮やかなピンクの花を一輪《いちりん》つんで、耳にかけた。

「あれはなんの木？」レナにたずねた。

レナは本を一冊出して、ぱらぱらページをめくった。「へえ、ツツジだって。きれいな花ね。なぜコーヌコーピアにはないのかしら？」

「花はきれいでも木がそれほど魅力的《みりょくてき》じゃないのかも。それか、岩山にしか生えないのかも。

ほら、巨大《きょだい》な赤のマッシュルームだって、コーヌコーピアには生えてないっしょ」トックがいった。

「ああ、町にはマッシュミニモーがうじゃうじゃいるような場所もないしな」チャグがいった。

レナはため息をついた。「旅をしていないとき、いちばん物足りなく思うのはこういうことよね。新しいものをなにもみられないもの」

「クリーパーの頭をかぶったやつに、つけ回されたりぼこぼこにされたりすることもねえけどな」ジャロは襲《おそ》われて以来、ずいぶん口数が減《へ》った。ジャロを元気づけるためには、クリーパー頭がこれ以上ついてこないようにするしかない。

金色の陽の光がつくる紫がかった影が長くなった頃《ころ》、やっとむこうのほうに洞窟《どうくつ》の入り口がみえてきた。エンチャントされた金のリンゴがすぐそこにあると思うと、胸が高鳴る。

トックはウマを止めた。あたしたちがトックのいるところまでもどると、トックはいった。

「ここにしよう」

たしかに、絶好《ぜっこう》の場所だった。左手は岩棚《いわだな》がいくつも重なってできた高い崖《がけ》で、幅《はば》の広い岩棚《いわだな》の上には木や低木や草やコケが生えて、大きな岩がむき出しになっている。崖下《がけした》の土地はごちゃごちゃしていて、草地は完全になくなって森になり、オークの木がうっそうと枝葉を茂《しげ》らせている。その先にぽっかり口を開けている洞窟《どうくつ》は、追手の気を引くのにちょうどいい。あたしたちがあの洞窟《どうくつ》をずっと目指してきたんだと、ひと目でわかるはずだ。

「あたしたちは、どうしたらいい？」

トックは前のほうを指差した。「ジャロ、ウマをあっちに連れていって、隠《かく》しておける場所を探《さが》してくれる？　こっちからみえなくて、ウマの鳴き声も届《とど》かないところがいい。ネコとポピーも連れていって。戦いに巻きこみたくないんだ」それからまわりをみて、少し考えた。「石ブロックを数個とコケがいる。レナ、崖《がけ》の上のほうに登《のぼ》って隠《かく》れる場所をみつけて、弓矢を準備《じゅんび》しておいて。マルと兄ちゃんは、ぼくと低い岩棚《いわだな》にいてほしい。相手がうまくわなにかかったら、すぐに飛《と》び降《お》りてきて。ポーションが効《き》き始めたら、クリーパー頭を縛《しば》り上《あ》げるんだ」

「なんのポーション？」あたしはきいた。

トックはにやりとした。「みてのお楽しみ」

みんながウマを降《お》りると、ジャロが五頭を連れていきながら、おとなしくするようにやさしく話しかける。ウマたちはジャロのいうことをちゃんと理解《りかい》しているみたいだから、すごい。あたしは動物とそんなふうに通じ合えない。うちの牧場のウシはかわいいけど、群れのみんなで単細胞の脳《のう》みそをシェアしている感じだし、ウマのモーはジャロにニンジンをもらえるからがまんしてあたしを乗せてくれているんだと思う。あたしがよそ見していると、二回に一回は嚙みつこうとするし。

嚙みつこうとするのはモーだから、ジャロを恨《うら》まないようにしなくちゃ。

レナはポピーに、ジャロといきなさいといってから、絶壁《ぜっぺき》をよじ登《のぼ》っていった。そして高いところまでいくと、ちょうどいい茂《しげ》みをみつけてその陰《かげ》に隠《かく》れた。

そばで一匹のヤギが草を食べている。あたしは額に手をかざして目をこらして上をみたけど、レナはまったくみえなかった。そっちに向かって、親指を立てたけど、レナにみえたかどうかはわからない。たぶんみえてないね。きっとレナは、クリーパー頭の姿を見逃さないように、あたしたちのきた道をじっとみて、万が一わながきる前にやってきたときのために弓矢を構《かま》えているはず。人を射《う》ちたくないといっていても、もしあたしたちのだれかに危険《きけん》が迫《せま》れば、間違いなく守ってくれると思う。

チャグとあたしは立ったまま、トックの作業をみていた。トックが集中している姿をみているとわくわくする。クラフティングや醸造《じょうぞう》をしているときのトックは、あたしにはとても理解《りかい》できないことをして、だれも想像さえしたことのないことを思い描いているんだ。そして、何度失敗を重ねても、それをやってのける。あたしはトックがどんな計画を立てているのか考えてみたけど、ポーションのびんがいくつも並んで、コケのシートが一枚あるだけ。見当がつかない。

「どこかに隠《かく》れてて」トックは作業台から目を離《はな》さずにいった。「みられてると、気になるから」

チャグとあたしは顔を見合わせて、低木の生えた崖《がけ》を登《のぼ》り始めた。チャグはみた感じ、あまり身軽に登《のぼ》れそうにみえないし、正直、その通り。でも小さい頃《ころ》、チャグは近所の家の木から〝借りる〟リンゴがいちばんおいしいといって、高いところに登《のぼ》る練習《れんしゅう》はしていた。苦手そうにゆっくり登《のぼ》りながら、しょっちゅううなってはいるけどね。レナが隠《かく》れているのは、ずっと高い岩棚《いわだな》の上。コーヌコーピアのハブに建っている家の屋根より高い。でも、チャグとあたしは、ふたりがのれるくらい広い岩棚《いわだな》がみつかると早速、そこの大きな岩の後ろに隠《かく》れた。地面から三メートルくらい上だから、まさかこんなところにいるとは思われないだろうし、なにかあれば地面に飛び下りられる。けがして、クッキーを一枚食べなくちゃいけなくなるかもしれないけど、チャグは文句いわないと思う。

「だれだと思う?」チャグにきかれた。

「だれって、クリーパー頭?」

「いや、青緑《あおみどり》のシャツに紺色《こんいろ》のズボンをはいた、死んだような白目の気味の悪いやつのことだ。ほら、ずっと前にレナがみたっていってただろ、ある晩、採掘所《さいくつじょ》のまわりをこそこそ歩き回ってたって」チャグがいった。「なんてな。もちろん、クリーパー頭のことだ!」

「オーロックだとしか思えない。ほかにあたしたちを恨《うら》んで、仕返ししようとする人がいる?」

チャグはポケットから魚を出して食べながら考えている。「だけど、町にはおれたちのことが大嫌《だいきら》いなやつらはいっぱいいるよな。ジャロの母さんはおれたちを目の敵《かたき》にしてるし、畑のスイートベリーが全部なくなったのはおれたちのせいだと思ってる。ゲイブ長老も、ストゥ長老も、タイニさんも、トックが同業者になって道具やポーションを手ごろな値段《ねだん》で売るもんだから、まるで商売にならないって怒《おこ》ってる。それに、門番のジェイミーさんとラーズをみただろ。あいつら、できることなら、おれたちを一生中に入れないだろうよ」

「オーロックの手下の盗賊《とうぞく》の可能性《かのうせい》もあるかな。だれかひとりでも、ネザーから……」あたしはいいよどんだ。だって、〝だれかひとりでも、ネザーから生きてもどれたなら〟なんていったら、ちょっとひどすぎるかも。「それにクログもね。でも、あいつはまだ牢屋《ろうや》にいるから、安心だよね」あたしはため息をついて、三つ編みをしなおした。「でも、ここしばらくは牢屋《ろうや》にいって、クログがちゃんといるか、確認《かくにん》していない。考えれば、あたしたちってけっこう敵《てき》を作ってきたんだね」

　チャグは近くの木に石を投げた。「それって変だよな。こっちは敵《てき》を作ろうなんて思ってないのにさ！　ジャロの母さんも――ジェイミーさんとラーズも、この三人は、おれたちがみんなとちがうってだけで嫌《きら》ってるし、長老たちはみんなからとんでもない金を取ってたのを邪魔《じゃま》されたから、おれたちを嫌《きら》ってるだけだろ」

「それに、あたしたちが長老たちの作った規則《きそく》に背《そむ》いてコーヌコーピアを出ていって、そのせいで町を開かなくちゃいけなくなったから。長老たちはほかのだれよりも、あたしたちを嫌《きら》う理由があるみたいだね。ただし、ゲイブ長老やストゥ長老が、はるばる旅してきてあたしたちに嫌《いや》がらせできるわけない。ジャロのママだって、絶対《ぜったい》に息子にこんなことしない。あの人はそこまで残酷じゃないし、とーってもめんどくさがり屋だもん。それに考えてごらんよ、ジェイミーさんやラーズにできるわけないって」

「ふたりとも、ウマがどっち向いて進むかも知らなそうだな！」チャグの笑い声が少し大きすぎて、あたしは口に人差し指を当てた。あたしたち、わなを仕掛けて隠《かく》れているんだから。

「でも、オーロックとその手下なら、あたしたちに恨《うら》みがあるし、旅も戦いもできる。それにきっと、ちょっと頭がおかしくなってネザーから帰ってくるよね。だってあっちに閉じこめられている間ずっと、眠《ねむ》れなかったんだから。そう考えると、クリーパー頭は絶対《ぜったい》、あいつらのだれかだよ」あたしはツルハシをポケットから出して、ひざの上に横にした。いわなかったけど、盗賊《とうぞく》のだれかがクリーパー頭であってほしいと心から思っていたんだ。だって、これまで生きてきたなかでよく知っている人を攻撃《こうげき》するなんて、考えるだけでもいや。ラーズも、ジェイミーさんも、長老たちも、クログも嫌《きら》いだけど、剣《けん》で切りつけたくはなかった。

上のほうで、鳥がさえずるようにレナが口笛《くちぶえ》を鳴らした。あたしたちは黙って、武器《ぶき》を手に岩陰《いわかげ》に隠《かく》れた。トックもその合図をきいて、作業台と醸造台《じょうぞうだい》を片《かた》づけると、走って木の陰《かげ》に隠《かく》れた。

ここからトックが作ったわなはみえないけど、ポケットからうっかり落としたみたいに地面に本が置いてある。手の指でも足の指でも十字架を作って、祈った。トックがどんなわなを仕掛けたのかは知らないけど、うまくいきますように。トックが発明するものはだいたい最初はちょっとした失敗がつきものだけど、クリーパー頭より少しでも有利になれば助かる。

あたしはきた道をじっとみたけど、木と低木が茂《しげ》っていてなにもみえない。見通しが悪いからこの場所を選んだけど、いま、それがこちらにも不利に働いている。これじゃあ、なにが向かってくるのかわからない。チャグとあたしは、張《は》り詰《つ》めた雰囲気《ふんいき》のなか黙って、息をこらして、敵《てき》が現れるのを待った。

でも、だれもやってこない。

それどころか、空が夜みたいに暗くなって、石炭みたいな濃い灰色の雲がもくもくわき上がってきた。なんだかおかしな空気になってきた。うまくいえないけど、重々しいっていうか。低く不吉な鐘の音がした。チャグをみると、チャグは首を振《ふ》って肩をすくめた。なにが起こっているのかわからないけど、いやな予感がする。

あたしたちからみえるかみえないかのところで、なにかが爆発《ばくはつ》した。チャグとあたしが隠《かく》れている岩陰《いわかげ》から出たとたん、目の前に――こんな恐《おそ》ろしいモンスター、みたことがない。

第19章　トックとウィザー

ぼくはわくわくしながら、仕掛けたわながちゃんと仕事してくれるかみてた。うれしくてくらくらして、その木の陰《かげ》でひとりくすくす笑ってたんだ。なのに、あのとき、空気中のなにかが変化したのがわかった。静かだけど危険《きけん》な、台風の目がやってきたみたいな。空は暗くなって、太陽が死んじゃったみたいだった。そしてモンスターが近づいてくるのをみて、血が凍《こお》った。

こんなのみたことがないし、ナンの本で読んだこともなかった。頭が三つあって脚のない空飛ぶスケルトンが、骨だけの体で漂《ただよ》いながら、冷たく光る目でぼくをにらんでる。よくよくみれば、三つの頭蓋骨《ずがいこつ》はなんとなく見覚えがある。ネザーでみたあの気味の悪いスケルトンみたいだ。そう思うとよけいに恐《おそ》ろしくなる。なにを期待してたのか自分でもわからないけど、空に浮かんだあばら骨から頭蓋骨《ずがいこつ》が射《う》ち出されるとは思ってもいなかった。

そいつは――干からびてしわしわの皮膚《ひふ》が三つの頭に貼《は》りついてるみたいだった――崖《がけ》を跳《は》ねまわってるヤギの一頭にねらいをつけると、黒い頭蓋骨《ずがいこつ》を飛ばした。

ボン！

爆発とともに、ヤギは岩の上のまっ黒なしみになってしまった。

ねじ曲がった黒いバラが、さっきまでヤギが無邪気にはしゃいでいた地面に落ちてる。

あごが外れそうになった。

「トック、洞窟《どうくつ》にダッシュ！　ジャロも連れて入って！」マルが叫んだ。もう、こそこそすることはない。クリーパー頭を不意打ちするのはもう不可能になったんだから。まずこいつを、このモンスターをなんとかしないと。

マルにいわれた通り、ぼくは全速力で走った。はっきりいって、たいして速くないけど。作業台と醸造台《じょうぞうだい》を片《かた》づけておいてよかった。このモンスターは新たな難問《なんもん》を次々に生み出しそうだし、地上でこいつの相手はしたくない。ジャロとぼくは、戦わせたら最悪なんだから、ぼくたちふたりを戦場から遠ざけておいて、その間にほかの仲間が最適《さいてき》の戦い方をみつけるのが賢《かしこ》いだろう。

もしかしたら、こいつは見た目ほど強くないかもしれない。

それほど苦戦せずに倒《たお》せるのかもしれない。

そう自分に言い聞かせながら、ぼくは兄ちゃんと仲間たちから離《はな》れて、洞窟《どうくつ》という安全な場所に走った。

そんなことを考えながらも、自分でもそんなわけないとわかってる。

そう、ぼくの脳《のう》みそはなぞ解《と》きが好き。物事のつながりをみつけるのが得意なんだ。だから、この脳《のう》みそは、このモンスターが偶然、いまここでぼくたちを襲《おそ》ってきたんじゃないのもわかってる。ぼくたちはクリーパー頭を不意打ちするために待ってて、まさにそいつがやってくると思ってたら、こんな恐《おそ》ろしい敵対的《てきたいてき》モブが現れた。これまでクリーパー頭のやってきたことをみる限り、あいつは頭がいいし、いろいろなわなを知ってる。なんらかの方法であのモンスターをここに連れてきたにちがいない。あいつがモンスターを呼《よ》び出してぼくたちを襲《おそ》わせたんだ。

ジャロのところに着くころには、ぼくは息切れしていた。ジャロは洞窟《どうくつ》の入り口のすぐ外にいて、ポピーの頭をなでながら、いい子だとほめてる。ウマたちはもう、ジャロの造《つく》った囲《かこ》いの中に入ってたけど、みんな不安そうで、近くでなにか危険《きけん》なことが起きているとわかるみたいだった。

「どうかしたのか?」ジャロがいった。

「ウマたちを洞窟《どうくつ》の中に入れて。あいつは動物を殺すんだ」

ジャロは目を見開いた。「あいつって? なにを殺すって? なんなんだ?!」

ジャロはもう十分、はみだし探検隊《たんけんたい》のやり方をわかってる。あり得ないことについて質問《しつもん》するのは、仕事をしながらだ。だからジャロは、すでに柵《さく》のゲートを開けて、ウマたちを外に出そうとしてる。ぼくはジャロほど動物好きじゃないけど、ハッチーが優《やさ》しいウマで噛んだりしないとわかってるから、ジャロのあとからハッチーとマーヴィンを洞窟《どうくつ》の中に引っ張っていった。ネコたちは心配そうに鳴きながらぼくの脚にすり寄ってきた。

「で、〝あいつ〟ってなんのことだ? クリーパー頭か? なんか爆発《ばくはつ》したみたいだったけど」

ジャロはいった。

「クリーパー頭じゃない。新しいモブだよ、モンスターだ。そいつが現れて爆発《ばくはつ》を起こしてるんだ。三体のスケルトンの、いろんな部分をちぐはぐに合体させたようなやつで、飛び回って、当たると爆発《ばくはつ》する頭蓋骨《ずがいこつ》をぶつけて相手を殺すんだ」

ジャロは走り出した。「そんなやつ、みたくねえ。そんなのがこの世にいるってことなんか知りたくねえ」

洞窟《どうくつ》の入り口は五頭のウマが入れるくらい広く、その先の暗闇《くらやみ》に長くて細いトンネルが伸《の》びてた。ぼくたちは松明《たいまつ》を出して、不安そうなウマたちを引いてトンネルの奥に向かった。すると、ああ、よかった。ちゃんと大きな広い空間に出た。ジャロが新たにフェンスブロックを設置《せっち》して、ぼくはツルハシを取り出すと洞窟《どうくつ》の壁《かべ》から石ブロックをいくつか採《と》った。ぼくって、いつも、どんな道具もひとつずつ持ってるんだよね。採《と》った石を洞窟《どうくつ》の入り口に注意深《ぶか》く積んで、ちょうど人がひとり通れる大きさだけ開けておいた。あとふたつのブロックをはめこめば、外からはまわりと変わらない崖《がけ》にみえるだろう。あの干からびた頭蓋骨《ずがいこつ》のモンスターが恐《おそ》ろしく頭がよくない限り、みつかることはないはず。

「ここで動物たちと待ってて」ぼくはジャロにいった。

「どこいくんだよ？　まさかモンスターのいる外に出るつもりじゃねえよな？」ジャロはひと

り取り残されたくないんだ。この大きな暗い洞窟《どうくつ》では、入り口の小さな穴から入ってくる光と、ぼくたちのまわりを取り囲《とかこ》むように設置《せっち》した松明《たいまつ》の明かりしか頼《たよ》るものがない。だけど、ぼくがみんなに計画を知らせにいかないと、一生、ジャロとふたりきりになっちゃうかもしれない。

「ぼくがみんなを連れてくる。松明《たいまつ》をもっと設置《せっち》して、洞窟《どうくつ》でスポーンするふつうのモンスターに備えておいて。そうだ！　もしまだフェンスブロックを持ってるなら、ここだけ囲《かこ》って。そしたらまわりでスポーンしたモンスターが近づけないかも。それから念のため、すぐ使えるように斧《おの》を持っておいて。すぐもどってくるから」

ジャロはうなずいた。片手《かたて》をポピーの頭にのせて、いっしょうけんめい落ち着こうとしてる。

ぼくは剣《けん》を抜《ぬ》いて外に駆《か》け出《だ》した。

ていうか、正確《せいかく》には、入り口から外をのぞいてから、木の陰《かげ》に素早《すばや》く隠《かく》れたんだけど。

いちいち長ったらしい説明はやめて、あのモンスターのことを〝ウィザー〟と呼《よ》ぶことにする。だって頭蓋骨《ずがいこつ》はしなびて《ウィザード》るみたいだし、あいつをみてるとぼくは心がしなびた《ウィザード》みたいになってしまうから。ウィザーがすぐそばにいないのを確認《かくにん》すると、ぼくは木や岩に隠《かく》れながらジグザグに走って兄ちゃんたちのほうにもどった。激《はげ》しい戦いの音がきこえる。ウィザーの頭蓋骨《ずがいこつ》が崖《がけ》に当たって爆発《ばくはつ》してる。あんまりたくさんのヤギが犠牲になりませんように。兄ちゃんや仲間たちに命中しませんように。前にあいつに似《に》たやつにやられたとき、兄ちゃんは毒を全身に浴びたみたいになった。兄ちゃんがまた負けるのをみるのはいやだ。

頭蓋骨《ずがいこつ》がひとつ、少し先の地面で爆発《ばくはつ》して、その衝撃《しょうげき》でぼくは後ろによろめいた。あぶない！　木の枝越しに上をみると、ウィザーはかなり高いところにいた。レナのいるあたりだ。レナはエンチャントされた弓で攻撃《こうげき》してて、矢が命中するたびにウィザーの怒《いか》りが増《ま》してるみたいだ。ぼくはいまほど、弓を作ったり、修理したり、エンチャントしたりできるように学んでおいてよかったと思ったことはない。レナがぼくの作った弓矢で、あれほどのダメージを敵《てき》に与えられるんだから、こんなうれしいことはない。

兄ちゃんとマルはさっき登《のぼ》った岩棚《いわだな》から移動《いどう》してないけど、ふたりにできることはあまりない。ウィザーは手の届《とど》かないところにいるのに、兄ちゃんは剣《けん》しか持ってないし、マルは弓を出して使ってるけど、レナが三本矢を当てる間に、せいぜい一本当てられるかどうかだ。マルはずっと弓矢の練習《れんしゅう》をしてたけど、まだ十分使いこなせてない。

ぼくは口笛《くちぶえ》を鳴らした。兄ちゃんが弾かれたようにこっちを向いた。目を大きく見開いて、

〝逃げろ〟とむきになって手を振《ふ》ってる。ぼくは首を振《ふ》って洞窟《どうくつ》を指差した。それから上にいるレナを指差して、また洞窟《どうくつ》を指差した。なんとかしてレナに、洞窟《どうくつ》に逃げこむように伝えないと。

兄ちゃんがまず崖《がけ》を駆《か》け下りてきて、地面まで一メートルくらいのとこから飛び下りると、剣《けん》を手に持ったまま、ドスンと着地した。すぐにぼくのいる木の陰《かげ》に走ってきた。ウィザーはまだレナに気を取られてるから、気がつかなかったにちがいない。

「おい、なにしてる？　洞窟《どうくつ》にもどれ！」兄ちゃんは怒《おこ》ったようにうなった。

「こいつと戦うのは無理だ」ぼくはいった。「レナがあんなに矢を浴びせてるのに、ほとんど無傷《むきず》なんだから。それに、クリーパー頭がどこかにいて、ぼくたちをぶちのめそうと待《ま》ち構《かま》えてるんだ。みんな洞窟《どうくつ》に入って隠《かく》れないと。入り口をふさいで、崖《がけ》にしかみえないようにしておいたから、とにかく逃げよう」

兄ちゃんはマルとレナを振《ふ》り返《かえ》った。ふたりともウィザーに矢を射《う》ちまくりながら、飛んできては爆発《ばくはつ》するやっかいな頭蓋骨《ずがいこつ》をよけてる。「どうやって知らせる？　こっちが大声を出せば、あいつはきっと、大暴れしだすぞ」兄ちゃんがいった。

「それにクリーパー頭にこっちの計画を知らせるようなもんだしね」ぼくはげんなりした。だって、どうしたらいいかわかったけど、めちゃめちゃやりたくないんだ。

「兄ちゃんの防具《ぼうぐ》を貸《か》して」

「はあ？　だめだ、だって」兄ちゃんがいいかけた。

「レナに伝えないと。崖《がけ》のむこう側から登《のぼ》って、後ろからレナのとこにいく。隠《かく》れるところはいっぱいあるから、大丈夫《だいじょうぶ》。兄ちゃんはマルを連れてって。ぼくはレナを連れていく。あっちにずっと走っていけば、洞窟《どうくつ》の入り口はわかるよ。小さいけど、ちゃんとあるから。ジャロが中で動物たちと待ってる。これからいう計画を、ジャロに伝えて。ぼくたちが洞窟《どうくつ》に入るときに、ウィザーが追ってくるかもしれないから、武器《ぶき》を構《かま》えて準備《じゅんび》しといて。それから、あいつに入り口をみられないように、すぐブロックをふたつはめこむ準備《じゅんび》をしといてよ。この戦いに勝つか負けるかは、それができるかどうかにかかってるかも」

兄ちゃんはヘルメットに両手をのせた。「ほかに方法が――」

「あらゆることを予測《よそく》して考えた結果、これがぼくに思いつくなかでいちばんいい計画なんだ。遠くにいる人と話せる装置《そうち》をだれかが発明してくれたらなあ……」

兄ちゃんは鼻で笑った。「そりゃまたぶっ飛んでるな。だけど、あったらいいな」

兄ちゃんがすばらしいのは、ぼくを信用してくれることだ。ぼくも、マルも、レナも、そう、ジャロだって信用してる。兄ちゃんは自分の限界をわかってて、みんなの可能性《かのうせい》もわかってるから、意地になるタイプにみえるかもしれないけど、ちがうんだ。だから、ぼくにヘルメットを渡《わた》して、チェストプレートをはずしてレギンスとブーツを脱《ぬ》いだ。兄ちゃんは、いちばん頭がいいのはぼくだし、崖《がけ》を登《のぼ》るとなったらぼくのほうが兄ちゃんより速いとわかってるんだ。それに、ぼくが自分からそうしたいというんだから、それ以外の方法はないってことも、承知《しょうち》してる。

兄ちゃんと防具《ぼうぐ》を交換して、ぼくは手早く全身をネザライトで固めた。兄ちゃんはダイヤモンドの防具《ぼうぐ》を着けて、その両方の腋《わき》の下《した》を引っ張ってる。その防具《ぼうぐ》はぼくの体格に合わせて小さめに作ってあるからね。

「気をつけろよ」兄ちゃんがいった。

「ぼくはいつだって気をつけてるっしょ」

兄ちゃんは、ぼくをハグして背中《せなか》をたたくと、くるっと背《せ》を向けてマルのいる岩棚《いわだな》に走っていった。

ぼくはダッシュして兄ちゃんを追い越し、地面から突き出た岩の陰《かげ》になるところで崖《がけ》を登《のぼ》りだした。ヤギが踏み固めたちょっとしたけもの道があちこちにあるし、手がかりになる出っ張りはいくらでもある。兄ちゃんにこれをやらせなくてよかった。ぼくは体格でいったら兄ちゃんの半分くらいだし、けっこう身軽なんだ。上だけみて登《のぼ》っていれば、こわくない。

ここからはみえないけど、レナのいる高さまできたと思ったから、ぼくはそっと尾根《おね》を回って、岩から木の茂《しげ》みへと素早《すばや》く隠《かく》れながら移動《いどう》した。やっとレナがみえたけど、あのあたりには隠《かく》れるところはほとんどない。

どうかうまくいきますように。

ぼくは剣《けん》を抜《ぬ》いてレナのところに走って——あうっ！

つまずいて——。

岩の上を、レナのところまで腹ばいに滑《すべ》っていった。

防具《ぼうぐ》のお陰《かげ》で痛《いた》くはないけど、四《よ》つん這《ば》いになって息を切らしてるぼくは、ウィザーから丸見えだ。

「トック?」

レナは矢を射《う》つと、次の矢を手に取りながら、戸惑った顔でこっちをじっとみた。

「洞窟《どうくつ》に逃げるんだ」ぼくは呼吸《こきゅう》ができなくなって、ハアハアいってる。「洞窟《どうくつ》の準備《じゅんび》はできてる。計画を思いついたんだ。いこう」

「わたしが射《う》つのをやめたら、あいつにみんなやられるわ」レナはもっともなことを、冷静にいった。

「だったら、あいつの気を散らせばいい」

「百本くらい矢を射《う》ちこめばあいつの気も散るかと思ったけれど、まったく効《き》かないのよ!」

レナは怒《おこ》ったように返事をしながらも、決して的を外さない。

まっ黒な頭蓋骨《ずがいこつ》がビュンと飛んできて、ぼくは転がってよけた。頭蓋骨《ずがいこつ》はすぐ後ろの地面に当たって爆発《ばくはつ》し、粉々になった岩の破片《はへん》が降《ふ》ってきた。考えないと。ぼくの得意なことじゃないか。兄ちゃんの武器《ぶき》が剣《けん》で、レナの武器《ぶき》が弓矢なら、ぼくの武器《ぶき》は脳《のう》みそなんだ。だけど、空飛ぶ骸骨《がいこつ》に吹き飛ばされそうなときに、頭は回らない。

考えろ、こっちをもろにねらってるモンスターの気をそらすにはどうしたらいい?

そうだ！

ほかのところに注目させればいいんだ。

「クリーパー頭がどこにいるかわかる？」ぼくはきいた。

レナはこっちをみずにいった。「うん、下にいる。小さな緑《みどり》の塊《かたまり》があるの。隠《かく》れているつもりでしょうけど、わたしにはみえる」

「火矢は残ってる？」

レナがにんまりしたのはみえなかったけど、クスッと笑ったのはきこえた。「どうしても必要なときのためにとっておいたの。いまがそのときみたいね。ちょっと待って――、火矢を出してる間にあいつにやられないように」

レナはさっと大きな岩に隠《かく》れてポケットの中をあさってる。ウィザーはこっちに漂《ただよ》ってきて、頭蓋骨《ずがいこつ》をひとつ飛ばした――青の頭蓋骨《ずがいこつ》だ。だけどそいつはこれまでのよりずっと速い。どうしたら止められる？　頭蓋骨《ずがいこつ》はレナめがけて飛んでくる。体が勝手に動いて、ぼくは剣《けん》を手にレナのほうに飛び出した。そして、目の前にきた頭蓋骨《ずがいこつ》めがけて剣《けん》を振《ふ》った。なのに、頭蓋骨《ずがいこつ》はその刃《は》をビュンとかわしてぼくの胸に激突《げきとつ》した。まわりの世界が爆発《ばくはつ》して、暗い空に白い閃光が走った。ぼくは地面に背中《せなか》からたたきつけられ、耳がウワンウワン鳴って、口の中に石を突っこまれたみたいにずきずきした。なにもきこえない。剣《けん》が手から滑《すべ》り落《お》ちていく。

「大丈夫《だいじょうぶ》？」レナがいった——というか、少なくともレナの口がそう動いたような気がする。やっぱりなにもきこえない。

首を振《ふ》るのがやっとだった。なにか、ひどくまずいことになってるけど、どうなってるのかわからない。

「とにかく……クリーパー頭を……射《う》って……」ぼくは言葉をしぼり出すようにいった。

レナは火矢をウィザーのほうに射《う》つと、もう一本をつがえて下のほうに放った。叫び声がして、レナは誇らしげににんまりした。それをみて、矢が命中したのがわかった。ウィザーは今度はクリーパー頭に目をつけ、下に降《お》りていきながら、また頭蓋骨《ずがいこつ》を飛ばした。レナがぼくを立たせて尾根沿《おねぞ》いに引っ張っていく。レナとふたりでかがんで進み、大きな岩やちょっとした低木があればなんでも身を隠《かく》すのに利用して、ウィザーの注意がまたこっちに向かないようにした。

ウィザーはかなりクリーパー頭に注意を引かれてるみたいだから、ぼくはそっちを気にしないことにした。全神経を集中しないと、移動《いどう》も思い通りにいかない。体が動きたがってないみたいなんだ。腕に力が入らないし、脚はもう何キロも走ってきたみたいに疲れてる。頭が痛《いた》いし、口の中がからからだ。これって病気？　すごく——。

すごく、なんなのかもわからない。

それくらい具合が悪い。言葉が思い浮かばない。

このぼくがだよ。トックという、天才が。

だけど、こんなことが前にもあった気がする。

たしかに、同じことが前に起こったはずなのに、うまく思い出せない。

そうだ、ぼくじゃなくて——兄ちゃんにだ。

「あそこを下りられる？」レナが指差してるのは、ぼくが登《のぼ》ってくるときに通ったヤギの通り道だ。

ぼくはうなずいて、這《は》うように下りていったけど、体も頭もろくに働いてない気がした。指に力が入らなくて岩につかまれない。途中《とちゅう》で落っこちそうになって、レナが袖をつかんで止めてくれた。ヤギの通り道が人生最大の難関《なんかん》になって、あきらめてこの山から転げ落ちておしまいにしたくなる気持ちと必死で戦ってた。最後の一メートルはそのまま落ちて地面に転がった。

レナが駆《か》け寄ってきて、ぼくの腋《わき》の下《した》に手を入れて引っ張り上げた。

「兄ちゃんじゃなくて……、よかったっしょ。あんなでかいの、運べないもん」ぼくはボソボソいった。

「パイを食べるときまで口は閉じておいて」レナがいっしょうけんめいぼくを引っ張りながらいった。

「いま、パイっていったか?」

ぼくはうれしくて泣きそうになった。兄ちゃんが現れて、いうことをきかないネコを抱き上げるみたいにしてぼくを抱えてくれたんだ。兄ちゃんが洞窟《どうくつ》の入り口に走っていくとき、ぼくはウィザーが頭蓋骨《ずがいこつ》を何度も地面に向けて飛ばすのをみてた。クリーパー頭はみえないけど、あいつがだれだろうと、ウィザーにやられちまえばいい。自分で作り出したのか、連れてきたのか、みつけたのか、どうでもいいけど、とにかくアレがあいつを倒《たお》してくれますように。苦しくてしょうがない。こんなの初めてだ。それも全部、あいつのせいなんだ。

洞窟《どうくつ》の入り口が狭《せま》くて、兄ちゃんはぼくを抱えたまま通れなかった。ぼくは自分の足でふらつきながら中に入ると、冷たい石の床《ゆか》にうつぶせに倒《たお》れた。兄ちゃんがぼくを洞窟《どうくつ》の奥に引きこんでどかすと、レナが飛びこんできた。マルがすかさず石ブロックをふたつ、入り口にはめこんだ。これでこの崖《がけ》に穴が開いていたようには思えないはずだ。

うまくいくはずだ。これでウィザーをあざむける。もしかしたら、クリーパー頭も。

ぼくは仰向《あおむ》けになって目を閉じた。

皮肉なものだよな。ぼくはあのモンスターを干からびた《ウィザー》やつって呼《よ》んでるけど、死にそう《ウィザー》になってるのはぼくのほうだ。

第20章　繁茂《はんも》した洞窟《どうくつ》とチャグ

トックがどうしちまったのかわからないけど、かなりまずい状態《じょうたい》だった。毒のポーションを投げつけられたときのマルなみの重症だ。

「ポーションでやられたのか？」おれはレナにきいた。

レナは首を振《ふ》った。「あのモンスター――」

「ウィザー」トックは咳《せ》きこんでいった。こいつは死にかけてても、物知りでなきゃ気がすまないんだ。

「わたしはあのモンスターを〝三つの頭蓋骨《ずがいこつ》〟って呼《よ》ぼうと思っていたのに」レナがいった。

「そんなことといい合うのはあとでいい！」おれは大声を出した。「トックはなににやられたんだ？」

「頭蓋骨《ずがいこつ》が当たったの。わたしをかばおうとして。坂道を転げ落ちるみたいに、みるみる具合が悪くなった」

「そう、ぼく、坂道を転げ落ちた」トックはうわごとのようにいった。

おれは思わずぎゃっと声を上げた。「トックがジョークをいってるぞ。まじで具合が悪い証拠だ」

「死にそう」

「ばかいうな！　死ぬな！　おれたちが治《なお》してやる。自分のポケットから、治癒《ちゆ》のポーションを出せるか？」

トックはしわしわの青白い手をポケットに入れて、治癒《ちゆ》のポーションを取り出した。そのゆらめくピンクの色はどこでみてもひと目で、治癒《ちゆ》のポーションだとわかる。おれはそれを飲ませた。トックは自分でびんを持ち上げることさえできないんだ。トックは青く冷たくなった唇をあてでごくごく飲んだ。マルとジャロもそばにきてる。みんな息をこらし、さっそくポーションが効《き》いてトックが元気になるのを待ったけど、なんの変化もない。

それどころか、さっきより具合が悪くなったみたいだ。

「よくならないな。トック、もっとよく効《き》くポーションはないのか？　スーパーポーションとか？　ひょっとして、気分はよくなってるけど、そうみえないだけ――」

「衰弱《ウィザー》の効果《こうか》だ」トックはボソッといった。口はほとんど動いてない。

「ウィザーにやられたのはわかったけど、どうしたらいいんだ？」

「再生《さいせい》のポーションを飲んでみる？」マルがいった。

トックは手を振《ふ》った。「ウィザー効果《こうか》には、効《き》かない。思い出せない……」

「効《き》かないってどういうことだ？　おまえの作ったポーションは、いっつも効《き》くじゃないか！」きっとすがりつくみたいにきこえるだろうし、はっきりいっておれ自身、そうしたい気分だ。涙がこみ上げてきてるもんな。

「一種類のポーションが効《き》かないなら、別のポーションをためしてもたぶん効《き》かないわ」レナがいった。

「だけど、ポーションが効《き》かないことなんてないだろ！」おれは叫んだ。

「ナンのときも効《き》かなかった」トックの声はいまにも消えそうだ。「ウィザー効果《こうか》……あれを……飲まないと……」

マルは指をパチンと鳴らした。「トックのいう通りだよ。ポーションは効《き》くとは限らない。あたしが死にそうになっていたとき、ほら、ナンが飲ませろといったもの、覚えている?」

おれは、はっと息をのんだ。「ミルクだ！　ネザーであのウィザースケルトンに切りつけられたとき、おれにもおんなじことが起こった。なんで教えてくれなかったんだよ、トック」

トックは弱々しく片方《かたほう》の眉《まゆ》を上げた。「脳《のう》みそが委縮《いしゅく》（ウィザー）しちゃった」

「だけど、おれたちミルクを持ってないよな」重い恐怖《きょうふ》がずっしり心にのしかかってきた。

「だれかヤギを連れてきてくれ！　ヤギだって、尻《しり》に激突《げきとつ》してこなけりゃ、ミルクを搾《しぼ》れるだろ?」

ジャロはずっと少し遠巻きに話をきいてるだけで、しゃべってなかった。それが、急にポケットをひっかきまわしたと思うと、バケツをひとつ取り出した。「ほんのりマッシュルーム風味かもしれねえけど。あの島にいた全部のマッシュモーモーのミルクを搾っといたんだ。万が一に備《そな》えてさ」

「おまえ、最高だよ、ジャロ！　いっしょにマッシュルーム島にいってくれて、まじでよかった！　それに、〝マッシュモーモー〟って名前を使ってくれたな！」ジャロをハグしたかったけど、なによりトックが先だ。おれはミルクの入ったバケツを持って、トックの口にちょっと流しこんだ。トックはちょっとむせたけど、ミルクを飲みだした。おれはほっとしてため息をついた。

効果《こうか》が出てきた。

たしかに効果《こうか》がある！

あっという間にトックの様子が変わった。肌《はだ》に赤みがさして、目は開き、不気味なしわやしなびたところが全部消えて、いつもの元気なトックにもどった。

「クッキーほしい」トックの腹が鳴って、レナがクッキーを一枚差し出すと、トックはそれをふた口でたいらげた。おれの腹も鳴ったけど、いまクッキーをねだるのはまずい。

「トック、大丈夫《だいじょうぶ》か？」おれはきいた。

トックは自分で起き上がって、目をこすった。「うん、もう大丈夫《だいじょうぶ》。だけどさっきは……最悪だった。あんな気分は一度も経験したことがない。魂《たましい》が流れ出していくような、脳《のう》みそが耳からもれてくような感じだったな。ウィザーに待《ま》ち伏《ぶ》せされるのはごめんだ。入ってきたとこから出るのは絶対《ぜったい》にやめよう」

死にかけてたトックが元気になったから、マルはツルハシを手に洞窟《どうくつ》の奥に向かった。まわりに設置《せっち》された松明《たいまつ》の明かりのなかでウマたちが動き回っている場所のむこうまで歩いていく。

「そのことなんだけど――」マルは話しだして、そのあと悲鳴をあげた。

「ぎゃ！　だめ！　ちょっと！　こっちこないで！」なるほど、クモが一匹暗闇《くらやみ》から現れて、カサカサとマルに向かってきたんだ。おれはがばっと立ち上がって助けにいこうとしたけど、マルはツルハシを何度か素早《すばや》く振《ふ》って、クモを片づけた。

「さっき、いおうとしたのは」マルはうろたえてる感じもなく続けた。「あたしたち、まずはエンチャントされた金のリンゴを手に入れるのを優先《ゆうせん》しなくちゃいけないけど、あのウィザーとかいうモンスターをそのまま放っておくわけにはいかないよね。ほら、クログが送りこんだヴェックスみたいに、あいつがコーヌコーピアにきちゃったらどうする？　それに、突然現《とつぜんあらわ》れて旅人を襲《おそ》うかもしれないよね？　あいつはあたしたちのせいで現《あらわ》れたわけじゃないけど、倒《たお》しておかなくちゃいけないと思う」

「むむ。これからいくとこに宝《たから》のチェストがあるなら、いま持ってるのよりも強力な防具《ぼうぐ》や、武器《ぶき》や、エンチャントされたアイテムが入っててても不思議じゃない」トックは立ち上がった。

おれが支えようと出した手を、トックはにやっとして払《はら》いのけた。「みんなが持ってるものを全部使って、不意打ちを食らわせてやろう。遠くから攻撃《こうげき》できる武器《ぶき》がいちばん効果的《こうかてき》だから、エンチャントされた弓ができるだけたくさんあったほうがいいし、矢はあればあるほどいい。それと、あのトライデントっていう武器《ぶき》も使おう。投げるともどってくるようにエンチャントする方法があるはずだ」

「それ、できたら、めっちゃすげえな」おれはポケットからトライデントを出して、松明《たいまつ》の明かりにきらめくのをみつめた。そして、チェストプレートを引っ張った。「そうだ、防具《ぼうぐ》……」

「交換して、もとの防具《ぼうぐ》にもどそう。きっと、きゅうくつな防具《ぼうぐ》を着けてるほうが、ぶかぶかのを着けてるよりずっといやだよね」

おれは思い切り息を吸おうとして失敗した。「ああ。熟《う》れすぎのカボチャになった気分だ」

トックと防具《ぼうぐ》を交換して、おれはほっとため息をついた。またネザライトの防具《ぼうぐ》を着けると、ひんやりして気持ちいい。弟にウィザーの頭蓋骨《ずがいこつ》が命中したとき、これをつけててくれてよかった。だけどいまは洞窟《どうくつ》の中だ。起こりそうなことはだいたいわかってるんだから、おれがこの防具《ぼうぐ》を着けといたほうがいい。これがあれば、おれたちに近づいて攻撃《こうげき》したがるモンスターちょろいもんだ。洞窟《どうくつ》なんてどれもおんなじようなもんだ。ああ、洞窟《どうくつ》の中で起こることは、よくわかってる。たまに要塞《ようさい》があるくらいだ。海底神殿《かいていしんでん》みたいなふざけたものはない。ただ、岩があって、暗くて、敵対的《てきたいてき》モブがいて、ときどきいきなりコウモリが顔めがけて飛んでくる。たちの悪いびっくりもない。

トックがすっかりいつもの自分を取りもどせたと確信《かくしん》すると、おれたちは腹ごしらえをしてウマたちにここで待ってろよといって、洞窟《どうくつ》の奥に入っていった。ポピーとネコたちは連れていく。ポピーはすごい戦力になるし、キャンダとクラリティがいればクリーパーが寄ってこない。ネコたちがクリーパー頭も追《お》い払《はら》ってくれるといいんだけどな。あいつはウィザーが片づけといてくれることを祈ろう。いまも洞窟《どうくつ》の外から鈍《にぶ》い爆発《ばくはつ》音がきこえてくる。洞窟《どうくつ》の奥に向かって、ウィザーから離《はな》れるってのは、たしかに正解《せいかい》だと思う。

「いまも、あとをつけられてる感じがするか？」おれはレナにきいた。

レナは首を振《ふ》った。「洞窟《どうくつ》の入り口をふさぐ前にクリーパー頭があの穴から入ってきていない限り、この中にはいないわ。あっちはここに洞窟《どうくつ》があることさえ知らないかもしれない。もしかしたら、わたしたちが逃げたと思うかも」

「かもな」おれはいった。

だけど、おれはそう思わない。ウマが崖《がけ》に突っこんでいったみたいにみえる足跡に、クリーパー頭が気づくんじゃないか。心配だけど、それはいわずにおこう。いったところで、ばかばかしいといって笑われるか、それ、絶対《ぜったい》にまずいといってみんなが動揺《どうよう》するか、どっちかなんだから。クリーパー頭がどこにいようと、おれたちのやるべきことは変わらない。この洞窟《どうくつ》を進んでいって、エンチャントされた金のリンゴをみつけるんだ。

よく音の響《ひび》く大きい洞窟《どうくつ》に、マルとおれは防具《ぼうぐ》を着けて剣《けん》を手に先頭で入っていき、トックとジャロは松明《たいまつ》を持って道を照らす。レナは最後尾から弓矢を構《かま》えてついてくる。たいして進まないうちに、レナはスケルトンを一体倒《たお》して、そいつが落とした矢を全部拾った。

これは自然にできた洞窟《どうくつ》みたいだ。だれかが掘《ほ》った穴じゃない。壁《かべ》はでこぼこしてるし、天井《てんじょう》も起伏《きふく》が多いし、床《ゆか》は平坦《へいたん》とはいえない。広くて天井《てんじょう》も高いのは助かるし、十分静かだから、モンスターがいれば近づく前に音でわかる。ごつごつした岩の出っ張った角には、どこもクモの巣があって、だれかがきた形跡はぜんぜんない。

だけど、地図があるからには、だれかがここにきたはずだよな。

「あの地図には、要塞《ようさい》がどこにあるか描いてあるのか？」おれはたずねた。

マルは剣《けん》をしまって地図を取り出した。そのときゾンビが足を引きずって向こうから歩いてきた。ちょっと近づきすぎだ。おれは飛び出していってそいつを倒《たお》した。

「描いてない。崖《がけ》と洞窟《どうくつ》の入り口は描いてあるけど。でも、小さな記号がある。村をあらわす記号に似《に》ているね」

「村って、地下にもあるのかしら？」レナが後ろのほうで聞き耳を立てていた。「あると思っていなかったけれど」

「もしかしたら、あるのかも。でも、なんだか変わった色なんだよね。薄《うす》い青緑《あおみどり》。これ、要塞《ようさい》をあらわす記号なのかなあ」マルはいった。

スライムが一体現《あらわ》れたから、マルとおれが協力して倒《たお》した。レナは二体目のスケルトンを射《い》とめて、そいつの矢を手に入れた。ジャロとトックは松明《たいまつ》担当《たんとう》だ。一匹のコウモリがどこから急降下《きゅうこうか》してくると、ジャロは悲鳴をあげて床《ゆか》に突《つ》っ伏《ぷ》した。昔のおれなら、ジャロをばかにしただろう。少なくともからかってはいるはずだけど、いま、ジャロはいつもより神経質《しんけいしつ》になってるみたいだから、やめとこう。クリーパーの頭をかぶった見ず知らずのだれかにぼこぼこにされるのがどんな感じか、おれにはわからない。ジャロにめっちゃ勇気があるっていってやりたいけど、よけいにばつが悪くなるといけないよな。だからおれは、だまって手を差し出してジャロを助け起こした。

洞窟《どうくつ》はたいしておもしろくなかった。あっちへ、こっちへ、上って、下って、という具合に曲がりくねってて、ほかの洞窟《どうくつ》とおんなじだ。つまんないと文句をいおうとしたとき、むこうのほうが不気味に光ってるのがみえてきた。

「松明《たいまつ》があるのかな?」マルもその光に気づいたらしい。

おれたちはスピードを上げた。ちょっとした登《のぼ》り坂を上がると、前が開けて……。

おーー。

この空間は、ほかとまったくちがう。

洞窟《どうくつ》ってのはたいてい、灰色と黒ばっかで、暗いし、こわいやつらがいっぱいいて、殺しにかかってくる。だけどこの洞窟《どうくつ》からは、そんな雰囲気《ふんいき》が感じられない。

きれいなんだ。生き生きとした緑《みどり》のツタ植物が天井《てんじょう》から床《ゆか》まで垂《た》れ下《さ》がって、途中《とちゅう》に光る実《ベリー》が点々となってる。ばかでかいピンクの花が天井《てんじょう》からランプみたいに吊り下がってて、金色の花粉を、きらめく霧みたいな雨の中に振《ふ》りまいてるんだ。

足下《あしもと》の岩や鉱石《こうせき》をおおってるやわらかそうな緑《みどり》のコケは、ふわふわした毛みたいにいろんなものの表面をおおってる。花のついた低い木がところどころに生えていて、あたり一面にやさしく揺《ゆ》れる緑《みどり》の草を飾《かざ》るピンクの水玉《みずたま》模様《もよう》みたいだ。おれはふつう、戦えないものや、食えないものや、ハグできないものには見向きもしない。だけどこの洞窟《どうくつ》にある植物はとにかく……青々としてる。

「むむむ。これは幻《まぼろし》？」トックがいった。「ウィザーにやられて、目玉がおかしくなってるとか？　だって、洞窟《どうくつ》ってたいてい生命が感じられないのに、ここはめちゃめちゃ生き生きしてるっしょ」

レナはとっくに弓矢をしまって、日記とペンを持ってる。「初めてみる気候帯《バイオーム》だわ！　ナンの本でも、こんなとこがあるなんて、読んだことがない。繁茂《はんも》した洞窟《どうくつ》だなんて。新発見だわ！　どこか、近くで水の音がするような……」

レナは先頭に立って洞窟《どうくつ》のさらに奥に歩いていきながら、すごい速さでペンを紙に走らせてる。この目を見張るような新発見を、隅々《すみずみ》まで記録《きろく》しときたいんだな。おれはおれらしく、光るベリーをひとつ、ツタから取って、だれにも止められないうちに口に放りこんだ。

「チャグ！」マルが責めるようにいう。

「太陽を食ってるみたいだ」そのベリーが舌《した》の上ではじけて、おれは目を白黒させた。「毒じゃなさそうだ」

ジャロはベリーを数個ポケットに入れた。ほくそ笑んでる顔をみれば、ジャロがなにを考えてるかばっちりわかる。コーヌコーピアでだれもみたこともないベリーの栽培《さいばい》を始めるつもりだろう。ジャロの母さんがどんな顔するか、まじでみものだよな。

レナもベリーを数個取った。通り道にある植物はどれも見本を採取《さいしゅ》してるんだな。天井《てんじょう》のほうで咲いてる大きな花には手が届《とど》かないけど、きっと取る方法を考えてるんだろう。

マルはおれたちみんなを不満げな教師みたいにみながら、早くいかなくちゃいけないのに、とブツブツいってたけど、壁《かべ》に変わった鉱石《こうせき》があるのをみると、ツルハシを持って走っていった。

「みんな、きて！」レナが大声をあげた。「これ、チャグがやられちゃうかも！」

「じゃ、いかない」おれはおどけていったけど、走っていった。だってレナはわざわざおれを呼《よ》んだんだ。てことは、食い物か――。

は！　めっちゃかわいい生き物だ。

おー、まじで、おれ、やられた。

かわいすぎて、即死。

「こいつらはなんだ？」おれはその小さなぷくぷくした間《ま》の抜《ぬ》けた感じの生き物が池を泳ぎ回るのをみてた。一匹はピンクで、もう一匹は黄色だ。こいつら、まるで――なにに似《に》てるんだかわかんないけど、そうだな、かわいらしい、甲羅《こうら》のないカメか。それか、魚と子ネコを足して二で割って、うっかり頭に髭を生やしちゃったやつ。

「ウーパールーパーよ」レナは、それが説明になってると思ってるらしい。

「そりゃ、たぶん、レナがこれまでにつけた名前で、ダントツ変なやつだな。もっと、〝洞窟《どうくつ》わんちゃん〟とか、〝さかにゃんこ〟とか、〝すっぱだかめ〟とかさあ」

「わたしがつけたんじゃないわ。ナンの本に書いてあったの。なんでも、都会の人がペットにすることもあるらしいよ。ウーパールーパーは水の中でしか生きられないの。あぶなくないよ」

「ウーピーラッパー？？？」おれは小声でいいながら水の中に手を入れた。こいつののどをこちょこちょしたいな。「めっちゃかわ」

おれはすわると足をその池に入れて、ウーパールーパーが遊ぶのをながめた。小さな滝がどこか上のほうから落ちてるらしく、音楽みたいな音をさせてる。大きな平らな葉っぱが、青く澄《す》んだ水のあちこちから茎を伸《の》ばして葉を広げてる。あんなにでかい葉っぱなら、上に立っても平気そうだ。

「できるかな」おれは独り言をいった。

おれはまわりを見回した。レナはスケッチをしてて、マルは採掘《さいくつ》中。ジャロはベリーを摘《つ》んでて、トックは醸造台《じょうぞうだい》を出して作業中。あいつはそういうやつなんだ。だれも仲間のチャグのことはみてない。

「失敗したらごめんな」おれはウーパールーパーにいうと、助走をつけて跳《と》んだ！　そして見事、大きな平らな葉っぱの上に着地した。

「チャグ、なにをしているの？」レナがいった。

「ドリップリーフをみつけたんだ。水がぽたぽた垂れてるから《ドリップ》な。おれが最初にこれにすわったんだから、名前をつけさせてもらう」

レナはこっちをみて瞬《またた》きした。「たしかに水が滴《したた》っているわね。いいよ、名前はチャグにまかせる」

おれはツルにぶら下がって、ドリップリーフからドリップリーフへと移《うつ》っていった。ところがスケルトンが一体現《あらわ》れたから、遊ぶのはやめて、ひと仕事しなきゃならなくなった。

剣《けん》が骨に当たる音に、みんながはっとしたみたいだ。マルは採掘《さいくつ》をやめて、こっちをみた。ぎょっとしながら……、それにきまり悪そうかな？「まずい、あたし、夢中になっちゃっていたわ。あたしったら、こんなことにうつつを抜《ぬ》かすなんて信じられない。ナンが待っているから、さあ、急ごう」

「うーん、それはそうだけれど」レナは日記から顔を上げて、慎重《しんちょう》にいった。「前回ちょっと休憩《きゅうけい》してマッシュルームの島をみにいったとき、ミルクを手に入れたからトックの命を救《すく》えたのよね。あのとき先を急いでいたら、それにジャロが初めてみるモブに興味をそそられなかったら、わたしたち、本当にトックを失っていたかもしれない。急いでいるときだって、ちょっとまわりをみる時間をとるのは、いいことなんじゃないかしら」

「あんな戦いの後では、こういうひとときは必要だよ」トックもいった。おれは、弟が前みたいにまっすぐ立てるようになって、めっちゃうれしい。「いいことがあるからこそ、大変なことに耐えられるっしょ」トックはいった。

レナはうなずいた。「魅力的《みりょくてき》なことがあれば、最悪なことを忘れられるよね」

「ビートルートの後味を消すためにパイを食うようなもんだな！」おれはつけ加えた。そうさ、おれはまたパイのことを考えてる。

マルはため息をついてうなずいた。「そっか、たしかにそうだね。でも、いまはもう十分パイを食べたよね。ここには人が造《つく》ったものはなにもないから、エンチャントされた金のリンゴは洞窟《どうくつ》のもっと奥にあるはずだよ。だから、先に進まなくちゃ」

トックは醸造台《じょうぞうだい》をしまって、ジャロはベリーを摘《つ》むのをやめた。レナは名残惜《なごりお》しそうに日記をしまった。ちょうどそのとき、子どもゾンビが現《あらわ》れて、レナはそいつを矢で倒《たお》した。おれはウーパールーパーにお別れした。一匹連れていきたかったけど、ウーパールーパーには、おれのポケットに入れられないほど大量の水が必要なんだろう。それに、戦いになったときに、あんまり揺《ゆ》さぶるのもかわいそうだ。

また、マルが先頭で、おれたちがついていく。ツタも、池も、滝も、花も、鉱石《こうせき》もあとにして、先に進んだ。この繁茂《はんも》した洞窟《どうくつ》ほどきれいな場所を、おれはみたことがなかったと思う。これからも、これ以上の風景《ふうけい》をみることはないんじゃないかな。ここから去るのは、もちろんいやだ。おれはどんなときも、パイが多いほうがいいんだ。本物のパイだろうと、いいことの例え《メタファー》だろうとおんなじだ。いっとくけど、メタファーってどういうことか、ちゃんとわかってるぞ。AをBだっていうけど、ほんとのところはAはAで、だけどそれがまるでBみたいだってことだ。ほら、わかってるだろ？

繁茂《はんも》した洞窟《どうくつ》をあとにすると、洞窟《どうくつ》が狭《せま》くて暗くなってきた。そして、地下の深《ふか》いところにだんだん下りていきながら、おれは次に向かってるのがどこかわからないけど、めっちゃ嫌《いや》な予感がした。パイは食っちまった。じゃあ、次のでっかくてまずいビートルートはどこにある？

第21章　ディープダークのジャロ

いつまででもあの繁茂《はんも》した洞窟《どうくつ》にいられたらいいのにな。だって静かだし、美しいし、明るいし、だれもおれを殺そうとしねえ。ああ、ゾンビやスケルトンはいるけど、レナとチャグは連中がほんのちょっとだって近づけないうちに始末してくれる。この洞窟《どうくつ》はネザーより安心できるし、ベリーのことを考えると、まじでわくわくしてくる。

コーヌコーピアのみんなは、新しい果物《くだもの》の味見をして大喜びするだろう。ママはめっちゃ怒《おこ》るだろうな。おれから盗《ぬす》んだスイートベリーで、やっと前みたいなスイートベリー帝国を再建《さいけん》しかけてるとこに、さらに新たなライバルが登場《とうじょう》するんだから。

だけどもちろん、ここにずっといることはできねえ。おれたちにはやるべきことがあって、これ以上むだにする時間はない。マルのひいひいばあちゃんがもしかしたら――。

いや、それをいうのはやめとくけど、ナンはめっちゃ歳《とし》を取ってて、めっちゃ具合が悪いんだ。急がねえとな。

歩いていくにつれて、美しい景色《けしき》がなくなって、ふつうの気味悪い洞窟《どうくつ》にもどった。おれたちが持ってる松明《たいまつ》の明かりがなければ、この闇《やみ》の中を進むのは無理だ。マルは採掘《さいくつ》が好きだから地下にいるのが楽しいかもしれねえし、レナは採掘所《さいくつじょ》育ちだから地下でくつろげるのかもしれねえけど、おれはこんな地下深《ふか》いとこはひどく不快《ふかい》だ。だじゃれじゃねえけどさ。

洞窟《どうくつ》ってのはくねったり曲がったり上ったり下ったりしながら奥へ続いてく。ゾンビのうめき声がきこえたり、スケルトンの矢が飛んできたりするたびに、おれはぎょっとして縮《ちぢ》み上《あ》がるけど、レナとチャグとマルが素早《すばや》く倒《たお》してくれる。松明《たいまつ》を持って歩くトックとおれは、まるで強い戦士たちに護衛《ごえい》してもらってるみたいだ。

「悲鳴をあげたくならねえか?」コウモリが一匹、いきなり爆弾《ばくだん》みたいに降《ふ》ってきたとき、おれはトックにきいた。

「いや、べつに。ネザーにくらべたらたいしたことないから。ぼくは自分にここを切《き》り抜《ぬ》けられるって言い聞かせてる。不快《ふかい》なのはたしかだけど、だからって死にはしないって」

「この不快感《ふかいかん》はただごとじゃねえ。死んでもおかしくないぞ」おれはいった。ちょうどスケルトンの矢が、おれのポニーテールをかすめて飛んでった。

「いや、それはないって。ぼくはそれを、何年もの間、クラフティングに失敗し続けるうちに学んだんだ。不快感《ふかいかん》って、平凡なこととすばらしいことの間にある壁《かべ》みたいなものだと思う。少しくらい心地悪くてもがまんする気がなければ、心から満足のいくことなんて、まずできないよ」トックは笑った。「たとえばぼくの場合は、しばらくの間は眉毛《まゆげ》がなくてもがまんしないといけないってこと。ぼくがやりたいのは、火薬を使うことばかりみたいなんだ」

それで、おれはトックのやり方を試してみることにして、自分に言い聞かせた。この暗闇《くらやみ》は冷たく、じめじめして気持ち悪いけどこわくねえ。不快《ふかい》なだけだ。頭の上に何トンもの岩があるのもこわくねえし、がまんして目的を果たし、ここから出たときにはいいことが待ってる。ゾンビが手を伸《の》ばしてきても、コウモリがひらひら飛んできても危険《きけん》じゃねえ。あいつらはただの障害物《しょうがいぶつ》だ。

そんなこと、これっぽっちも信じちゃいねえけど、信じようとすれば、おれの脳《のう》みそは信じることに忙《いそが》しくなって、密かに悲鳴をあげてる暇《ひま》がなくなった。

洞窟《どうくつ》の幅《はば》が狭《せば》まり、曲がりくねったトンネルになって、どんどん下に向かっていった。自分がどっちからきたのか、まったくわからねえ。ただ、トンネルは枝分かれしてねえし、少なくとも、あとで間違ってたとわかるリスクが大ありの、あぶない決断をしなきゃならねえ場面はなかった。

マルは先頭に立って、休むことなく暗闇《くらやみ》に向かっていく。攻撃《こうげき》してくるモンスターと必ずいちばんに対面するのがマルだ。レナはおれたちの後ろの闇《やみ》に矢を向けながら最後尾についてる。

みたことのないブロックがちらほら目につくようになってきた。黒いブロックに青緑《あおみどり》の光る点がいっぱいついてて、それが生きてるみたいに脈打ってるんだ。おれは触《さわ》りたくねえ——あんなの絶対《ぜったい》に……おかしい。レナは立ち止まって、そのブロックをひとつ採取《さいしゅ》した。ちょっと気まずそうにしてたけど、どうしてもサンプルがほしかったんだろう。ツルハシでぶったたかれても、そのブロックが悲鳴をあげないのが驚きだった。

時間の感覚がなくなってるな。いまは昼間なのか、夜なのか。おれたちは上に向かってるのか、下に向かってるのか。ぜんぜん判断《はんだん》がつかねえ。どこまでいってもなんにもねえ感じで、寝転《ねころ》んで泣きたくなってくる。

そのとき、前方がまた開けて、みんなほっとため息をついた。また光るベリー《グロウ》があったりして、あの繁茂《はんも》した洞窟《どうくつ》の気配でもあるといいんだけど、ここはさっきほど自然な感じがしねえな……なんつーか……。

人工的だ。

おれの松明《たいまつ》の明かりに照《て》らされた床《ゆか》は平らだ。チャグが「やった、要塞《ようさい》だ！」といったとき、おれもそうだと思った。

ああ、よかった。人の手で造《つく》られたものは合理的だ。一定の規則《きそく》がある。あるとき、「これがいちばん賢《かしこ》くて、安全で、理にかなったやり方だ」といった人がいて、ほかの人たちに教えてその効率《こうりつ》のいい設計通《せっけいどお》りに建物を建てさせた。もっともなことだと思う。

だけどさらに奥に進むにつれて、なんだかしっくりこねえ気がしてきた。

青緑《あおみどり》の斑点《はんてん》のあるブロックだけじゃなく、全部がおかしい。

たしかにあたりにあるのは建築物《けんちくぶつ》だけど、要塞《ようさい》じゃねえ。輪郭《りんかく》は直線的で計画性《けいかくせい》があるけど、ひとつの家を外からみてるって感じじゃねえ。なんつーか……、町全体の輪郭《りんかく》だな。それも大昔の町で、これがここにあったことを知ってた人間はひとり残らず死んじまった、って感じだ。

あちこちに穴が空いてて、まるで想像もつかないくらい長い年月をかけて崩れていったみたいだ。

目をこらすと、その町が目の前に広がってるのがわかる。あちこちに壁《かべ》や通路や水路があって、ところどころにある青緑《あおみどり》のランタンの光は不気味に強い。床《ゆか》のあちこちにある奇妙《きみょう》なブロックには、触手《しょくしゅ》があって、それを揺《ゆ》らしてるみたいだ。あれをみてたら、イカとか海草を思い出した。マルは太い——歩道だか、道路だか、通路だか——を進んでいく。昔はここがどんな風景《ふうけい》だったのか、想像もつかねえ。これは、昔はアーチで上をおおった通路だったのかもしれねえな。

屋根も、家具もなくて、人もいねえ。だけど、大昔の町の骨組みだけが残ってる。どこをとってもまっすぐな線ばっかりが、決まった間隔《かんかく》で設置《せっち》されたランタンの光に浮かび上がってる。

こんな冷たくてよそよそしい光よりは、暗闇《くらやみ》のほうがましな気がする。少なくとも、松明《たいまつ》の明かりは暖《あたた》かみがあるし、ほんのり生きてる感じがするよな。それを思うとこの光ときたら、氷が燃えてるみたいだ。

妙《みょう》に静かで足音もしない。床《ゆか》は羊毛をぎゅっと圧縮《あっしゅく》してあるのかな。それとも、カーペットが敷いてあるのかな……それって、かなり変わってるよな。まるでこの場所は、おれたちに静かにしろといってるみたいだ。ブーツが床《ゆか》をこする、ほんの小さな音だってしねえ。気味が悪い。

「チェストだ！」チャグがいった。

それに答えるように、不気味な、この世のものとは思えねえ、甲高い悲鳴みたいな音がして、チャグが固まった。十秒くらいの間、真っ暗になった。頭が締めつけられるようにいてえ。げんこつで脳《のう》みそをぐりぐり押されてるような感じだ。

「痛《いた》っ！」トックが両方のこめかみに手を当てた。

「トックも？」レナがいう。

マルは眉《まゆ》を寄せてみんなをみた。「みんな感じたよね」

「ああ、もう終わったみたいだから、チェストの中をみにいこう」チャグは脇にある部屋に飛びこむと、チェストのふたを勢いよく開けて中をみた。

だけど、チャグの笑顔はすぐ消えた。

悲鳴みたいな音がまたして、おれはとたんに目を閉じて頭を抱えた。

それで痛《いた》みがやわらぐわけもなくて、さっきのように、げんこつでぐりぐりやられる感じがする。

チャグは両手をこっちに出して、チェストの中に入ってたものをみせた。

「なんでこのチェストは、本と雪玉がいっぱい詰《つ》まってんだ？」チャグはむすっとしてる。

「シーッ！」レナがささやくようにいう。「声を出さないで」

チャグがしゃべろうとしたけど、マルは人差し指を唇に当てて、だめ、と首を振《ふ》った。

トックはおれのそばを走りぬけて、黙って本をひっつかんだ。チャグは雪玉を差し出して、だれかほしいかときぎたそうだ。

レナは肩をすくめて雪玉を取りにいった。レナらしい。しょっちゅう、みんなには理解《りかい》できねえものを集めてるもんな。レナは雪玉をごそっとポケットに入れた。きっとナンにポケットの魔法《まほう》を教えてもらってよかったと思ってるはずだ。あれを知らなきゃ、ズボンがびしょぬれになるとこだ。

足音をしのばせてチェストのほうに歩いていくと、マルは中をのぞいて顔をしかめた。エンチャントされた金のリンゴがあると思ったのに、チェストは空っぽなんだ。チャグはよく悪ふざけをするけど、そのリンゴがちゃんとあるなら、ないふりなんかしねえ。みんな、時間をむだにしたくねえ気持ちはおんなじだ。

チャグはひどくへこんでる。しゃべるなといわれたってけっこうしゃべるやつが、骨を抜《ぬ》かれたみたいに全身でうなだれてる。チャグは、本と雪玉じゃなくてエンチャントされた武器《ぶき》や防具《ぼうぐ》があるのを期待してたんだろうな。それか、少なくとも、おれたちの目的の品があってほしかったんだろう。

おれはアーチ型の通路の先にみえる別の部屋の入り口のほうを笑顔で指差すと、「次のチェストに期待しよう」って感じで肩をすくめた。すげえこわがってても、前向きでいるやつがいなきゃだめだろ。

みんなでさっきの広い通路にもどって、暗闇《くらやみ》をまた進んでいった。あの不気味な悲鳴みたいな音のせいで、みんなの目と頭になにが起こったか知らねえけど、あのあとだれもが慎重《しんちょう》に音を立てねえように、羊毛だか、カーペットだかの上を歩くようにした。

階段を上《あが》ったけどそこにもなにもなく、窓から暗い景色《けしき》がみえるだけだ。どこにいってもおんなじ形が目につく。角のある頭みたいなやつ。とっくに死んじまったヒーローの像かなにかかな。もしかしたら、ここを造《つく》った人たちの好みのデザインってだけなのかもしれねえな。

マルは手を振《ふ》って、みんなを広いカーペットの上に集めた。「あたしの気のせいかもしれないんだけど。ここにきてから、まったくモンスターをみないのって、おかしくない？」きこえるかきこえないかくらいの小声だったから、あの悲鳴みたいな音はしなかった。助かった。

「洞窟《どうくつ》の中なんだから、ゾンビのうめき声とか、スケルトンのカタカタ動く音がいつきこえてきてもおかしくないし、クモが上から落ちてくるかもって気をつけているのに、なにも起こらない」

「なにも起こらないほうが気味悪いよね」トックはなんとなく背《せ》を丸めて、松明《たいまつ》を片手に、もう一方の手にぎこちなく剣《けん》を持ってる。「モンスターが向かってくれば、戦い方はわかってるけど、なんにもいないと考えちゃう……」

「だれが全部倒《たお》したんだろう、って？」チャグが小声でいった。

「それか、モンスターがみんなして、そんなに恐《おそ》れてるものがいるのかってこと」トックがいった。

それは考えつかなかったな。おれのパニック度が一段階上がった。ゾンビやスケルトンやスライムがこわがるほど危険《きけん》なやつって、なんなんだ？

だけど、そんなことはねえだろう。モンスターはあの不気味なランタンのせいでここではスポーンできないのかもしれねえし、ここがいい狩場じゃねえからかもしれねえ。みるからに、千年くらいは獲物がいなかっただろうからな。それか、ここを造《つく》ったやつはトックみたいに頭がよくて、悪いやつを寄せつけない機械を発明して、どこかみえないとこに設置《せっち》したのかもな。その機械があの悲鳴みたいな音の正体だったりして。

考えてみれば、おれたちが育ったコーヌコーピアだって、松明《たいまつ》が七ブロックおきに設置《せっち》されてる町だったけど、おれたちは松明《たいまつ》があんなにあるのが変だとか、ふつうはないとかは思わなかった。どんな仕組みでここに悪いやつが現《あらわ》れないようにしてるか知らねえけど、きっとその仕組みさえわかれば、松明みたいに「なんだ、これが？」って拍子抜《ひょうしぬ》けするようなものなんじゃねえか。

おれは小さい頃、松明《たいまつ》にモンスターをスポーンさせない力があるのを知らなかった。無理やりオーバーワールドに連れ出されて旅をして、光のないところでなにがスポーンするのか学んで、初めて知ったんだ。

「わあ！」マルとレナが同時にいって、急に立ち止まった。

それが合図になったかのように、悲鳴みたいな音が空を切《き》り裂《さ》いて、おれたちは身をよじって耳をふさいだ。

周囲《しゅうい》がまともにみえるようになると、おれはふたりのむこうをみた。するとそこには――。

たしかに、「わあ！」だ。

あの奇妙《きみょう》なブロックに似《に》たものが床《ゆか》にもまわりのブロックにもびっしり生えて、その不気味だけど美しい、深緑《ふかみどり》がかった黒のあちこちに青緑《あおみどり》の斑点《はんてん》が光ってる。ネザーラックの正反対《せいはんたい》っていうか、濃い闇《やみ》色のコケみたいな感じだ。生きて脈を打ってるみたいにみえるけど、植物なのか鉱物なのか、もっと別のなにかなのか、おれにはわからねえ。

「それなに？」レナが、近づいてみてるマルに小声できいた。

「さあ。でも、こんなのみたことない。もしかしたら、ナンなら知っているかも」

「ナンも知らないと思うわ。採掘《さいくつ》や洞窟《どうくつ》のことはよく知っているけれど、繁茂《はんも》した洞窟《どうくつ》のことや、この――地下深く《ディープダーク》の暗いバイオームの古代都市については知らないと思う。少なくとも、ナンが持っている本にはどれにも載《の》っていないし、ナンから子どもの頃《ころ》の話をいろいろきいてきたけれど、こういう場所のことはきいたことがないもの。スケッチしておかないと――」

「先に進まなくちゃ」マルはそのブロックをひとつ採《と》ってポケットに入れ、また歩きだした。

「エンチャントされた金のリンゴの、すぐそばまできていると思う。あとは、それが入っているチェストがみつかりさえすればいいんだ」

マルは一段低い床《ゆか》に飛び下りて笑った。「チェストの話をしてたら――あったよ！」

だけど、声がでかすぎて、あの悲鳴みたいな音がきこえてきた。どうもこの音に、だんだん慣《な》れてきちまったな。ものすごい力でぐりぐりやられるような頭痛《ずつう》がしたのはまっ暗になってる間だけで、薄明《うすあか》かりがもどってくるとおさまった。あの音に慣《な》れれば、頭痛《ずつう》もしなくなるのかもな。

おれたちもマルについて飛び下りた。深緑《ふかみどり》のブロックをブーツで踏む感触《かんしょく》が好きじゃねえ。ふにゃっとして、生き物を踏んでるみたいなんだ。マルは、上からはみえねえとこに置いてあったチェストをそっと開けた。そして、雪玉をいくつかレナに、トックに本を数冊、羊毛をひと塊《かたまり》おれに渡《わた》した。けど、おれのポケットがいっぱいだったから、羊毛もレナが受け取った。

そのあと、急いで足音を立てねえようにその小部屋を抜《ぬ》けて、階段をいくつか上ってから、溶岩《ようがん》の上にかかった橋を渡《わた》った。するとむこうのほうに、巨大《きょだい》なポータルみたいなものが不気味な青い火に照らし出されてた。マルは走っていって、その奇妙《きみょう》な黒い石ブロックを採《と》ろうとしたけど、どうしても外れなかった。あの悲鳴みたいな音がしだして、おれたちはみんなしゃがみこんだ。するとまた、うっすら明るくなってきた。マルはダイヤモンドのツルハシをみて、戸惑ってる。

みんなマルのまわりに集まると、マルは小声でいった。「この石、黒曜石より硬《かた》いんだ。海底神殿《かいていしんでん》でガーディアンにビームを浴びせられて採掘《さいくつ》ができなくなったときは、あたしの力が弱ってるせいだと思ったけど、いまはあのときとはちがって、この石が信じられないくらい硬《かた》いような気がする」

「ダイヤモンドより硬《かた》いってこと？」トックが信じられないって感じできいた。

「どんなものより硬《かた》い感じ。なにかで強化してあるんじゃないかと思う。それにその火――どうして青いのかな？」

「なんで、といいだしたら、きりがないんじゃないか？」チャグがいった。「なんでネザーラックは肉みたいにみえる？　なんで、子どものゾンビはいろんな動物の上に乗りたがるんだ？

だれにもわからないよな。とにかく次のチェストを探《さが》して、エンチャントされた金のリンゴをみつけて、もっととんでもないことが起こる前にここから出よう。おれはあのキーキーいう音が、がまんできなくなってきた」

チャグは明らかに退屈してて、廃墟《はいきょ》のような古代都市を探索《たんさく》するより攻撃《こうげき》されるほうがよっぽどいいと思ってるんだ。だけど、おれはちがう。おれはいつだって、敵《てき》と戦うくらいなら静かで退屈なほうを選ぶ。

青い火が燃えてる構造物《こうぞうぶつ》の裏《うら》に回ると、松明《たいまつ》があちこちにあった。だけど、ふつうの松明《たいまつ》とはちょっとちがう。蜜蝋《みつろう》みたいなにおいがすると思って、おれはだれよりも先にその松明《たいまつ》をひとつ手に取った。自分の鼻を確《たし》かめたかったんだ。

「蜜蝋《みつろう》の松明《たいまつ》だ!」おれはうれしくなっていった。するとやっぱり、悲鳴《シュリーカー》をあげるブロックが反応した。やっと、どのブロックが音を立ててるのかわかったぞ——角から四本、大きな歯が突き出たブロックで、そのまん中に開いた口の中で緑《みどり》がかった黒いものが渦巻いてる。まるで床《ゆか》に口を開けた生き物がはめこまれてて、なにも知らねえ旅人を食おうとしてるみたいだ。だけど、生きてはいねえみたいだから、よかった。頭がずきずきしなくなるとすぐ、おれは蜜蝋《みつろう》の松明《たいまつ》をポケットに入れた。ハチミツ以外にもミツバチが作るものを利用できるんじゃねえかと、前から思ってたんだ。この新しい発明品は、いろんな使い道が考えられそうだ。ケーキに立てたら、まじでお祭り気分になれそうだよな。

おれはちょっと考えて、もう数本の蜜蝋松明《みつろうたいまつ》をポケットに詰《つ》めこんだ。もちろん、火は消してからだ。魔法《まほう》のポケットは最高だけど、ズボンが火事になるのはいただけねえからな。

おれたちはそれからも、廃墟《はいきょ》みたいな町を、音を立てないように進んでいき、壁《かべ》やランタンをいくつも通《とお》り過《す》ぎて、溶岩《ようがん》のそばも通った。だけど、生きてぴくりとでも動くものはなにもいない。奥に進むにつれて、いやな予感が強まった。ここは百年かけて探索《たんさく》したって、すみずみまでチェックするのは無理なんじゃねえか。

階段をいくつか下りていくと、チャグが小躍りしてチェストを指差した。そしてマルとふたりでそっと歩いていって、静かにふたを開けた。

「やった!!」チャグが大声をあげたとたんに、またぞっとするような悲鳴がきこえた。

また薄明《うすあか》りがもどってくると、マルが大きな丸いリンゴを手に持ってるのがみえた。金色に輝《かがや》くリンゴをみたおれは、マルの笑顔につられてにんまりした。希望と喜びで胸がいっぱいだ。ナンを治《なお》すためにはるばる探《さが》しにきたものが手に入ったただけじゃなく、やっとこの恐《おそ》ろしい場所から出られるんだ。みんなうれしくて、ちょっとの間黙って踊《おど》った。大成功だ。

マルはそのリンゴをポケットに入れて、チェストに入ってるほかのアイテムをみんなに配った。エンチャントされた鉄のレギンス、レコードが一枚、石炭、骨、また雪玉、それにエンチャント本も一冊あった。おれはレギンスがほしかった。みんなにはサイズが大きそうだったし。それでマッシュルームを少し捨てて、レギンスをあとではけるようにポケットに入れた。こんなところではき替えたくねえ。ここは廃墟《はいきょ》みたいにみえるけど、なんだか……なんなのかさえわかんねえからな。だれかにみられてるっていうか、なにかがいまにも起こりそうな感じがするんだ。

「もうちょっと奥までいって、あといくつかチェストを探《さが》すか？　どうせここにいるんだし」

チャグが小声でいった。

マルは首を振《ふ》った。「とんでもない。リンゴは手に入れたんだから、ここから出ようよ」

マルは後ろを向いて歩きだし、がっかりしたチャグは無言でぶんぶん腕を振《ふ》り回《まわ》して、うっかりトックをたたいちまった。「痛《いた》いな、兄ちゃん！」

それに答えるように、壁《かべ》のむこう側でまたあの恐《おそ》ろしい音がした。

「きっと、地下に住んでいて音に弱いのね。スケッチしないと」レナはちょっと駆《か》けていって、壁《かべ》のむこうをのぞいていった。「うーん、さっきとちがう」

レナがあれは生き物なんじゃないかといいだして、おれははっとした。もしかしたら、そいつは苦しんでるんじゃないか。何者かはわからねえけど、あの悲鳴みたいな音は、うれしいからとか、心穏《こころおだ》やかだから立てる音じゃねえ。えらく苦しんでて、とんでもなく不快《ふかい》なときの音だ。おれはレナのところに急いだ。そして壁《かべ》のむこうをのぞいたけど、それがなんなのか、すぐにわからなかった。

生き物はいねえ。少なくとも、生き物らしきものは見当たらねえ。けっこう大きな部屋を、あの緑《みどり》がかった黒いものがびっしりおおってて、ところどころに触手《しょくしゅ》のあるブロックや、食いついてきそうな口っぽいブロックがある。まるで気味の悪いブロックだらけの暗い石庭って感じだ。

「ありゃなんだ？」おれはレナにきいた。

「さっぱりわからないけれど、あっちにはわたしの声がきこえているような気がする」

チャグも壁《かべ》のむこうをのぞきにきて、ひと目みてめっちゃでかい声を出した。「げっ、気持ちわりっ！」

それに答えるように、触手《しょくしゅ》のあるブロックがいっせいに激《はげ》しく揺《ゆ》れだして、口みたいなブロックが不気味な緑《みどり》に光りだした。あのぞっとするような、耳ざわりな悲鳴みたいな音がまた響《ひび》いて、まっ暗でなにもみえなくなった。

第22章　レナと絶対《ぜったい》に敵《かな》わない相手

あそこにあるおかしな口みたいなブロックをスケッチしたいけれど、あんな恐《おそ》ろしい音を立てるんだから、近づかないほうがよさそう。また闇《やみ》が薄《うす》れて、頭が押しつぶされるような感じがやむのを待った。なんだかもう、慣《な》れてきちゃった。ポケットから本を出そうと手を入れたとき、なにかとんでもないことが起こっているのに気づいた。

あの悲鳴のような音はもう何度もきこえたけれど、いまので……。

なにかが変わった。

わたしは本でなく、弓矢を取った。

「どうなってんだ？」チャグが暗闇《くらやみ》でささやくようにいう。

わたしはチャグのほうを向いていった。「チャグが怒《おこ》らせたんだと思う」

「なにをだよ？」

わたしは眉《まゆ》をひそめた。「まだわからないけれど、きっとすぐわかる」

薄明《うすあか》かりがもどってきても、頭痛《ずつう》はおさまらなかった。圧迫感《あっぱくかん》が強くて、なにかが頭にすわっているかのよう。マルとトックがこっちにきたけれど、マルが不気味な庭園をみて息をのんだ。「あれなに？」声をひそめていう。

「わからない。けれど、わたしたちの立てる音か、振動《しんどう》に反応していると思う」

マルは恐《おそ》る恐《おそ》る、点々のあるどす黒い緑色《みどりいろ》の庭園に下りていった。ブロックを踏むたびに足が少し沈む。マルはツルハシを出して波打っている触手《しょくしゅ》のあるブロックにそっと近づいていった。けれど、そこにたどり着かないうちに、そのむこうにある広い深緑《ふかみどり》の部分から恐《おそ》ろしい地鳴りがしてきた。

「マル、もどって」わたしはいったけれど、マルはマルだから、揺《ゆ》れる触手《しょくしゅ》のブロックにツルハシを振《ふ》り下《お》ろしてた。ほかのブロックまでガラガラ、キーキーいいだした。手で耳をふさぎたいけれど、弓矢を構《かま》えていないと。なにが起こっているのかわからないけれど、すごく攻撃《こうげき》的で危険《きけん》な感じ。

「な……なんなんだよ、あれ？」ジャロがマルのむこうを指差して、わたしは全身の血が凍《こお》りついた。

床《ゆか》が盛り上がって、折れ曲がり、爆音がとどろいた。マルもそれをみて、触手《しょくしゅ》のあるブロックはそっちのけで駆《か》けもどってきた。

なにかが、床《ゆか》の裂け目から出てこようとしている。とてつもなく大きい。巨大《きょだい》な爪が石ブロックを下から切《き》り裂《さ》き、とがった角が二本出てきたかと思うと、怪物《かいぶつ》が地中から這《は》い上《あ》がってきて、咆哮《ほうこう》を上げて小刻《こきざ》みな音を立てながら、ゆっくりこっちを向いた。

怪物《かいぶつ》がすっかりこっちを向くと、わたしは全身の感覚が麻痺《まひ》してしまった。

この不気味な暗さのおかげで視界《しかい》が曇《くも》っていて、あまりよくみえないけれど、この生き物は——とてつもなく大きくて、頭は巨大《きょだい》で、肩が広く、長い腕の先にはかぎ爪がついている。そしてあの胸は——ぱっくり割れているの？　よくわからないけれど、まともじゃない。その怪物《かいぶつ》がこっちを向いて、不吉な鼓動《こどう》が洞窟中《どうくつじゅう》に響《ひび》いている。ちらっと歯がみえるような気がするけれど、目はなさそう。

「ひょっとしてと思ってるといけないからいっとくけど、おれはあいつをハグするつもりはないからな」チャグがいうと、それに反応した怪物《かいぶつ》がまっすぐチャグのほうを向いて、探《さぐ》るようにうなり声をあげた。

隣《となり》にいたトックが、わたしの手に触《さわ》った。弓を持っているほうの手だ。その手を怪物《かいぶつ》に向けて持ち上げたけれど、わたしは首を振《ふ》った。この暗闇《くらやみ》を守っている看守《ウォーデン》のような怪物《かいぶつ》は、どこにでもいるモンスターとはちがう。ずっと大きいし、力もありそう。わたしたちは音を立てて、これを目覚めさせてしまった。怪物《かいぶつ》に目はない。

音でこっちの位置がわかるんだ。

わたしたちが静かにして、怪物《かいぶつ》を攻撃《こうげき》しなければ、放っておいてくれるかも。

トックをじっとみつめて、自分の耳を指差した。トックはすぐにはっとして、うなずいた。

チャグが剣《けん》を振《ふ》り上《あ》げて怪物《かいぶつ》にかかっていこうとしてたけど、トックとふたりでチャグのシャツをつかんで引きもどした。

あんな巨大《きょだい》な怪物《かいぶつ》に――。

勝てるわけがない。

「こっそり逃げるのよ」わたしはチャグの耳元でいった。

「こっそりなんかしてられるか。逃げろ！」チャグは大声でいった。

それで、そうするしかなくなった。

トックが最初に壁《かべ》のむこうに回り、それからマル、チャグ、ジャロ。いつも通り、わたしは最後。けれど走りだしたとき、怪物《かいぶつ》が水音を立てて追いかけてくる足音がきこえてきた。走ってはこないようなのが救《すく》いだけれど、その足取りにはねちねちとまとわりつくようなリズムがある。

なんのにおいかわからないけれど、奇妙《きみょう》なにおいがして、どんな生き物ともちがう、独特の動き方をしている。追ってくる怪物《かいぶつ》の心音が速くなり、ドクンドクンという音に追い立てられるように、わたしたちはどんどんスピードを上げて荒廃した町を走《はし》り抜《ぬ》けた。

あの怪物《かいぶつ》を武器《ぶき》で倒《たお》すことはできないし、逃げ切れるかどうかも不安になってきた。マルとチャグは振《ふ》り切《き》れるかもしれないけれど、トックとジャロはそこまで足が速くないし持久力も心配だ。どうにかあの怪物《かいぶつ》の気をそらせないかしら。

そうよ！　音を立てればいい！

わたしは振《ふ》り向《む》きざまに、矢を射《う》った。わざと怪物《かいぶつ》をはずすと、矢は石の床《ゆか》にカランと音を立てて落ちた。怪物《かいぶつ》の頭がくるりと回って、床《ゆか》に落ちている矢のほうに向くのを、わたしは少し立ち止まってみていた。

やった！　思った通り！　音で混乱させられる。けれど、矢を無駄にしたくない。代わりになにを投げたらいい？

きた道をみんなが先へと走っていくなか、わたしは暗闇《くらやみ》でポケットの中を手探《てさぐ》りして、捨てても惜《お》しくない物を探《さが》した。クッキーを投げたら、チャグは一生許してくれないでしょうけど、もしもこのモンスターにみんな殺されたら、許すもなにもないわよね。そのとき――なにこれ？　思いもよらないものに手が触《ふ》れた。冷たい。

雪玉。

そうよ、雪玉を投げよう！

怪物《かいぶつ》は――ウォーデンと呼《よ》びましょう――またわたしたちのほうを向いた――というか、わい、い、い、わたしのほうね、だってみんなはまだ走っているから。だからわたしは雪玉をひとつ、ウォーデンの後ろの壁《かべ》に投げつけた。するとウォーデンはくるっと向きを変えて、重々しい足音を立てて地鳴りのようなうなり声をあげながら、雪玉のほうに向かっていった。わたしは駆《か》けだして、長い石造《いしづく》りの通路を走った。歩くとぐにゃっとへこむ、あの緑《みどり》がかった黒いものがなくなってうれしい。あれがあるところには、気味の悪い触手《しょくしゅ》のあるブロックがあちこちにあって、わたしたちの立てる音に気づくと、悲鳴《シュリーカー》をあげるブロックがあの恐《おそ》ろしい音を立てる。うーん、シュリーカーブロックって、おかしいわね。だって、わたしたちがこそこそ動き回るのに反応して悲鳴のような音を立てたんだもの。それなら……スカルクシュリーカーね。危険《きけん》な状況なのにこんなこと考えているなんて、自分でも信じられないけれど、わたしはどんなときでもいろんなものの名前を考えたいし、いろんな仕組みも知りたいの。それに考えるって、おもしろいよね。

仲間が先のほうを走っているのがみえてきた。マルとチャグがトックとジャロの後ろにぴったりくっついて、ふたりを前へ前へと追い立てて、速く速くと急《せ》かしている。行く手のほうが明るい。まるでウォーデンが暗闇《くらやみ》を連れてくるみたい。わたしはうんとスピードを上げて、みんなに追いついた。

タッタッ、タッタッ、タッタッ。

自分の足音がするたびに、ウォーデンの心臓《しんぞう》がドクンドクンと発光するような気がした。

〝発光〟といっても――光とは正反対のものを点滅《てんめつ》させる感じ。うまく説明できないけれど、それはわたしが思っていた暗闇《くらやみ》よりずっと暗いなにか。

ウォーデンが追いついて、またすぐ後ろまできた。かぎ爪のある足がビシャビシャ音を立てて、発光する心臓《しんぞう》が音を立てている。

ウォーデンは見かけより速くて、しつこくて、大またで歩く様子は「おまえたちの立てる音をどこまででも追いかけてやる」といっているみたい。そしてあきらめない。だってわたしたち、音を立てずに逃げられないもの。

こっちの音を消す方法さえあれば……。

わたしは一気にスピードを上げて、チャグとマルを追い越すとジャロのそばにいった。息切れして、肺が焼けるように苦しかったけれど、小声でいった。「ジャロ、持っている羊毛を全部出して」

ジャロのいいところは、チャグのように冗談《じょうだん》をいわないし、トックのようにあれこれ質問《しつもん》しないで、頼《たの》まれたことをやってくれること。もちろん、できることなら、だけれど。

ジャロはポケットに手を入れて、羊毛をすべて出してくれた。ジャロが旅の途中《とちゅう》で少しずつ集めてきたのと、この洞窟《どうくつ》にあったチェストからわたしがもらったのを合わせると、羊毛ブロックは全部で十一個あった。わたしは、ありがとうとうなずくと、そこで止まって、みんなを先にいかせた。また雪玉をひとつ、ウォーデンの後ろに投げると、怪物《かいぶつ》は音のしたほうを向いて、大きな足音を立てて調べにいった。わたしはそっと、通路をふさぐように羊毛ブロックを五個ずつ二列に並べた。こっちの足音なんかを吸収《きゅうしゅう》してくれる格好の障害物《しょうがいぶつ》になるでしょう。

ウォーデンは雪玉を調べ終わるとこっちを向いて、わたしを探《さが》すように頭を右に向けたり左に向けたりしている。わたしは手に雪玉をひとつ持って、一歩後ろにさがってみたけれど、ウォーデンに足音はきこえなかったらしい。

ああ、どうかうまくいきますように。

わたしはまた雪玉を投げると、少し走って、またひとつ投げた。ウォーデンは雪玉を追いかけ続けている。ウォーデンがあの羊毛ブロックを飛び越えたり、ブロックを破壊《はかい》したりするかもしれないから、最後にもうひとつ雪玉を通路の奥めがけて力いっぱい投げた。そして全速力で仲間のあとを追った。

脚がつりそうで、息切れして胸がゼーゼーいっているけれど、止まるわけにはいかない。

暗闇《くらやみ》におおわれたこの古代都市で足を止めて、ウォーデンにバクバクしているわたしの心臓《しんぞう》の音をきさつけられたら最悪だもの。あの怪物《かいぶつ》から遠ざかるにつれて、まわりがよくみえるようになってきた。まるでウォーデンの引き起こす暗闇《くらやみ》の嵐からようやく抜《ぬ》け出《だ》そうとしているかのようだった。わたしは、湿《しめ》った足音と怒《いか》りに満ちた咆哮《ほうこう》と激《はげ》しい鼓動《こどう》がきこえないかと耳を澄《す》ましたけれど、ウォーデンの気配はもうなくなっていた。

だれも本気でダッシュしなくなった——というか、もう無理。それにシュリーカーを起動させたくない。トックは足を引きずっているし、ジャロは脇腹を押さえている。チャグとマルは走っているけれど、みるからに苦しそう。わたしは後ろにぴったりくっついているけれど、体がいまにも動かなくなりそうだった。

ウォーデンほど恐《おそ》ろしい生き物はみたことがない。いまはただ、外の世界にもどりたい。外が昼で太陽が出ていようと、夜で月が出ていようと、雨が降《ふ》っていようとかまわない。暗闇《くらやみ》の中にこれ以上いなくてよければ、それでいい。わたしは洞窟《どうくつ》が好きだけれど、こんなに深《ふか》くて暗いのはいや。

青く光る炎を次々に通《とお》り過《す》ぎ、くるときにみた像も通過《つうか》していくときに、シュリーカーに何度か悲鳴をあげさせたけれど、わたしたちは立ち止まって別のウォーデンがいないか確《たし》かめたりはしなかった。あとはここから出るだけでいいのだから。

そうしてようやく、古代都市の端《はし》っこにある門にたどり着いた。ここから先はずっと暗いトンネルだけれど、持っている松明《たいまつ》がまた役に立つ。だれもしゃべらなかった。みんな、心の底からできるだけウォーデンから遠ざかりたいと思っていたのね。マルが先頭になって、これまでよりペースを落とした。その方がいいと思う。なぜって、長い直線の通路を走るのは比較的安全だけれど、曲がりくねってでこぼこして、石やがれきがあちこちに落ちている洞窟《どうくつ》のトンネルを走って抜《ぬ》けるなんて、やっかいなことになるに決まっているもの。

わたしはいまも、みんなの後ろについている。ウォーデンがまだ追いかけてくる音がしないか耳を澄《す》ましてみた。万が一ウォーデンに追いつかれれば、あの怪物《かいぶつ》の怒《いか》りに最初に感づくのはわたしだってことは、よくわかっている。

矢がかすめる音に、一瞬《いっしゅん》たじろいだけれど、自分の矢を取り出してスケルトンを倒《たお》した。そいつが落としたものは取りにいかなかった。ウォーデンに一歩でも近寄られてまで拾う価値のあるものを、スケルトンが落とすわけないし。

トンネルがわかりやすくて、枝分かれしていなくてよかった。みんなもうふらふらのはず。終わらない夜を走っているみたいだ。前に進んでも後ろにもどっても危険《きけん》が待っている。まるで悪夢のよう。ろくに息もできないような気がしていたけれど、ようやくむこうのほうにグロウベリーの金色のきらめきがみえて、安全と思われる繁茂《はんも》した洞窟《どうくつ》の中に入った。マルはそこに着いても止まらなかった。走り続けて、わたしたちが最初にみつけた池までいった。ウーパールーパーが遊ぶのをみたり、すわってスケッチしたりした場所ね。あれからいままでの間に一生分生きたような気がする。

いままで何度か旅するうちにみたり、発見したりしたものの中で、ウォーデンとあの古代都市は間違いなく、わたしの苦手なもののリストのトップになるわ。単純明快なモンスターに立ち向かうほうが、こっちが少しでも音を立てたら怒《いか》りくるって暗闇《くらやみ》を引き起こす怪物《かいぶつ》を相手にするより、ずっとまし。あのウィザーだって、とても手強いけれど、単純でわかりやすい。なにをするつもりなのか、はっきりわかるもの。

チャグは止まったとたんに仰向《あおむ》けにひっくり返って、防具《ぼうぐ》が立てた大きな音にギョッとして固まった。

「もう、音を立てても大丈夫《だいじょうぶ》か?」チャグが小声できいた。「あいつはまだ追ってきてるのか?」

「それはないと思う」わたしはおさえた穏《おだ》やかな声でいうと、岩にもたれてすわった。「ウォーデンが追ってくる音は、ずいぶん前にきこえなくなったから。もしかしたら、暗闇《くらやみ》から出られないのかもしれない。そうだといいよね」

「ぼくは二度と大声を出したくないな」トックがそっといった。

みんな、池のまわりにぐったりしてすわっていたけれど、マルは歩き回って難《むずか》しい顔をしていた。「食べ物を食べて、眠《ねむ》らなくちゃ。これから洞窟《どうくつ》の外に出たら、まだクリーパー頭と、あのウィザーとかいうモンスターに立ち向かわなくちゃいけないもんね。だから、ここに避難所《ひなんじょ》を造《つく》って、いつも通りの夜だと思って過《す》ごそうよ」

「まず洞窟《どうくつ》から出たほうがよくないか? 地鳴り野郎《グラウンド・ランブラー》に捕《つか》まらないようにさ」チャグがいった。

「あれは看守《ウォーデン》と呼《よ》ぶことにしたの」わたしは日記を取り出して、ウォーデンの絵を描き始めた。

「あの場所を守っているみたいだったでしょ?」

「だけど〝グラウンド・ランブラー〟って、まじでいいやすいぞ」チャグが反論した。

「けれど、もう〝ウォーデン〟と書いてしまったもの」わたしは日記の向きを変えて、そのページをみせた。するとチャグはわたしの描いた絵をみて目を丸くした。

「まじで絵がうまくなってきたな、レナ。おれが覚えてるのより、ずっとこわそうだぞ」

「ああ、わたしはウォーデンにかなり接近《せっきん》したもの」あのくさい息と、発光する心臓《しんぞう》がひどくドクン、ドクンいう恐《おそ》ろしい音を思い出していった。

それからパンを配ると、みんなそれを食べて、必死で走って底をつきそうな体力を回復させた。マルとジャロは元気になると、避難所《ひなんじょ》を造《つく》るのによさそうな場所を選んだ。マルが床《ゆか》をならしている間に、ジャロは壁《かべ》を造《つく》り始めた。避難所造《ひなんじょづく》りは大変だけど、少なくとも今回は、ウマたちが入れるほど大きな避難所《ひなんじょ》にしなくていい。ウマたちは、ふさいである洞窟《どうくつ》の入り口近くに作った囲《かこ》いに入っているし。

それで思い出した……。

口笛《くちぶえ》を鳴らすと、それに答えるように吠える声が遠くからきこえて、まもなくポピーがこっちに跳《は》ねるように走ってきた。舌《した》を出して、歯をみせちゃって、笑っているみたい。わたしはポピーをぽんぽんとたたいて、おなかをなでてやり、骨を一本あげた。トックは急いでネコたちを迎えにいった。

「おれもコイツに会いたいなあ」チャグがため息をついた。

「そうね。でも、ウーパールーパーをポケットに入れることはできないけれど、ここで遊ぶのはぜんぜん問題ないわよ」わたしはいった。するとすぐ、チャグは防具《ぼうぐ》を脱《ぬ》いで池に入り、くるりくるりと向きを変えて泳ぐかわいらしい生き物たちと泳ぎ回っていた。トックはキャンダもクラリティもみつけだした。二匹はのどをゴロゴロいわせながらトックにすり寄っている。すべてが少しだけ、いつもの感じに近づいた気がした。

避難所《ひなんじょ》ができて、全員のベッドを設置《せっち》し終えると、わたしたちはパンと、リンゴと、羊肉と、グロウベリーを食べた。おなかがいっぱいになると、今日一日の苦痛《くつう》がすっかり癒《いや》されたような気分になった。

コーヌコーピアでの毎日があんなに単調なのを思うと、笑ってしまう。朝起きて、ナンに朝食を持っていって、のんびり庭仕事をして、弓の練習《れんしゅう》をして、本を読んで、ナンのウマに餌《えさ》をやって、仲間のところにいく。時間の流れがとてもゆっくりに思えることがあって、そんなときは、自分がなにか起こるのを待っているような気がするの。それなのに、旅をしていると、一カ月分はありそうな出来事がたった一日で起こるんだもの。

本当にいろいろなことを経験するし、たくさんのことを感じる。ひとりで静かに過《す》ごして心を落ち着かせて、ぼうっとする時間があればいいのに、って思う。そんな二種類の日が、どちらもあるといいな。ゆったりとして心地よい日もあれば、長く感じられていろんなことが起こる日もある、という具合に。とりあえず、今日一日が終わってよかった。

その夜、ベッドに横になったわたしの足元にはポピーがいて、まわりには仲間がいて、四方の壁《かべ》には松明《たいまつ》が設置《せっち》されていた。ウォーデンのことが頭を離《はな》れない。今回の旅でこれまで立ち向かってきたなかに、わたしたちがどうやっても倒《たお》せないモンスターが三種類いた。ウォーデン、ウィザー、エルダーガーディアン。そうね、エルダーガーディアンは一体なら倒《たお》せるかもしれないけれど、海底神殿《かいていしんでん》じゅうにうじゃうじゃいたら？　とても無理。わたしたち、海の底で死にかけたんだもの。

小さい頃《ころ》、わたしたちはコーヌコーピアを囲《かこ》む壁《かべ》の外にあるものをなにひとつ知らなかった。ところが壁《かべ》の外に出ていって、いろいろなすばらしいものが——そして恐《おそ》ろしいものも——あると知った。ゾンビ、スケルトン、ヴィンディケーター、ウィッチ、エヴォーカー、クリーパー。最初は倒《たお》せなかったけれど、新しい技術や知識を身につけて、新たにアイテムを手に入れていくうちに、相手のことがわかってきて、倒《たお》せるようになった。

二度目の旅では、わたしたちを傷《きず》つけようとする人間と対決して、その連中にだって勝《まさ》るようになった。けれど、今回の旅で、わたしたちは新たに大事なことを学んでいると思う。それは、どんなに強くなったところで、とても敵《かな》わない相手はいて、戦って解決《かいけつ》しないこともあるということ。

だからといって、長老たちが町を壁《かべ》で閉ざしたうえに、危険《きけん》を承知《しょうち》でオーバーワールドに冒険《ぼうけん》に出るのを禁止するのが正しいということではないの。けれど、子どもに、勝てない相手もいるんだと教える必要はあると思う。どんなに強い人でも、世界には必ず自分より強いものがいる。ほかに方法がないなら、逃げるのは間違いじゃない。生きのびるだけでラッキーということもあるのだから。

たとえ仲間がいっしょでも、わたしは二度とウォーデンに立ち向かえないと思うけれど、わたしたちの子孫にあの怪物《かいぶつ》のことを確実《かくじつ》に知らせることはできる。そのために、わたしは日記をどこへでも持っていって、みつけたものをすべてスケッチしているの。知らないより、知っているほうがいいに決まっている。わたしはいつも、学んでいたい。

そしてたぶん、わたしたちは明日、ウィザーと戦って生きていられるかどうかを学ぶことになる。

第23章　戦う準備《じゅんび》をするマル

あたしって、目が覚めると同時に行動する準備《じゅんび》ができているタイプなんだ。コーヌコーピアでは、ベッドから出るとすぐにウシの世話をしに外に出ていた。ウシたちはあたしを頼《たよ》りにしていたし、ママとパパもあたしを当てにしていたから。旅をしているときも、ベッドから出ると、その日クリアしなくちゃいけない、いろんな難《むずか》しい問題に向き合う心構《こころがま》えができている。

というわけで、今日、あたしたちはこの洞窟《どうくつ》の入り口を開けて、クリーパー頭とウィザーが外にいるかどうか確《たし》かめる。

ベッドをしまって、避難所《ひなんじょ》をばらすあたしたちの間に、不吉な予感が漂《ただよ》っていた。ウォーデンはあたしたちの心に、これまでにはなかった、とんでもない恐怖《きょうふ》を植《う》えつけたんだ。チャグでさえ、ひと言もしゃべらずに食事をしたり、ポケットの中を整理したりしている。トックは作業台と醸造台《じょうぞうだい》を出して、旅の途中《とちゅう》で手に入れたエンチャント本を使って防具《ぼうぐ》や武器《ぶき》を強化して、これまで以上にみんなの身を守れるようにした。チャグの剣《けん》は二本とも、それにチェストプレートとヘルメットとトライデントも、いまではエンチャントされている。レナとあたしは主にチェストプレートに、トックとジャロはブーツにエンチャントが施《ほどこ》された。これで、万が一逃げなくちゃいけなくなっても、倍のスピードで走れる。

よく考えたなと思うけど、ふたりがその効果《こうか》の世話にならずにすめばそのほうがいい。みんながばらばらになるのは、それ以外にどうしようもなくなったときだ。だって、全員そろっているほうが強いから。

ジャロはウマたちの囲《かこ》いのところで、木製の柵《さく》に両手をついて立っている。囲《かこ》いをばらさなくちゃいけないのに、手つかずのままだ。

「どうかしたの？」あたしはきいた。

ジャロはモーの鼻をなでて、眉《まゆ》をひそめた。「ああ、これから戦いに出ていくんだから、動物たちは連れていかないほうがよくねえか。特に、ウマとネコはどうかと思うぞ。ウィザーとクリーパー頭を同時に相手にすることになったら、それこそ総力戦でぶつかり合うしかなくなって、おれたちがウィザーにかかりっきりになってる間に、クリーパー頭がウマたちを攻撃《こうげき》するかもしれねえ。クリーパー頭と戦ってるうちに、ウィザーにやられるかもしれねえ。安全だとわかるまで、ウマはこの囲《かこ》いの中に入れといたほうがよくねえか」ジャロはいいことを思いついたというように顔を上げた。「それか、俊敏《しゅんびん》のポーションを使って、洞窟《どうくつ》から出たとたんに逃げるか。クリーパー頭とウィザーは置いていくんだ。あいつらを戦わせとけばいい」

今度はあたしが顔をしかめる番だった。「うーん、ウィザーがあたしたちの出てくるのを待ってるか、どこかにいっちゃってるかは予測《よそく》がつかないけど、クリーパー頭は目的を果たすまで絶対《ぜったい》にあたしたちを追いかけてくるよ。あいつがコーヌコーピアのことをまだ知らないとしたら、町までついてこさせるわけにはいかない。オーロックみたいなやつをまた相手にしたくないでしょ」

「だけど、クリーパー頭がオーロックだったらどうすんだ?」ジャロの声に恐《おそ》れがにじんでいる。「そしたら、どうなる?」

あたしはジャロのほうに手を伸《の》ばした。ジャロはあたしよりずっと背《せ》が高いから、肩に手を置くと変な感じになっちゃう。「そしたら、あいつをやっつける。トックは人に使うスプラッシュポーションを何種類も持っているから、相手に……」

「けがさせずにすむ?」

あたしはうなずいた。「もっとひどいこともね。でも、外に出ていって、持てるすべての力を出して戦わないと、とっても危険《きけん》な敵《てき》をコーヌコーピアに連れていくことになるかもしれない。ウィザーがハブに現《あらわ》れたらどうなると思う? いったいどれだけの人が被害にあうか。小さい子どもたちだって、巻きこまれるかも。建物はもちろん破壊《はかい》されるだろうし」あたしは首を振《ふ》った。「そんなこと、させるわけにはいかない。ウィザーを倒《たお》さなくちゃ。でも、そうだね……」

あたしは動物たちのことを考えていなかったのが信じられなかった。

「ウィザーは弓矢で攻撃《こうげき》するしかないから、ジャロとトックとチャグはクリーパー頭と戦ってくれる? それと、ジャロのいう通りだね。動物はこの囲《かこ》いに入れておいて、敵《てき》が入れないように入り口はふさごう。外に出たら、レナとあたしはなにかの陰《かげ》に隠《かく》れて、ウィザーに矢をばんばん射《う》つから、ジャロたちはクリーパー頭をみつけ出して」

ジャロはあたしの案に、全面的には賛成《さんせい》できずにいるみたい。「で、みつけたら?」

「あいつを縛《しば》り上《あ》げる、かな。それで、正体がわかれば、対処《たいしょ》しやすいと思う」

あたしはその計画をトックとチャグとレナに話しにいった。トックはあるだけの木材を使って、たくさんの矢と予備《よび》の弓をいくつか作っている。チャグはポケットの中の武器《ぶき》を取り出しやすいように整理している。チャグはすでに、渋々、レナにトライデントを渡《わた》していた。

「クリーパー頭にはなにが効果的《こうかてき》かな？」あたしはトックにたずねた。

トックは手元をみたまま顔も上げずに答えた。「鈍化《どんか》のポーションに、ちょっと別のものを混ぜるんだ。前回のわなにも同じのを使ったんだけど、あのとき、ヒツジがあんまりにも動きが鈍《にぶ》くなって、実際《じっさい》には固まってるようにみえたっしょ。ああなれば、クリーパー頭は抵抗できないし、逃げることもできない。しかもずいぶん長い間ね」

「えー、あいつの鼻をパンチしちゃだめか？」チャグは嘆いた。

「だめよ、最優先《さいゆうせん》するのは、あいつを取り押さえて、あの頭をはずすこと」あたしはぴしゃりといった。だって、チャグはオオカミのポピーと同じくらいしっかり押さえておかなくちゃ、勝手なことをしかねない。

「ちょっとぐらい殴ってもいいだろ？　ジャロの仕返しだ」

あたしはあまりにやにやしないようにした。「〝取り押さえる〟って、いろんなやり方があるでしょ。でも、リスクは負いたくない。トックのポーションで攻撃《こうげき》できるなら、そっちに賭《か》けようよ。仕返しよりも、あいつを捕《つか》まえるのが大事だから」

チャグは親指と人差し指の間を〝少し〟開いていった。「少しだけ、ぶっとばしてもいいよな？」

「兄ちゃん、子どもにポーションを投げつけられて捕《つか》まって、正体をあばかれてばかにされて、ウマに乗せられて、ぶざまに町に連れていかれるって、あいつにしてみたら、十分屈辱的《くつじょくてき》っしょ」トックは作業しながらいった。

「まあ、ひじが勝手にあいつの腹に当たったら、たまたまそうなったってことで」チャグは肩をすくめると、少しの間ひじをぐるぐる回した。「ひじって、たまにそういうことするもんだし」

あたしは次にレナのところにいった。レナはひざの上に日記を開いてすわり、ポピーがそばにいる。

「準備《じゅんび》はいい？」あたしはきいた。

「なにをするにも、すっかり準備《じゅんび》ができていることなんてないような気がする」レナはレナらしいいい方をした。「けれど、自分でわかる範囲《はんい》でなら準備《じゅんび》はできていると思う。考えてみれば、わたしの仕事は矢を射《う》ちまくって、トライデントを投げるだけだし、それってわたしの得意なことだから、やるべきことに集中するつもり」

あたしは、そうだねとうなずいた。「いいこというね。あたしも、トライデントを投げる以外は同じだな。ポピーは連れていく？　それとも、ウマたちとここに置いていく？」

レナがポピーの頭をなでると、ポピーはおなかをなでてほしそうに仰向《あおむ》けになった。「クリーパー頭相手ならポピーは戦力になってくれると思うの。けれど、ウィザーの頭蓋骨《ずがいこつ》がポピーに命中したらと思うと……」レナは身震《みぶる》いして首を振《ふ》った。「ここに置いていくわ」

レナがポピーをなでようとしたとき、日記がよくみえた。レナが描いたウォーデンの絵はびっくりするくらいよく描けていて――こわかった。「すごい。ウォーデンをとっても近くでよくみたんだね？」

「かなりね。地下の深《ふか》くて暗いところにはウォーデンが何体もいるのか、あれしかいないのか知りたかったわ」

今度はあたしが身震いする番だった。どの洞窟《どうくつ》も、あたしが掘《ほ》るどの坑道《こうどう》も、いきなり開《ひら》けて巨大《きょだい》な古代都市があらわれるかもしれないんだ。そして、そこには青い火や触手《しょくしゅ》のあるブロックがそこらじゅうにあって、悲鳴のような音を立てては自分たちの守護者《しゅごしゃ》――もしかしたら守護者《しゅごしゃ》〝たち〟――を呼《よ》び出そうと待《ま》ち構《かま》えているのかと思うと、ぞっとしてきた。あたしはほんの少しだけ、採掘《さいくつ》する意欲をそがれた。というか、少なくともあまり深《ふか》く掘《ほ》るのはやめておこうと思った。

あたしは立ったまま手を差し出したけれど、レナは自分で立ち上がった。うーん、ほんとに触《さわ》られるのがいやなんだね。レナは日記をポケットに入れると、ウマたちの囲《かこ》いに入るようにポピーにいった。トックも外に出る準備《じゅんび》をしていて、作業台を片づけながら、キャンダとクラリティにウマやポピーといっしょにここにいるんだよと、しっかり言い聞かせている。「外はこわいからね」トックは目が同じ高さになるようにキャンダを抱き上げている。「あのモンスターは頭蓋骨《ずがいこつ》をぶつけてくるんだ」

間もなく、あたしたちは洞窟《どうくつ》の入り口があるはずの壁《かべ》の前に立っていた。あたしがブロックふたつをはめこんできっちりふさいだところだ。爆発《ばくはつ》音はきこえてこないけど、だからといっウィザーが頭蓋骨《ずがいこつ》を飛ばすのは、獲物てウィザーが外にいないとは限らない。もしかしたら、ウィザーが頭蓋骨を飛ばすのは、獲物が目についたときだけなのかもしれない。レナは弓を構《かま》え、チャグは剣《けん》を振《ふ》りかざし、ジャロはぎこちなく斧《おの》を持ち、トックは震える手に剣《けん》を握《にぎ》り、もう一方の手にガラスのびんを持っている。はっきりいって、トックはあまり剣《けん》の腕はよくないし、ものを投げるのはへたくそだから、クリーパー頭にかなり近づくまでスプラッシュポーションは投げないでほしいな。

「準備《じゅんび》はいいよね」あたしはとっても気をつけて、声にかすかにでも不安が混じらないようにいった。

「おう。クリーパー頭の尻《しり》を蹴飛《けと》ばしてやろう」チャグがうなるようにいった。

「ぼくはいつでもびんを投げられる」トックは小声でいった。ガラスのびんが、トックの手からいまにも滑《すべ》り落《お》ちそう。

「わたしはいつでも矢を射《う》てるし、トライデントも準備《じゅんび》できている」レナがいった。

「おれは……そう、覚悟《かくご》ができねえけど、万が一だれかがやられても、ミルクは持ってるぞ」

一瞬《いっしゅん》遅れてジャロがいった。

チャグはジャロに肩をぶつけていった。「なあ、そのミルクはおんなじ重さのエメラルドくらい価値があるぞ。その斧《おの》は超エンチャントされてるし、おまえは全身を防具《ぼうぐ》で守ってる。背《せ》は高いし、めっちゃ筋肉ムキムキだ。クリーパー頭を倒《たお》して、さっさと終わらせよう。今度は、あいつが現《あらわ》れてもびっくりしねえし、な?」

ジャロはうなずいた。「おう。こないだは、不意を突かれただけだ」そしてチャグのほうをみて、片方《かたほう》の眉《まゆ》を上げた。「ムキムキはおまえだろ?」

「うるせー」チャグはうなった。「さっさといこうぜ」

あたしは素手《すで》でふたつの石ブロックをはずすと、それをポケットに入れて弓と矢を出した。レナとあたしが最初に駆《か》け出して、入り口で左右に分かれた。レナはすぐに岩棚《いわだな》に登《のぼ》って大きな岩に隠《かく》れる。一方、あたしは木に登《のぼ》って、安定してすわれる枝をみつけた。

昼間だったのはよかったけど、空は暗く曇《くも》っている。でも、ざっと見回したところウィザーはいないみたいだったから、下をみた。すると、チャグが剣《けん》を手に駆《か》け出してきた。まるで山と戦って切り崩しそうな勢い。次にトックが出てきた。体は大きいけど足の速い兄さんに、いっしょうけんめいついていこうとしている。そして、次に出てきたジャロはすぐにでも洞窟《どうくつ》に駆《か》けもどりたそう。

　あたしは、はっとした。あたしったら、ジャロのことを五人のなかの臆病者だと思っているけど、洞窟《どうくつ》から走り出てきて一度ぼこぼこにされた相手に立ち向かうなんて、ものすごい勇気がなければ無理だよね。

　みんなのなかで、けがをするほどクリーパー頭に接近《せっきん》したことがあるのはジャロだけなんだ。それなのにジャロはいま、こわがってはいても、やるべきことをしようとしている。ハブで待《ま》ち伏《ぶ》せしてあたしたちに腐《くさ》ったジャガイモを投げつけていた意地の悪いやつから、驚くほど成長したじゃない。あたしたちでなんとか、ジャロを守ってあげたいと心から思う。

　ドッカーン！

　音のしたほうをみると、この木の下の草地が一部こげていた。でも、たぶんウィザーの頭蓋骨《ずがいこつ》じゃない。どういうこと？

「なんの爆発《ばくはつ》？」あたしは大声でいった。

「TNTだよ！」トックが大声で答えた。「あいつが投げてるんだ！」

　トックはレナのいるところより高い尾根《おね》を指差している。クリーパーの緑《みどり》の頭が低木の茂みの陰《かげ》にちらっとみえた。レナのところからはみえないから、あたしは慎重《しんちょう》にねらいをさだめて矢を放とうとした。クリーパー頭に、こっちは真剣《しんけん》なんだと思いしらせなきゃ。ちょうどそのとき、また爆発《ばくはつ》音がした。今度はずっと高い山の斜面《しゃめん》だ。

黒い頭蓋骨《ずがいこつ》！

ウィザーがもどってきたんだ。

第24章　トックと爆弾《ばくだん》、また爆弾《ばくだん》

ＴＮＴの爆発《ばくはつ》でまだ耳鳴りが収《おさ》まらないうちに、ウィザーが現《あらわ》れて、そっちはそっちで爆発《ばくはつ》が始まった。マルとレナはすかさず矢を次々に射《う》ち始めた。ぼくはウィザーを倒《たお》す手伝いはできないから、クリーパー頭を倒《たお》すことだけ考える。クリーパー頭が、ほぼ真下にいるマルとレナをねらうのは無理だろう。だけどあいつのことだ、なにをしてくるか見当がつかない。一カ所にとどまると思わない方がいい。

理性的《りせいてき》な人間なら、頭が三つついた空飛ぶあばら骨に吹き飛ばされないようにじっとしてようと考えるけど、あいつはちがう。あいつについてふたつだけわかってるのは、ぼくたちに危害《きがい》を加えようとしてることと、思いもよらない行動をとるってこと。

ぼくの隣《となり》で、兄ちゃんはいま、クリーパー頭の隠《かく》れてる尾根《おね》まで登《のぼ》ろうかと考えてると思うけど、ぼくがとっくに出してるのと同じ答えにたどり着くはずだ。兄ちゃんは登《のぼ》るのが苦手だから、クリーパー頭に気づかれずにあそこにたどり着くのは無理だ。兄ちゃんが登《のぼ》りきる前に、クリーパー頭はＴＮＴのブロックを兄ちゃんめがけて投げ落とすだろう。兄ちゃんは、ぼくたちのなかで最強の戦士だけど、この戦いでは、まったく役に立たないかもしれない。

ぼくだって同じだ。クリーパー頭に十分接近《せっきん》して、ポーションのびんをひとつでいいから当てない限り、役立たずだ。

仮に、ぼくたち全員が弓矢の練習《れんしゅう》を積み重ねてきてて、五人で分担《ぶんたん》してどっちの敵《てき》にも矢で攻撃《こうげき》できるとしたらいちばんいいんだけど、ぼくたちはそんな練習《れんしゅう》はまったくしてこなかった。するわけないっしょ？　だって、近づいて攻撃《こうげき》できないふたつの敵《てき》と同時に戦うなんて経験はなかったんだから。今回の旅に出るまでに経験した戦いはほとんど、知性《ちせい》のないモンスター相手の接近戦《せっきんせん》だったんだ。ということは、頭を使わないとだめだってことだ。だって今回は、まともに戦って勝てる相手じゃないんだから。

「ねえ」ぼくがシャツを引っ張って呼《よ》ぶと、兄ちゃんは、しょうがないなって感じで、大きな岩の陰《かげ》にいっしょにもどった。「兄ちゃん、ここからクリーパー頭にポーションを投げつけられる？」

兄ちゃんはガラスびんを持って、重さを確《たし》かめると、首を振《ふ》ってびんをぼくに返した。「できるっていいたいけど、無理だと思う。ジャロはどうだ？」

ジャロは目を大きく見開いて、瞬《また》きもしない。洞窟《どうくつ》を出てきてからずっと固まってる。

「ジャロ！」ぼくもいったけど、ジャロは首を振《ふ》っただけだった。

兄ちゃんがジャロの体を腕ごと抱えるようにしてこっちに連れてくると、三人で輪《わ》を作った。

「なあ、ジャロ。気持ちを切り替えろ。おまえが必要なんだ」

「ああ。そうだよな。わかってる」ジャロは体だけここにいて、脳《のう》みそはどこかに置いてきたみたいな反応だ。

「ポーションのびんをここから投げて、クリーパーに命中させられる？」ぼくはきいた。

ジャロは自分の手をみた。斧《おの》を握《にぎ》ってた指先が白くなってる。

その手は震えてる。

「いまはなんにもできねえと思う。ポーションをひとつむだにするかもしれねえけど、やってみようか？」

ぼくはポーションのびんをみつめた。もうひとつあるけど、それで最後だ。この旅で発酵《はっこう》させたクモの目が大量に必要になるなんて、だれも思わなかったっしょ。

「いや。ポーションはふたつしかないから、自信がないならやめよう」

ドッカーン！

またTNTブロックが爆発《ばくはつ》した。今度のはぼくたちの髪《かみ》が爆風《ばくふう》になびくくらい近い。

クリーパー頭のねらいが正確《せいかく》になってきてるんだ。

幸い、マルとレナはクリーパー頭の攻撃《こうげき》を気にしなくてよさそうだけど、あいにくふたりはウィザーと戦わないといけないから、ぼくたちを援護《えんご》することはできない。つまり、あいつのTNTブロックの直撃《ちょくげき》を受けずに、ぼくたちがあそこにたどり着くのは不可能なんだ。だけど、なんとかしてあいつを倒さないと。

せめてぼくたちが——。

そうだ。

どうすればいいか、わかったぞ。

「ここにいて」ぼくは兄ちゃんとジャロにいった。

兄ちゃんはぼくの腕をつかんで、「こら」と怒《おこ》ったようにいった。

「兄ちゃん、考えがあるんだ」

「吹き飛ばされるなよ！　弟が爆破されるなんて許さないぞ。それに頭蓋骨《ずがいこつ》の直撃《ちょくげき》は二度と受けるんじゃないぞ。無傷《むきず》で、両方の眉《まゆ》も無事じゃなけりゃ承知《しょうち》しないからな」

ぼくはうなずいた。「約束する。眉毛《まゆげ》はふさふさのままだって」

兄ちゃんはぼくの腕をぎゅっと握《にぎ》って放した。ぼくは剣《けん》とポーションをポケットに突っこんでマルが登《のぼ》ってる木に走っていった。クリーパー頭がTNTブロックをひとつ投げてきたけど、そんなことは計算ずみで、ぼくはそれが届《とど》かないくらい大きく迂回していった。マルのいる木を急いで登《のぼ》りながら、頭蓋骨《ずがいこつ》が飛んでこないか気をつけてたけど、ウィザーはレナに気を取られてるみたいだ。レナのまわりの崖《がけ》はぼろぼろ崩れて、すすで黒くなり、レナはしょっちゅう立ち位置を変えざるを得なくなってる。

「トック？」マルは矢を射《う》つ手を止めずにこっちをみた。「どうしたの、ちょっと手が離《はな》せないんだけど」

「クリーパー頭を倒《たお》さないと」

「わかっているけど、それは、トックたちに任せたでしょ。あたしはウィザーを射《う》ってなくちゃいけないの」

「マル、クリーパー頭はTNTのブロックを投げてるんだ」

マルはいらついてきてる。「わかっているって」

ビュン、ビュン、ビュン。マルの矢が飛んでいく。

ずいぶん腕を上げたな。

「マル、あいつはTNTのブロックを頭の上に持ち上げてねらいをつけてる」

マルがポケットから矢を出そうとしたとき、一瞬《いっしゅん》目が合った。「あいつが今度ブロックを持ち上げたら、『射《う》て!』っていって。やってみるから。でも一回だけよ。ウィザーをなんとかしなくちゃ」

「クリーパー頭は一発で倒《たお》せるけど、いますぐやらないと」ぼくはいった。

「トック、逃げて!」

絶望的《ぜつぼうてき》なマルの声に、黒い頭蓋骨《ずがいこつ》がこっちに飛んでくるのに気がついた。あわてて木を下りたから、最後の一メートルくらいは落っこちたけど、頭の上で起こった爆発《ばくはつ》には巻きこまれなかった。

だけどぼくは、苦痛《くつう》に息をのむ音を聞き逃さなかった。上を振《ふ》り返《かえ》ってみたとたん、マルが木から落ちてきた。ぼくはなんとかマルを受け止めようとした。

ウィザーの頭蓋骨《ずがいこつ》が――マルに当たったんだ。

「トック、――弓」マルはやっとのことでいった。マルの手から弓が落ちて、マルは矢をひと束地面に落とした。ぼくはマルが倒《たお》れないように必死で抱えた。

ぼくの腕の中でマルの体から力が抜《ぬ》けていく。兄ちゃんが隠《かく》れてた岩陰《いわかげ》から走ってきて、ぼくからマルを引き受けると、赤ちゃんみたいに抱えて洞窟《どうくつ》の入り口にもどっていった。

「トック、くるぞ！」ジャロが大声でいう。ぼくはクリーパー頭がＴＮＴブロックを頭の上に持ち上げるのを見上げた。

マルの弓と矢の束を拾って、安全な岩陰《いわかげ》に走る。ＴＮＴが後ろで爆発《ばくはつ》し、ぼくは前に吹き飛ばされた。勢いよく転んで手とひざをついたけど、ぼくは大丈夫《だいじょうぶ》。たいしたけがはしてない。

「これからどうする？」ジャロが震える声できいた。

ぼくは立ち上がって治癒《ちゆ》のポーションを一気に飲みながら、状況を見極めようとした。

レナはさっきいた場所を離《はな》れざるを得なくなってた。ウィザーの頭蓋骨《ずがいこつ》が何度も近くに命中して、隠《かく》れる場所がなくなったんだ。いまは別の尾根《おね》に登《のぼ》って、大きな岩の後ろにしゃがんで、まったく乱れることのないペースでウィザーに矢を放ち、トライデントを投げつけてる。矢をひと束射《う》っては、トライデントを投げ、それがもどってくるとキャッチする。レナの攻撃《こうげき》はたしかに効果《こうか》があった。ウィザーは元気がなくなってきてて、レナの矢が当たるたびに、苦しそうにうめいてる。

ボカン！

今度の爆発《ばくはつ》音はものすごくて、とっさにレナがウィザーを倒《たお》したのかと思った。だけど、見上げると、ウィザーはさっきまでとちがって——まるで防具《ぼうぐ》をつけたみたいだ。カタカタいう足音がきこえてきて、三体のウィザースケルトンがこっちにずんずん向かってくるのがみえた。ネザーにいたのと同じやつだ。ぼくは足先まで凍《こお》りつき、ジャロは息をのんだ。

「ひとまず撤退《てったい》しよう。洞窟《どうくつ》にもどって、作戦を練《ね》り直さないと」

「だけどクリーパー頭が……あいつは追いかけてくるぞ……どこまでも……」歯がガチガチ鳴って、ジャロはそこまでしかいえなかった。

「レナ！」ぼくは岩陰《いわかげ》から出ると、レナからみえるところまでいって叫んだ。レナはこっちをみない。必死でウィザーを射《う》ってるけど、矢が当たっても相手はまったく弱らなくなってる。

むむむ。

まともに当たってるのに、ダメージはゼロ。

いったいどうなってるんだ？

「レナ！」ぼくは声を張り上げた。

レナはいらだたしそうにこっちをみた。ぼくは洞窟《どうくつ》を指差したけど、レナは首を横に振《ふ》った。

「弓矢の攻撃《こうげき》は効《き》いてない！」ぼくは大声でいう。

ドッカーン！

またクリーパー頭の投げたTNTが近くで爆発《ばくはつ》して、ぼくは思わずよろめいて後ずさった。

ほかに方法が思いつかない。レナが理性的《りせいてき》になってくれないと、こまる。撤退《てったい》しないと。

「ジャロ、いこう」ぼくはいった。

「おれ……無理かも」

ジャロは目を閉じて岩にぴったりくっついてる。

ドッカーン！

黒い頭蓋骨《ずがいこつ》がそばの木に当たって、木は黒こげになった。

あちこちで爆発《ばくはつ》が起こって、もうどうしていいかわからなくなった。

カタカタ、カタカタ。

ウィザースケルトンが一体現《あらわ》れた。ぼくはジャロの腕をつかんで引っ張って、ふたりで洞窟《どうくつ》に向かって走りだした。

「ドッカーン！」

ただし、今度のは音じゃなくて、声だった。

見上げると、そこにクリーパー頭が立ってた。ＴＮＴブロックを頭の上に持ってる。顔はみえないし、目もみえないけど、笑い声は残忍《ざんにん》だ。ぼくはこの状況がこわくて、クリーパー頭がさっきまでいた所から移動《いどう》してきたことに、まったく気がつかなかったんだ。

「おまえはだれなんだ!?」ぼくは叫んだ。

「おれは――」クリーパー頭がいいかけた。

ドッカーン！

頭の上に持ってたTNTブロックが爆発《ばくはつ》して、クリーパー頭は山肌《やまはだ》にたたきつけられた。

クリーパー頭のTNTに矢が命中したんだ。レナが弓を手に、上のほうの尾根《おね》から顔を出した。「逃げて！」

ジャロもぼくも走った。

第25章　チャグとクリーパー頭の正体

マルはまじでやばいくらい弱ってて、おれにしてやれることはなにもなかった。

ジャロはミルクを全部持ったまま、まだ外にいる。おれはポーションも、食べ物も持ってない。いつも食べ物を少し持っとくべきなんだけど、腹が減《へ》ってくると、そのうち川があって魚を釣《つ》れるとか、草原があってヒツジがいるだろうとか、パイやクッキーがてんこ盛りのきらきらしたビュッフェがあるかもしれないとか思って、食っちゃうんだよな。ビュッフェってのは一回しかなかったけど、夢があっていい。

「がんばれ。心配するな。ジャロがすぐくるって」おれはいった。

「そんな言葉がチャグの口から出る日がくるとは思わなかった」マルは苦しそうにいった。

「こっちだって、マルがまた毒をくらうなんて思わなかったぞ。なにか食うものを持ってないか？　元気が出るようなものは？　ここで待ってるか？　おれがちょっといって、グローベリーを取ってきてやる。ウーパールーパーを食えるかも――」

マルはおれの手首をつかんだ。力は弱いけど、しっかり意志が伝わってくる。「いかないで。それに……、チャグにウーパールーパーは殺せないって、自分でもわかっているでしょ」

「いや、できるかも。マルを助けるためなら」

「じゃ、やってみて」

おう。だけど、マルはおれには無理だとわかってる。親友だし、おれのことをいちばんよく理解《りかい》してるんだ。まあ、トックを除けば、かな。おれはたぶん、かわいい動物の命を奪《うば》うくらいなら、自分の腕を切り落としてマルに食わせるだろう。

マルが楽な姿勢を取れるようにすわったけど、洞窟《どうくつ》の中だからな。たいして楽にはならない。

「だけど、まじで、ポケットに食べ物は入ってないか？　食ったら少しくらいよくなるかもしれないぞ」

「トックのときも、食べ物でよくならなかったでしょ。ミルクじゃないと」

「ああ、そうだな。たしかに」おれは洞窟《どうくつ》の入り口をみたけど、ジャロの姿はまだみえない。

ウマたちをみたけど、ミルクは搾れそうにない。「ウーパールーパーのミルクを搾れるかな?」

マルはちょっと笑ったけど、ほんのかすかな笑い声だった。「きっと、魚くさい味だね」

「おれ、ジャロを連れてくる」マルの腕をほどいて立ち上がろうとしたけど、なかなかうまくいかない――マルは重くてだらんとしてて、筋肉を動かせなくなってるみたいなんだ。

だけどそのとき、ジャロが洞窟《どうくつ》の入り口に駆《か》けこんできた。トックとレナがあとに続いた。

「ウィザーを倒《たお》したか? クリーパー頭は捕《つか》まえた?」おれはきいた。

「ウィザーは『倒《たお》してない』クリーパー頭は『捕《つか》まえられそう』」レナが答えた。「洞窟《どうくつ》の奥に入って。ウィザーとここで戦わないといけないの。あっちが防具《ぼうぐ》をつけたみたいになったから、こっちは剣《けん》が必要なの。矢はまったく効《き》かなくなったわ」

「矢が効《き》かない?」おれの声がひっくり返った。

「急いで!」トックは剣《けん》を抜《ぬ》きながらいった。「ウィザーがくるよ」

なにかが入り口をふさいで、洞窟《どうくつ》が暗くなった。おれはチェストプレートを着けた胸にマルを抱えて立ち上がった。「ジャロ、マルを頼《たの》む。安全なとこに連れてって、ミルクを飲ませてくれ」ジャロは突っ立ったまま、瞬《また》きしてるから、おれは大きな声を出した。「いますぐだ!

おまえなら、できる！」ジャロが動かないから、おれはマルをジャロの腕に押しつけていった。「信じてるぞ」それから、洞窟《どうくつ》に入ってくるウィザーのほうを向いて剣《けん》を抜《ぬ》いた。ジャロならできると信じるしかない。

ジャロは自分を信じなきゃいけないんだ。だけど、そんなこといわれても、なかなか難《むずか》しいよな。

ジャロが歩いていくのがきこえたと思ったら、わけのわからない音がした。振《ふ》り向《む》くと、ジャロは小麦粉の入った袋《ふくろ》みたいにマルを肩にのせて片手で抱えながら、ウマの囲《かこ》いからうまいことブロックをひとつはずした。あいつは体もでかいけど心も広い。ウィザーが現《あらわ》れたときにウマたちが逃げられるようにしてやったんだ。ウマたちはまだモンスターがくる気配を感じてないから動かないけど、ポピーは猛烈に吠えながら飛び出してきて、毛を逆立てて、レナのそばにいった。

ウィザーは細いトンネルを通って、じきに広い空間に入ってくるだろう。そうなったらもう手に負えない。いまがチャンスだ。おれは深呼吸《しんこきゅう》して、ウィザーめがけてダッシュした。そして剣《けん》を振《ふ》り下《お》ろした。剣《けん》でガンガンなぐりつける。ウィザーは頭蓋骨《ずがいこつ》を飛ばせないみたいだ。

こいつ、このトンネルじゃ、ずいぶん窮屈そうだな。待てよ、それって利用しない手はない。

「トック、おまえの剣《けん》で加勢してくれ！」おれは大声でいった。

「だけど、ぼくはあんまり――」

「ねらいを定める必要なんかない！　ただ、素早《すばや》く剣《けん》をたたきつけろ！　こいつに後ろを向かせるから、頼《たの》むぞ」

後ろから走ってくるトックの足音が近くなると、おれは床《ゆか》に伏《ふ》せて剣《けん》を突き上げ、ウィザーの下をくぐってむこう側に転がり出た。ここは空気がちがう。ウィザーの後ろでは、太陽が必死に雲から顔を出そうとしてる外の気配がする。起き上がって切りつけるとウィザーが向きを変えておれをみた。

「そうだ、いいぞ、この不細工《ぶさいく》。よくみてろ、おまえの獲物はこのおれだ」

おれは、ウィザーを間近にみてぞっとした。三つの大きな頭蓋骨《ずがいこつ》が白い目を光らせてにらんでる。骨は黒光りしてて、まるで焼いて磨いたみたいだ。においときたら、二週間日に当てたマッシュルームのシチューみたいにくさい。

ウィザーがうめき声をあげた。トックが、ウィザーの無防備《むぼうび》な背中《せなか》に最初の一撃《いちげき》を食らわしたんだ。おれは残酷な笑いを浮かべた。こいつはおれ専用のサンドバッグだ。

パンチする代わりに、剣《けん》で突きまくってやる。

おれは猛攻撃《もうこうげき》を倍にして、ウィザーに頭蓋骨《ずがいこつ》を放たせるすきを与えなかった。むこう側では、トックが何度も切りつけてる。トックにはうってつけの役だ。まじで。ウィザーは動けないし、仕返しもできない。うめくしかないんだ。

バーン！

ウィザーが爆発《ばくはつ》して、おれは後ろに吹き飛ばされた。

洞窟《どうくつ》の入り口に横たわって、体が半分外に出てる。黒い雲が消えていき、まぶしいくらいの青い空がみえてきた。カタカタ音がして、顔を上げると背《せ》の高い灰色のウィザースケルトンが剣《けん》を手にまっすぐこっちにやってくる。グレーのものがおれを飛び越えた。ポピーが洞窟《どうくつ》のすぐ外に着地して、うなり声をあげてる。急にウィザーの手下の骸骨《がいこつ》が、肉のついてない足でくるっと向きを変えて逃げ始めたから、まじでびっくりした。おれは体を起こして、そいつが燃え上がるのをみようとしたけど、そうはならず――ただ森の中に消えていった。

「兄ちゃん」トックがうめくようにいった。

おれは首を振《ふ》って、トックのほうに這《は》っていった。「大丈夫《だいじょうぶ》か、トック？」

トックは剣《けん》を地面に落としてぼうぜんとしてる。「ぼく、兄ちゃんとの約束を破ったかも」

おれはさっきより強く首を振《ふ》った。「約束？」

トックは自分の額を指差した。「さっきの爆発《ばくはつ》で、両方とも眉毛《まゆげ》がこげちゃった。だけど、それは兄ちゃんも同じか、だったら……」

ポピーがあと二体のウィザースケルトンを追《お》い払《はら》うのを横目に、トックとおれは洞窟《どうくつ》の床《ゆか》で身を寄せ合って、ばかみたいに大笑いした。眉毛《まゆげ》がこげてなくなったのが、世界でいちばんおもしろいジョークみたいに思えたんだ。

ウィザーが消えたあとに、不思議な紫の星が落ちてて、トックがそれをポケットに入れた。きっとレナかナンなら、なんなのか知ってるだろう。腹が鳴って、トックがタラをひと切れくれた。おれはそれをがつがつ食って立ち上がると、手を差し出してトックを助け起こした。トックの眉毛《まゆげ》はもう生えそろってる。弟は賢《かしこ》くて、いつも食べ物をポケットに入れてるからだ。

おれは弟をハグして、背中《せなか》を軽くたたいた。

「ウィザーを倒《たお》したな！　やったな！　ふたりで倒《たお》したんだ！」

そのときおれははっとした……。

「マル！」

おれはトックを置いて駆《か》けだした。ウマたちの囲《かこ》いを通《とお》り過《す》ぎて奥にいくと、ジャロがマルを支えて立たせようとしてた。マルはさっきの千倍くらい元気になったみたいだ。

「ミルクってさ」マルの上唇が白くなってる。「ミルクって、とっても効《き》くのね！」

「おまえがムーシュルームのミルクを搾ってくれてよかったよ」おれはジャロの背中《せなか》をバシバシたたきながらいった。

「あー、なんつーか、ただ興味本位だったんだけどな」ジャロはうつむいていった。

おれはジャロの肩をしっかりつかんで、こっちを向かせた。「なあ、おまえはたったいま、マルの命を救《すく》ったんだぞ。おまえがミルクを持ってなかったら、マルもトックもたぶん生きてない」

ジャロはやっと自分がどれだけすごいことをしたかがわかったみたいにはっとして、うなずいた。「おう、そんなら、マッシュルームウシたちのミルクを搾っといてよかったんだな。役に立ってよかった」

ジャロは自分のことを役立たずの臆病者だと思ってるんだ。だけどおれはジャロに、直接戦いに参加しなくても大事な役割があるってことをわかってもらいたい。だけど、どう伝えたら、おれもジャロも恥ずかしい思いをせずにすむかわかんないから、おれはジャロの背中《せなか》をまたバンバンたたいていった。「いい仕事したな」

おれたちはみんな、自分の足で立ってる。マルは追加で少しずつ食べ物を配ったけど、レナは落ち着かなそうだ。ポピーが洞窟《どうくつ》の入り口を見張ってる。それをみて、おれははっとした。クリーパー頭がまだ外にいるんだった。

「で、クリーパー頭はどうなった？」おれはきいた。

「レナがあいつの持ってたTNTブロックを矢で射《う》って、クリーパー頭は完全にノックアウトされてたよ」トックが説明する。

「わたし、もう十分食べたわ。あいつを捕《つか》まえにいこうよ」レナは手に曳き綱《リード》を持って、迷いのない顔をしてる。「チャグ、マル、ふたりは剣《けん》を準備《じゅんび》しておいてね」

「もう大丈夫《だいじょうぶ》か？　戦えるか？」おれはマルにきいた。

マルはにやっとした。「ばっちりだよ。あの最低男を捕《つか》まえにいこう」

おれたちは剣《けん》を手にレナについていき、トンネルを抜《ぬ》けて太陽の光の中に出ていった。洞窟《どうくつ》の中にいたから、完全に時間の感覚がなくなってたけど、正午くらいじゃないかと思う。太陽は空の高いところにあって、ところどころにふわふわの雲が浮かんでる。ポピーがおれたちの前を、脚をこわばらせてうなりながら歩いていく。ポピーはまだ、安全じゃないと思ってるのか。それとも、ポピーがいるおかげで、あの恐《おそ》ろしいウィザースケルトンが寄ってこないんだろうか。

洞窟《どうくつ》の外はすべてがまったくふつうにみえるけど、ただひとつふつうじゃないのは、何十回も爆発《ばくはつ》が起こった形跡があることだ。あちこちにウィザーの頭蓋骨《ずがいこつ》が当たって黒くこげたクレーターや、割れた岩や、折れた木の枝が生々しく残ってる。

クリーパー頭はすぐにはみつからなかったけど、ポピーは葉の茂った低木の後ろでにおいをかいでる。クリーパー頭はその上の岩棚《いわだな》に立って、ＴＮＴブロックを投げてたんだった。そこに駆《か》けつけると、おれたちの敵《てき》が手足を投げ出して伸《の》びてた。意識はない。クリーパーの頭はかぶったままだ。

おれは、こいつが着てるもので正体がわかりそうなヒントはないかとみてみた。肌《はだ》は一ミリも出してないし、手袋《てぶくろ》もしてるし、丈の長いブーツもはいてる。クリーパーの緑《みどり》のケープの下には、よくある黒のズボンとシャツを着てる。みたところ、背《せ》が高くてやせてるけど、オーロックはかなり背《せ》が低くてがっちりしてたような気がする。

「さーて、みてみますか？」マルがいった。

おれはそいつの胸に剣《けん》を当てて、切っ先でシャツをぐいと押した。これでこっちが本気だってわかるだろう。

「レナのお手柄だから、レナがやったら？」

レナのそばにはポピーがついてる。レナが両手を伸《の》ばしてクリーパー頭のマスクをはずすと……。

おれたちの町の住人、クログだった。

ビートルートを育ててたクログ。

知ったかぶりで、ほらふきで、子ども嫌《ぎら》いのクログ。

ヴェックスを使って毒をまいて、コーヌコーピアの作物を全部枯《か》らして、みんなが町を出ていくしかないように仕向け、町の資源をひとり占めしようとしたクログ。

いまは気を失っていびきをかいてる。

「こいつは牢屋《ろうや》にいるはずじゃないのか？」おれはいった。

「この人は、〝○○のはず〟だらけよ」レナがうなるようにいった。「例えば、悪人じゃない〝はず〟とか」

レナはリードでクログの手足をきつく縛《しば》って、ほぼほぼなんにもできないようにした。

マルはクログを足でつついた。「ちょっと、クロッグ！　起きなさいよ」

「おい、くそクロッグ！」こいつはもう縛《しば》られてるから、おれは剣《けん》をしまってしゃがむと、クログのほっぺたをペシペシたたいた。「クロッゲコッコー！　起きて罰《ばつ》を受ける時間だ！」

クログは目をしばたたかせてぼうっとしてたけど、逃げようとしてるのか、武器《ぶき》を出そうとしてるのか、もぞもぞ動いた。だけど、もちろんどっちも無理だ。体をよじったり転がったり、なんとか拘束《こうそく》を解《と》こうとして、うなったりうめいたり、まるで袋《ふくろ》に入れられたブタみたいだ——おれは決して、ブタを袋《ふくろ》に入れたりしないけどな。クログは前よりもやせてみすぼらしくなってる。長いあごひげを生やして、髪《かみ》はからまって脂《あぶら》ぎってる。

クログは……むちゃくちゃ怒《おこ》ってた。

「おれが呼《よ》び出した凶暴《きょうぼう》なウィザーが、じきにもどってくるぞ。おまえら鼻たれの悪ガキなど、敵《かな》うわけがない！」クログは怒鳴《どな》った。「手足をほどけ。おれがウィザーを倒《たお》すのを手伝ってやる！」

「そいつなら、とっくに倒《たお》した」おれはいった。

クログはあんぐり口を開けて、目をむいておれをにらんだ。

おれは肩をすくめた。「なんだ？　ちょろいもんだろ？」

「それなら、ウィザースケルトンが——」クログは得意げにいいかけた。

「そいつらなら、逃げてった。オオカミが嫌《きら》いらしいな」

クログはちょっとしょげたけど、また勢いづいていった。「まだおれにはＴＮＴが——」

「それはない。おまえはこの先、ながーい、ながーい間、ポケットに手は届《とど》かない」

トックとジャロが走ってきて加わった。

「げっ。思ってたやつとちがう」ジャロがいった。

「だろうな」クログは気取っていった。「おまえのちっこい頭じゃ——ぎゃ！」

「おっと、わりい。おれの足って、たまーにいきなり勝手に動くんだよな」おれはいった。

マルは剣《けん》をクログの胸に向けた。「どうやって牢屋《ろうや》から出たの？」

「なんでそんなこと、いわなきゃならんのだ？」

剣《けん》の切っ先がちょっとめりこむ。「なんで、って。あんたは独り言いうのが得意で、剣《けん》で刺されるのは苦手だからじゃない？」

クログはため息をついた。「どうしてもっていうなら、教えてやろう、ガキども。そりゃあ、長老たちがばかだからだ。あいつらはおれに食い物と水を一日に一度持ってくるだけで、あとはほっといてくれたから、おれさまは戦略的に計画を進められたのさ。ボウルを使って床《ゆか》に穴を掘《ほ》ってな、あいつらがみにくるときはその上にすわって隠《かく》した。穴を掘《ほ》り進めて、長老連中の倉庫にたどりついた。するとそこには、ご先祖《せんぞ》が残したためずらしい昔のお宝《たから》や、道具なんかがいっぱいあった。おれはクリーパーの頭をもらった。エンチャントされたケープや、効果《こうか》の知れないポーションもいろいろ、それに本を何冊ももらったし、予備《よび》の醸造台《じょうぞうだい》と、なかなか手に入らない材料もいただいた。シュルカーボックスもあったから、全部入れて持ち運んだんだ」

クログはそこで大げさに息をついた。感心してほしかったみたいだけど、おれたちは地面に穴を掘《ほ》って泥棒《どろぼう》をするようなやつを、ぜんぜんすごいと思わない。

「ふうん。じゃあ、脱獄《だつごく》したってわけね。それで、どうしてあたしたちのあとをつけてきたの?」マルがきいた。

クログはまるでマルがもうひとつ頭を生やしたとでもいうように、じろじろみてる。「もちろん、おまえらをこわがらせて、お仕置《しお》きするためさ。おまえらは、おれの計画をめちゃくちゃにした。おれのモンスターをみんな殺した。おれに協力してたならず者どもを追《お》い払《はら》って、おれを牢屋《ろうや》に入れた。仕返しをせずにいられるか!」

「クログ、自分がとんでもない最低男だって、わかっているの?」レナがいった。

クログはレナをみて瞬《また》きした。「おれは自分の人生を描いたミュージカルを書いているんだ。おまえら悪ガキのテーマソングもあるぞ。きかせてやろうか?」

「遠慮《えんりょ》しとく」おれはいった。

クログは咳払《せきばら》いして、へたくそな歌を大声で歌いだした。

「天罰《てんばつ》くだせ、ガキどもに、あいつら悪魔。

すべてを奪《うば》った悪ガキどもめ。

追うんだやつらを、ぶちのめせ、恐怖《きょうふ》のどん底みせてやれ。

やつらのねぐらに火をつけろ。夜の寝《ね》こみを襲《おそ》うんだ。

ガキどもこらしめ、うらみを晴らせ。

恐《おそ》れと恐怖《きょうふ》で支配しろ」


「変な歌だな」ジャロがいった。

「ヒッヒッヒッ！」クログが不気味な笑いを浮かべた。「ヒッヒッヒッ！　おれのメッセージはわかったか？　ヒッヒッヒッ！」

「ふうーーーん。じゃあ、こいつを町に連れて帰ろうか。あ、その前にしゃべれないようにしておこう。あたし、もともとこいつのいっていたことが気に入らなかったし。こいつが何カ月も牢屋《ろうや》で過《す》ごして、あたしたちに天罰《てんばつ》をくだすとかいう歌を作る前からねー」マルがいった。

「だけど、こいつはまた牢屋《ろうや》に入れられても脱獄《だつごく》するだけじゃないのか？」おれはいった。

みんながおれに注目してる。

「じゃあ、ほかにいい方法がある？」マルがきいた。

「こいつをディープダークバイオームのウォーデンのとこにぶちこむのは――」

おれがいいかけると、マルに横ばらをひじで突かれた。

「本気じゃないよね」

おれは肩をすくめた。「ちょっといってみただけだ」

「まあ、このままほっとけば、たぶんこいつは死ぬよ。もし拘束《こうそく》が解《と》けたら、またあたしたちを追いかけてくるし。町に連れて帰るしかないんじゃないかな」

おれたちはみんな、クログを見下ろした。クログは独り言のように、おれたちをどんなひどい目にあわせてやろうかとブツブツいってる。おれはただ、ほっとしてた。こいつが夜、避難所《ひなんじょ》の外の暗闇《くらやみ》で松明《たいまつ》を手に、おれたちを痛《いた》めつけようと息を潜《ひそ》めてる恐れはもうないんだ。

第26章　帰りの旅につくジャロ

クログが草地に隠《かく》したウマをみつけるのに、時間はかからなかった。あいつは悪いやつだけど、あいつのウマは関係ねえ。クログによると、ウマの名前は大虐殺《カーニジ》らしいけど、こいつはおれの牧場から盗《ぬす》まれた子で、もともとの名前はハチミツ足《ハニーフット》ちゃんだ。いわなくてもわかるだろうけど、チャグがつけた名前だ。チャグがこのウマの足首がハチミツ色だからだと説明すると、クログはまたべらべらとしゃべりだした。おれたちが猿ぐつわの仕方を知ってて、まじにラッキーだった。

まだクログのポケットの問題がある。こいつは危険《きけん》なアイテムをいろいろ隠《かく》し持《も》ってるから、ポケットに手を入れてもらっちゃこまる。しょうがないから、おれがこの旅で手に入れたレギンスを使うことになった。

チャグとトックとおれは、手を縛《しば》られたままのクログがズボンをはき替えるっていう、めっちゃ気持ち悪いシーンを監視《かんし》することになった。クログがポケットのシュルカーボックスからTNTとか危険《きけん》なポーションを取り出せなくなると、みんなかなりほっとした。だれもシュルカーボックスってやつをみたことはなかったけど、どうやらチェストの中にチェストが入ってるようなもんで、大量にものを入れられるらしい。だけど、おれは新しいレギンスを自分ではけなくて残念だった。はきやすそうだったのにな。

トックが醸造《じょうぞう》したのと、クログが盗《ぬす》んだのを合わせると、六頭のウマとポピーに使えるだけの俊敏《しゅんびん》のポーションがあった。マルが地図を確認《かくにん》すると、おれたちはウマに乗って出発した。

草原を突っ切っていくほうが、きた道をもどって海沿《うみぞ》いに走るより早いから、おれたちは通ったことのないほうに向かった。地図通りなら、このルートに予想外のトラブルはないはずだ。森の洋館も、暗い森も、村も、恐《おそ》ろしいモンスターのいる古代都市もない。

途中《とちゅう》でみた変わったものといえば、花の森くらいだ。おれたちはそこで少しだけ休憩《きゅうけい》して昼めしを食った。あまりの美しさに、みんな涙を浮かべてた。めっちゃたくさんの花が咲いてて、いろんな色の混ざり合った虹みたいにみえてくる。

ウマとラマのレンタルやマッシュルーム農園に加えて、切り花を売る商売をしてもいいかもしれねえ。だけど、そのためには花を育てる土地が必要だし、たぶんだれか手伝いを雇うことになるだろう。

新コーヌコーピアは町の壁《かべ》の外にあるから無限に土地があるようにみえるけど、うちのまわりにはもう家がかなり建ってるから、花を育てられるような土地はねえ。それでも、花の森をみてると商売の可能性《かのうせい》があると思えてきた。

おれたちはこの旅で恐《おそ》ろしいものをいくらでもみてきたけど、すばらしいものもあった。もしかしたらナンはみたことあるかもだけど、あの町ではだれひとり花の森をみたことのあるやつはいねえ。町の人たちは、毎日ハブで生活して、花の森なんてものがあるなんて思いもしねえんだ。

だけど、おれはここにいる。あたり一面に美しい花が咲き乱れ、ミツバチが飛んで、数えきれないほどの種類の花の香りに包まれてる。

広い世界で山あり谷ありの人生を送るほうが、変わり映えしねえ家と道をみながら毎日ハブにいて、昔っからの知り合いがどれもほとんどおんなじにみえるヒツジを、ちょっとばかり高く売ってるのを横目に生きていくよりずっといい。

おれは自由でいたい。

もちろん、クリーパー頭がうろちょろしてなければの話だけどね。

食い物がなくなってきたから、その日の午後はちょっと早めに川辺で夜を明かす準備《じゅんび》を始めた。おれはウマたちを入れる囲《かこ》いを設置《せっち》すると、避難所《ひなんじょ》を造《つく》るマルの手伝いをした。ウマたちを中に入れなきゃならなかったころほど大きくはしなかったけど、マルはいつもよりちょっと大きめの建物を建てた。

中に仕切りの壁《かべ》を造《つく》って、トックに鉄のドアがほしいといったとき、その理由がわかった。クログを入れとく、小さい牢屋《ろうや》にするつもりなんだ。こんなに近くであいつが寝《ね》ると思うとすげえいやだ。あいつがそこにすわって、おれたちの松明《たいまつ》の明かりでおれたちをみてるかもしれねえなんて、いやだ。だけどトックも同じ気持ちらしく、作ってくれた鉄のドアは頑丈《がんじょう》で、のぞき窓はついてなかった。

おれたちが腹いっぱい食ってから、チャグはクログに魚をひと切れ投げてやって、ドアを閉めちまった。それからは、そっちから音はしなくなった。

それはそれで心配になる――クロッグがまた逃げようとするんじゃねえかって心配だ。まあ、ポピーが鉄のドアのすぐそばでガードしながら寝《ね》てるけどな。クロッグのやつ、よぼよぼでほとんど全員耳の遠い長老たちからはうまく逃げられたかもしれねえけど、オオカミの見張りをこっそりすり抜《ぬ》けるのは無理だし、穴を掘《ほ》りだしたら音でわかる。

朝になっても、クロッグはその小部屋にいた。居心地《いごこち》が悪いとか、こんなひどい扱《あつか》いを受けるのは心外だとか、いつか仕返ししてやるとか文句をいってたけど、チャグはまた魚をひと切れクロッグに放って、勢いよくドアを閉めた。

そのあとクロッグをみたのは、チャグとマルが避難所《ひなんじょ》をばらして最後にその小部屋を壊《こわ》したときだった。チャグは手を縛《しば》られたままのクロッグをウマにのせ、あんまりうだうだいってると、また猿ぐつわをかませるぞと警告した。

オーロックと手下たちに猿ぐつわされたときの気持ちを思い出した。あれは二度とごめんだ……。だけど、このガキをどんなふうに痛《いた》めつけてやろうか、なんて不気味な歌をおとなが歌うのをきかされるのも、気持ち悪いしな。

俊敏《しゅんびん》のポーションが効《き》いてきて、まわりの景色《けしき》がはっきりみえなくなった。ウマたちはこれが気に入ってるみたいで、鼻を鳴らして首をぐっと伸《の》ばして風のように走る。いくつもの小高い丘を上っては下り、何度か湖のそばを通って、いくつか森を駆《か》け抜《ぬ》けた。

大きな川に行き当たったときは、簡単な橋をかけねえといけなかったけど、たいして時間はかからなかった。

いつもなら、昼めしの休憩《きゅうけい》をとるとこだけど、コーヌコーピアに近づくにつれて、マルはナンを心配する気持ちをつのらせてた。しょっちゅうポケットに手を入れて、エンチャントされた金のリンゴを失くしてないか確《たし》かめてるみたいだ。

マルはきっと、コーヌコーピアに着くのがタッチの差で間に合わなかったらどうしよう、そんなことになったら一生後悔《こうかい》すると考えてるんだろう。あんなに大変な思いをしたのに、なんの役にも立たなかったと自分を責めて、自分たちが幸せな気分で花の森にいる間に、ナンが息を引き取ったという思いを抱えて生きていくことになるんだから。

みんなおんなじ思いだったみたいで、だれも休憩《きゅうけい》しようとはいわなかった。腹が減《へ》ったともいわねえ。チャグでさえ食い物をほしがらねえんだから、それってすげえ。日が沈みかけてるのにマルはウマを走らせ続けてる。だれもなんにもいわねえ。猛スピードで移動《いどう》してんだから、モンスターに捕《つか》まるわけがねえし。あとちょっとだ。みんなそれがわかってて、頼《たの》むから、もうちょっと速く走ってくれと、ウマにささやいてる。

「好きなだけコムギをやるから、あと少しだけがんばってくれ」おれはブチに約束した。

夜になってもおれたちはまだウマを走らせてた。腹が鳴るし、脚がしびれてきた。明日は筋肉痛《きんにくつう》だろうな。だけど、おれはマルに休憩《きゅうけい》しようといいたくねえ。町までもうすぐだってのに、いえるわけねえ。

「みえた！」マルが大声でいった。目をこらすとやっと、おれたちの町の高い壁《かべ》が、静かな草原から立ち上がってるのがみえた。七ブロックおきに松明《たいまつ》で照らされて、夜空みたいにかすかに光ってる。うめき声がしたと思ったら、一瞬《いっしゅん》、くせえにおいがした。おれのウマが、ゾンビのすぐそばを通ったらしい。全員ものすごい速さで走り続けた。

マルがウマを町の壁《かべ》に向かわせる。ここからだと新コーヌコーピアはみえねえけど、あそこにあるんだと思うと、ほっとため息がもれた。まるで長いこと握《にぎ》ってたこぶしをようやく開くような感じだ。

家に帰って自分のベッドで眠《ねむ》って、明日はもうすっかり安心して過《す》ごせるんだと思いたい。だけど、それはあとちょっとお預けだと、おれは自分にいいきかせた。家はすぐそこだけど、まず、ナンを助けなきゃ。

コーヌコーピアの門の前で、みんないきなりウマを止めた。新しく、巨大《きょだい》なドアが取りつけてある。おかしい。ラーズが立って、剣《けん》をこっちに向けてるけど、ジェイミーさんは壁《かべ》にもたれていびきをかいてた。

「何者——はあ?」ラーズは唾を飛ばしながらいった。「なんだ、おまえらか。ばかみたいに速く走ってたな?」

「家族が死にそうなときは、急ぐものでしょ」マルがむっとしていった。「ドアを開けて?」

ラーズはジェイミーさんを小突いた。するとジェイミーさんはびっくりして目を覚まし、目をむいておれたちをにらんで、ラーズとおんなじように剣《けん》を構《かま》えた。

「礼儀を知らないやつだな」ラーズがいった。

「お願いですから、ドアを開けてください」マルはいら立ちをつのらせてる。

「いや、まだ、かなり失礼だよな、ラーズ」ジェイミーさんはフンと鼻を鳴らした。

「ふう。ラーズ、あんたはおっきくて強い。防具《ぼうぐ》はぶかぶかじゃないし、ひげは口のまわりについたチョコレートにはみえないし、でくの棒にもみえないから、どうか役目を果たしてそのドアを開けてくださいませんかー。でないと、あたしの死にそうなひいひいおばあちゃんの命を救《すく》えないんですー」

ラーズは鼻息荒く「だめだ」といった。

暗くてマルの顔はみえねえけど、たぶん、顔を赤毛とおんなじくらいまっ赤にしてるだろう。そういうときに、マルにけんかを売るのはまずいんだけどな。

「はあああ?」マルはたっぷりけんか腰《こし》でいった。

「だめ。おまえらが、まーた出てったあと、長老たちが新しい法律《ほうりつ》を制定《せいてい》したんだ。クログが牢屋《ろうや》から逃げたうえに、おまえらは許可も得ずに旅に出た。だから門にドアが取りつけられて、リストに載《の》ってる者しか出入りできないことになったんだ」ラーズはポケットから大げさにそのリストを引っ張り出して、確認《かくにん》した。「ほら、おまえらはリストに載《の》ってない。いや、まだ、だれも載《の》ってない」

マルは思いっきりため息をついた。「わからないかなあ?　あんたたちに、あたしたちは止められないの。あたしたちを閉じこめておけなかったように、締め出すこともできないの。それに、あたしたちはクログを捕《つか》まえたんだから、それって長老たちにも一大事かもしれないよねえ?」

「だったら、朝になってストゥ長老がドアの鍵を開けにきたら話すんだな。とにかくいま、おれたちは、たとえドアを開けたくても開けられないいんだ。法律《ほうりつ》ってそういうもんだ」

「じゃあ、おれが、パンチってどんなもんかみせてやる」チャグがかっとなっていった。

「待って、あたしたちはそういうことはしない。中に入る方法はほかにあるでしょ」マルはウマの向きを変えて、汗ばんだウマの尻《しり》をラーズの鼻先に向けた。「おつかれさま、キモイおふたりさん!」

マルがそのままウマを進めると、チャグが物騒《ぶっそう》なことを口走り始めた。

「おまえ、また怒《おこ》られるな」ラーズがレナにいった。

「どうでもいい相手に怒《おこ》られても平気よ」レナがいい返す。

おれは自分がレナをいじめられるなんて、ほんの一瞬《いっしゅん》でも思ってたのが信じられなかった。

いまじゃ、レナにかなうことはひとつもねえと思う。レナのことをどんなにすげえと思ってるか、伝えられたらいいんだけど、めっちゃ変な感じになりそうで、無理だ。

疲れたウマたちが門から離れようとするのが、まるでハチミツが垂《た》れるみたいにゆっくりに感じられる。

そのとき、おれはわけがわからなくなった。すぐそこの暗がりに新コーヌコーピアの建物がみえるはずだし、おれの牧場に置いてきたウマたちのいななきや、チャグが帰ってきて喜ぶコイツの甲高い鳴き声がきこえてくるはずだ。

なのに、静まり返ってる。

おれは目を疑《うたが》った。

新コーヌコーピアがなくなってる。

第27章　レナのみつけたもの

ラーズ兄さんには腹が立って吐《は》きそうになったけれど、それを兄さんにみせるわけにはいかない。これまでだって、兄さんはいやなやつだってわかっていたけれど、老齢《ろうれい》のおばあさんが死にかけているのに、命を救《すく》う薬を意地悪して届《とど》けさせないなんて。

自分ではヒーローのつもりかもしれないけれど、悪人としか思えない。

どうでもいいけれど。わたしたちは、ナンのところにいくにはどうすればいいか知っているから、門を通ることも、許可を得る必要もない。

「あー、なあ、みんな、おれとおんなじものがみえてるか？　てか、みえてないか？」チャグがいった。

物思いにふけっていたわたしは、ふと顔を上げて……そこに、なにもないことに気がついた。

新コーヌコーピアがあるはずの場所が、荒らされている。

「長老たちは、誰も壁《かべ》の外に出られないようにしたんだな」トックがいった。

「コイツ！　ブタ子さん！」チャグが悲しそうに大声で呼《よ》ぶ。「あいつら、おれのブタを盗《ぬす》んだのか！　まずい。コイツが食われたらどうしよう？　生まれた子ブタたちがばかみたいな名前をつけられたらこまる！　ああ、だめだ、まずい、どうしよう！」チャグがあまりにも取り乱すから、乗っているウマの落ち着きがなくなってきた。けれど……チャグが不安になるのも当然よね。チャグとトックとジャロがいっしょうけんめい作り上げたものが、すべてなくなってしまったんだもの。

「長老たちは動物を傷《きず》つけるようなことをしないと思う」マルがチャグをなだめるようにいった。

「ベーコンがうまいって知ってれば、やるかも！」

「ストゥ長老がぼくたちの店の物をすべて没収《ぼっしゅう》したんだろうな」トックは悔《くや》しそうにいった。

「きっと、『町のためじゃ』とかいったにちがいないっしょ。それで、ものすごく高い値段《ねだん》で売ってるんだ」

「おれの商売はママがかっさらったんだろうな」ジャロはかわいそうなくらいしょぼんとしている。「おれのマッシュルームを売って、おれの動物たちをうちの庭で飼《か》ってるんだろう」

「大丈夫《だいじょうぶ》だよ、絶対《ぜったい》取りもどそう」マルがきっぱりいった。「まずナンのところにいって、それからいろいろなことを考えよう。さあ、いくよ！」

マルはウマの腹を蹴《け》って、コーヌコーピアを取《と》り囲《かこ》む壁《かべ》の角を曲がって走っていく。そのあとを、わたしたちが列になってついていく。わたしはクログのウマを自分のにつないでいるのに、なぜかラーズとジェイミーさんはクログが乗っていることに気づかなかった。それとも、あのふたりはわたしたちのいっていることを信じなかったのかしら。

いま、あのふたりは権力《けんりょく》を振《ふ》りかざして、わたしたちに無力だと思わせるためならなんでもするのね。もう少し知恵《ちえ》が働けば、自分たちがクログを長老たちのところに連れていって――自分たちの手柄《てがら》にしたでしょうに。けれど、そんなことはしなかった。あのふたりはわたしたちの妨害《ぼうがい》をすることばかり考えていて、手柄を横取りすることは考えもしなかったのね。

この数日間の旅からもどってみると、町を囲《かこ》む壁《かべ》がこれまで以上にちっぽけにみえた。間もなく、わたしたちは、町をぐるりと取り囲《かこ》む巨大《きょだい》な石壁《いしかべ》にひとつだけある穴の前で止まった。

あの新しい門を除けばだけど。ナンの小さな家は、壁《かべ》にくっついて建っていて、オーバーワールドのみえる窓がある。ナンはその窓を、ピストンを使ってブロックをスライドさせる装置《そうち》で隠《かく》しているから、長老たちは窓があることを知らないはず。わたしはこの窓から初めてコーヌコーピアの外の世界をみたんだわ。いまでもこの窓から、どこまでも草原が続いて草や花が風に揺《ゆ》れるのをみるのが大好き。

マルはウマから降《お》りて、窓をノックした。けれど――ナンは具合が悪くて窓を開けにこられない。返事がないので、マルはツルハシを取り出した。窓から横に歩いていって、ナンの家のすぐ外に出られる場所を選ぶと、石壁《いしかべ》のブロックをふたつはずした。みんなはそこから中にウマを進める。マルは壁《かべ》の穴をふさぐと、みんなの後ろについて玄関《げんかん》の前にウマを進めた。

わたしたちはウマを降《お》り、ジャロがみんなのリードを持ってウマたちを落ち着かせている間に、マルが家の中に飛びこんでいった。わたしもすぐあとをついていく。ナンはマルのひいひいおばあちゃんだけれど、わたしの師匠でもあって、マルとわたしだったら、正直わたしのほうがナンをよくわかっている。だから、ナンがどんな状態《じょうたい》でも、そばにいてあげたい。トックとチャグも玄関《げんかん》から入ってきた。

わたしたちが飛びこんだとき、驚いて息をのむ音がした。ソファーで丸くなっていたのは、治癒師《ちゆし》のタイニさんの娘、リヴィさんだった。ドアを開けたとたん、リヴィさんはがばっと体を起こした。いままで眠《ねむ》っていたようだ。

「なにをしてるの、ここは病人の部屋よ！」

「ナンを助けにきたんです」マルはリヴィさんの前を通ってナンのベッドのところに歩いていった。ナンは小さく縮《ちぢ》んでしまったみたいで、顔色は青白い。マルはナンの手を取って、小声でナンを呼《よ》んだ。

「マーラかい？」ナンは弱々しくいって、うっすら目を開けた。

「マーラの娘のマルです。ナン、あたしたち、エンチャントされた金のリンゴをみつけたんです」

それをきいたナンは体を起こそうとしたけれど、弱っていてできなかった。チャグが助け起こし、枕をふくらませて背中《せなか》に当てた。マルがポケットからそのリンゴを出すと、金色の光が部屋いっぱいに広がった。マルはリンゴをナンの口元に持っていった。

「歯が何本か残っててよかったねえ」ナンは小声でそういうと、リンゴをかじった。

ナンは具合が悪いせいでリンゴを食べ終わるまでに時間がかかったけれど、効果《こうか》はひと口食べたとたんにあらわれた。ナンの目の焦点が合って、背筋《せすじ》はしゃんとして、手に力がもどってきた。そして最後のひと口を食べ終わる頃《ころ》には、チャグをはらいのけるほどだった。

「あんた、近すぎるよ」全部飲みこんでしまうと、ナンは文句をいった。「枕はこんなにふかふかにするもんじゃない」

「気分はどう？」マルは目に涙をためてたずねた。

「よくなったよ。ぴんぴんしてる！　若返って、せいぜい八十歳《さい》って感じだねえ」ナンはベッドから出ると、わたしたちの前をよたよた歩いて窓のところにいった。「ノックの音がしたんだけどね、リヴィはなんでもないといったんだ」

「わたしたちがノックしたんです。門からは、どうしても入れてもらえなかったの」わたしはいった。

「それに、新コーヌコーピアがなくなってたんだ！　おれたちの家も、店も、動物たちも、全部！」チャグがくやしそうにいった。

それをきいたナンは顔をしかめた。目に怒《いか》りが燃えている。「リヴィからきいたよ。長老たちは全員一致《ぜんいんいっち》で、新コーヌコーピアでの実験をやめて、永遠に壁《かべ》を閉ざすことにしたんだとさ。〝わたしたちみんなのために〟だってよ、あのばか娘。ああ、あたしが長老のひとりだったら、それに死にかけてなかったら、あの連中をしかり飛ばしてやったのに！　全部ストゥの若造《わかぞう》がいい出したに決まってるよ。まったく、意地の悪いやつさ。自分がなんでも知ってると思ってんだ。ふん！」

「リヴィさん、知ってまし――」マルはいいかけた。

けれどすぐ止まってしまった。

リヴィさんはソファにいなくて、玄関《げんかん》のドアが開いていた。わたしたちはナンのことばかり気にしていたから、リヴィさんが出ていったのにも気づかなかったのね。

ナンはため息をついた。「たぶん告げ口しにいったんだろうよ。信用できない娘だと思ってたんだ。タイニの指図《さしず》であたしのことスパイしにきたのかと思ってたくらいさ。長老たちは、あたしが貴重なアイテムをどっさり隠《かく》し持ってると疑《うたが》ってるからねえ」ナンはウィンクした。「あんたたちも知ってるだろう、その通りだよ。だが、死ぬまでストゥなんかに渡《わた》すもんか。それとも長生きして、あいつをいらつかせてやろうかねえ。さあ、そこのドアを閉めて、あたしの昔なじみのエフラムさんがどうしてたか、話しておくれ」

チャグがドアを閉めてくれて、ククッと笑った。「きっと、めっちゃ信じられないと――」ちょうどそのときジャロが、手を縛《しば》られて猿ぐつわをかまされたクログのリードを持って入ってきた。

「そいつを中に入れるんじゃない！」ナンは怒鳴《どな》った。「昔っから礼儀知らずだし、ブツブツ独り言が多すぎる。そばにいられると、いらついてくるんだよ。独り言をいわれてうれしい人はいないからね」

「猿ぐつわをかませてありますよ」ジャロはおずおずといった。

「よろしい。そいつは隅《すみ》っこにすわらせときな。自分のしたことをよく考えるがいいさ」

ジャロはいまでも、ナンになにかいわれるとおどおどしがち。クログをなにもない隅《すみ》っこに連れていくと、そこに立ったまま、次の指示《しじ》を待った。クログは壁《かべ》を向いてすわり、背《せ》を丸めてケープの中に顔を埋めた。クログはいつも、ナンをこわがっていたから。まあたいていの人はナンをこわがるけれど。

「それで？」ナンはチャグに続きを催促《さいそく》した。

「ああ、それで、海に漕《こ》ぎ出していって下をみると、巨大《きょだい》な建物があって、目がひとつしかない殺人魚がそのまわりを泳ぎ回ってたんで、おれたちは『頭のおかしいじいさんがあれを建てて、水中で生きてくことにしたに決まってる』と思ったんです」チャグは話し始めた。

「そんなばかな話はきいたことがないが、まあ続けなさい」

「それで、おれたちは水中呼吸《すいちゅうこきゅう》のポーションを飲んで、ひとつ目の魚が目から発射《はっしゃ》してくる泡ビームの攻撃《こうげき》にあいながら潜《もぐ》っていって――」

チャグは話を続けて、ナンは質問《しつもん》があったり、チャグのいってることがわからなかったりすると、口を挟んだ。ナンは繁茂《はんも》した洞窟《どうくつ》やウォーデンの話をきいたことがあるみたいに、ずっとうなずいていたけれど、わたしには、そんなはずはないとわかっていた。

「ああ、あれだね、ジザー」ナンはうなずきながらいった。

「ウィザーよ」わたしは日記に描いた絵をみせた。

ナンは胸元をつかんで、そんなものをみせられたら心臓《しんぞう》が止まってしまうといった。せっかくまた、生きている感覚がもどってきたところなのに、やめとくれ、ですって。

ドアが勢いよく開いて、大勢の人がナンの小さな家にせかせか入ってきた。ストゥ長老とゲイブ長老が前に出て、ほかの長老たちもいっしょに並んでいる。タイバーさんも、ザックさんも、カリスさんも、ニコさんも、ジョイさんも。全員いる。長老たちの後ろには、タイニさんと娘のリヴィさんと息子のマックさん、ラーズとジェイミーさん。ジャロのお母さんのドゥナさんまでいて、わたしたちはげんなりした。

「いたぞ！　さまざまな災《わざわ》いを町にもたらした、腐《くさ》ったリンゴじゃ！」ストゥ長老はわめいた。

「そりゃあ、クログのことだろ。まあ、いいさ。いってろ」チャグはボソッといった。

「年がら年じゅう、おなかをすかせてる、この子のいう通りだよ！」ナンは足を引きずって、ストゥ長老の前に歩いていくと、怒《おこ》ってしわくちゃになっている長老の顔をにらみつけた。

「あんたのやったことがわかったよ。あんた、町の門を閉ざして、あれこれと安全確保《あんぜんかくほ》のための手続きを増《ふ》やしただろ。それはクログが牢屋《ろうや》から逃げたからだよねえ。それなのに、あんたは町のみんなにそのことを伝えなかった。そりゃ、面目《めんもく》を失うもんねえ。だからこの子たちのせいにして、この子たちの財産《ざいさん》を没収《ぼっしゅう》した。すべては自分のしわしわの尻《しり》をぬぐうためだ。あんた、この子たちに感謝《かんしゃ》しなきゃならんよ。この子たちが町を救《すく》ったのはこれで三度目なんだからね！　それに、たったいま、あたしの命も救《すく》ってくれた」

「オッホン、そうじゃ、そのことなんじゃが、失礼ながら賛同《さんどう》しかねる」ゲイブ長老が、両手で杖につかまって、あごを上げていった。「タイニとわしが献身的《けんしんてき》に治療《ちりょう》にあたったからこそ、おまえさんは心身ともに元気になったのだぞ」

「とんでもない！」ナンが吠えた。「あたしゃ、気はたしかだし、あごにはエンチャントされた金のリンゴの汁がまだついてる。それが、あんたのお陰《かげ》で元気になったわけじゃないって証拠だよ。あんたがやったことといえば、あたしの手をトントンしながら、ご先祖《せんぞ》から密《ひそ》かに受《う》け継《つ》いだものを隠《かく》してあるなら、〝町の人々〟のために寄付《きふ》する気はないかときいただけじゃないか」ナンはゲイブ長老のとがった鼻を指差した。「決めた！　あたしゃ、長老になるよ。最年長の長老だ。あんたたちのような頑固《がんこ》で愚かな連中にまかせておくと、このすばらしい町がとんでもないことになりそうだからね」

すると、とても恐《おそ》ろしいことが起こった。

ストゥ長老が笑ったの。

「残念じゃのう、ナン。最近、この町の法律《ほうりつ》は少々変わったんじゃ。全員一致《ぜんいんいっち》で、新たな長老選びに関われるのは現在《げんざい》の長老だけ、ということになったんじゃ。あいにく、おまえさんは現在《げんざい》の長老ではない。昔の取り決めがどうであろうと、要するに、いまはいろんなことが以前ほどあいまいではなくなっておるのじゃ。もちろん、おまえさんがここで、残りの日々を大切な町民のひとりとして過《す》ごすのはかまわんが、残念ながら長老ではなくただの老人としてじゃ」

みているのが苦しかったけれど、長老たちに出《だ》し抜《ぬ》かれたと知ったナンの顔が嫌悪《けんお》にゆがんだ。長老たちに都合よく無力にされてしまったことを思い知らされたいま、せっかくエンチャントされた金のリンゴを食べたというのに、ナンはせいぜい毒舌《どくぜつ》を振《ふ》るうくらいしかなくなってしまったのね。

外からきこえるくぐもった話し声が大きくなってきて、玄関《げんかん》からのぞく人たちや、窓から中をみようとする人たちが集まっていた。わたしのお父さんとお母さんも、マルのご両親も、チャグとトックのご両親も、インカさんも、フレッドさんも、レミーとエドも、ベン兄さんも、クラスメートのロブも、サヤさんも、ライさんもいる。町じゅうの人がきて、どうなるのか見守っているみたい。家の中に入ってきている人もいるし、様子がきこえるように窓を開ける人もいる。大勢の人がわたしたちをみていると思うと、わたしは落ち着かなくなってきた。

「そんなことできるもんか。町を造《つく》ったご先祖《せんぞ》はたしかに書き残して——」

「ご先祖《せんぞ》はとっくになくなっておるし、世界は変わるんじゃ」ゲイブ長老は両手を広げた。

「すでに決まったことは、くつがえすことはできん」

ナンは震えていた。その肩に、マルがそっと手を置いた。

「おれのブタをどこにやった?」チャグがいった。あまりにすごみのある恐《おそ》ろしい声に、ゲイブ長老とストゥ長老があとずさった。まるでチャグが剣《けん》を抜《ぬ》いたかのようだ。

「おまえの親の農場におる。おまえもそこに帰れ」ストゥ長老がいい返した。「それもまた、町の法律《ほうりつ》が変わった点のひとつじゃ——子どもは、責任《せきにん》あるおとなになったと長老会に認《みと》められるまで、両親のもとで暮《く》らすこと」

チャグはあんぐり口を開けた。

チャグが長老たちに両親のもとを離《はな》れていいと認《みと》められる頃《ころ》には、五十歳《さい》になっていると思う。

「モンスターめ」チャグは長老たちに向かってボソッといった。

「わしらはコーヌコーピアのことをいちばんに考えておるんじゃ。門を閉ざし、外との行き来をなくし、子どもは行儀よくする。そうすれば、すばらしい町になる。めでたし、めでたし！」ストゥ長老がいい終わると、「めでたし、めでたし！」と賛同《さんどう》の声があがった……全員からじゃないけど、長老からは全員。

「だからうちに帰ってくるのよ、ジャロ」ドゥナさんはさっとジャロのほうにきた。「こんなばかなまねはもうやめなさい。うちのミツバチの世話をして、マッシュルームとスイートベリーを育てるの。ウマとラマは壁《かべ》の外にもどしなさい。肥料はあんなにたくさんいらないんだから！　だけど、あなたは仕事がたくさんあるから、ウマやラマがいなくてもさみしくないわよ」ドゥナさんは軽蔑《けいべつ》した目で、わたしたちをみた。「それに、忙《いそが》しくて、腐《くさ》ったリンゴに惑わされることもなくなるわよ。この連中とつき合うのはよくないわ」

ドゥナさんはジャロの顔に触《さわ》ろうとしたけれど、ジャロは後ずさりして、クログの上に倒《たお》れそうになった。クログはずっと、ジャロの持っているリードにつながれたままそこにすわっていたんだった。

「あんなところには、もどらねえ」ジャロはいった。

「あなたの家でしょ――」

「いまはちがう」

ストゥ長老は声を荒げて、ドゥナさんとジャロを黙らせた。「おまえたち子どもは親元にもどりなさい。新コーヌコーピアとかいうお遊びはおしまいじゃ。壁《かべ》の中に必要なものはそろっとる。さあ、もしも――」長老が口をぽかんと開けた。「そこにおるのは……クログか!?」

それもそのはず、クログはいま、こっちを向いて、憎しみのこもった目を大きく見開いているもの。

「そうです。クログですよ。こいつは数日間、ぼくたちのあとをつけてきて、ウィザーを呼《よ》び出して、ぼくたちを襲《おそ》わせたんです。だけど、ぼくたちがこいつを捕《つか》まえました。黒曜石の牢屋《ろうや》を造《つく》って、もっとましな看守をつけないとだめですよ」トックが初めて、長老たちとのやりとりに口を挟んだ。「町のみんなはクログが脱獄《だつごく》したってことを、ほんとに知らされてないんですか?」

ひそひそ話し合う声が部屋のあちこちでして、ほとんどの人が知らなかったのがよくわかった。

〈クログが脱獄《だつごく》だって?〉

〈あの子たちが……クロッグを捕《つか》まえたって?〉

〈だから門を閉ざしたのか?〉

〈どうして隠《かく》していたのかしら?〉

〈逃げたのか?〉

「わしらは町の安全を確保《かくほ》する対策《たいさく》をとったぞ」ストゥ長老はみんなにきこえるように声を大にしていった。「ほら、だれひとり、危険《きけん》な目にあっておらんじゃろう」

「わたしたちの子どもたちは危険《きけん》な目にあっているじゃないですか!」チャグのお母さんが大声でいった。

「うむ、それは、この連中が規則《きそく》に反して町を出たからじゃ」ゲイブ長老が怒《おこ》っていった。

「だからといって、クロッグの脱獄《だつごく》を隠《かく》していていいわけがないでしょう!」

それからみんながいいたいことをいい出すと、クロッグが拘束《こうそく》を解《と》こうとして怒《おこ》ってわめき、ジャロを蹴《け》ろうとした。ジャロはクロッグを押してもと通りすわらせた。するとストゥ長老がそこへいって、リードを渡《わた》せと要求した。

「こいつをどうするつもりです?」ジャロはたずねた。

「この男は、わしらが罰《ばつ》する」

「あなた方が、ちゃんとクログを牢屋《ろうや》に入れておけるって、保証はあるんですか？」

「わしを疑《うたが》うのか？」ストゥ長老の怒《いか》りに満ちた金切り声に、みんなぴたっと止まって聞き耳を立てた。

ジャロは注目されてびびったけれど、わたしはそんなの慣《な》れっこだし、うんざり。

「はい。わたしたちは、長老たちを信用していません」わたしがいうと、みんながじろじろみて〈頭の変なレナ〉と、部屋のあちこちでささやきあった。けれど、かまうもんですか。もうがまんの限界だもの。「あなた方は信じられません。だって疑《うたが》われて当然じゃありませんか？あなた方はうその世界を子どもたちに教えてきた。外の世界には危険《きけん》なことだけでなく、すばらしいものや、美しいものもあることを教えなかった。そして、おとなたちを閉じこめてきた。だれだって生まれながらに自由で、いきたいところにいく権利があるはずじゃありませんか。そして、自分たちだけで権力《けんりょく》を独占《どくせん》して、チェストにエメラルドをためこめるように、都合のいい規則《きそく》を作っている。知識や技術を広めないから、みんながずっとあなた方を頼《たよ》らざるを得なくなる。そのうえ、いま、わたしたちをコントロールしきれないと気づき始めたら、自分たちが作った規則《きそく》を法律《ほうりつ》にして、自分たちに都合のいい生き方をわたしたちに押しつけようとしている」

部屋の中は静まり返り、だれもがわたしに注目した。けれどわたしはウィザーやウォーデンに立ち向かった。ここにいるだれにも命令されるつもりはない。わたしは声を大きくしていった。

「コーヌコーピアのみなさん、すごい秘密を教えてあげましょうか。壁《かべ》なんて、ないようなものです。だれだって、壁《かべ》のブロックをふたつ切ってはずせば、いつでも外に出られるんです。だれにも、みなさんを止めることはできません。長老たちの支配なんて、幻想《げんそう》です。だれでも作業台や醸造台《じょうぞうだい》の使い方を学べるし、オーバーワールドにはいくらでも場所があって、だれでも採掘《さいくつ》したければできるんです。ヒツジもウシもニワトリも、外の世界を歩き回っていて、捕《つか》まえてもお金は取られません。長老たちのいいなりにならなくていいんです。わたしは従《したが》わないわ」

わたしは仲間をみた。

マル。わたしたちのリーダー。みんなを支える土台。

チャグ。わたしたちの戦士。みんなを包む大きな心。

トック。わたしたちの発明家。みんなの発想をはぐくむ源。

ジャロ。わたしたちの猛獣使《もうじゅうつか》い。みんなの勇気。

ナンの鏡に映る自分の姿もみえた。わたしは背《せ》が高くて、強く、信念が揺《ゆ》らぐことはない。

わたしには、みんなにみえないものがみえる。そしていま、はっきりみえていることがある。

それは、わたしたちがもうここの住人ではないということ。

「ねえ、わたしたちの町を造《つく》りにいかない？」

第28章　マルのお別れ

だれもがショックを受けて、長いこと言葉を失っていた。

これまでコーヌコーピアの外に永住するつもりで出ていった人はいない。

「最年長の長老として、わしはそんなことは絶対《ぜったい》に許さん！」ストゥ長老は怒鳴《どな》った。

あたしは肩をすくめていった。「へえ、許してもらわなくても、結構《けっこう》ですけどー」

ナンはククッと喉を鳴らした。その笑い、よく知っているよ。ナンがそういう音を立てるときは、ほーんとにとんでもないことをたくらんでいるときだけ。

「あたしもいっしょにいこうかね」ナンはいった。「外の世界に出なくなって、もう長いからね。そろそろ新しいものをみたくなったよ。ここはずいぶんつまんなくなってきたからねえ」

ナンはゲイブ長老が両手で握《にぎ》っていた杖をさっと取り上げると、何頭ものウマをまとめるみたいに振《ふ》ってみせた。「ほれ、ほれ、出ていけ。シッシッ。二度とくるんじゃないよ」

「じゃが――」

「〝じゃが〟もなにもない。さあ、出ていけ。さもないと、あんたの手をピシャッとたたいてやるよ。子どもの頃《ころ》によくやってやったろう?」

ストゥ長老とゲイブ長老は一歩また一歩と後ずさりさせられた。町の人たちはだれも、長老たちの味方をしようとしなかった。ジェイミーさんとラーズはいつの間にかいなくなっていた。ドゥナさんは、泣きついたり怒《おこ》ったりしながらジャロに帰ってきてくれといっている。ジャロはただ、クログのリードをママに渡《わた》した。「長老たちに、まじで黒曜石の牢屋《ろうや》を造《つく》らせてくれよ。でないと、こいつは穴を掘《ほ》ってまた逃げるぞ」

外の人たちは不安になって、大声でなにか言い合っていた。恩知らずで最低だと、あたしたちを非難《ひなん》する声もきこえてきたし、ほんとに自分で壁《かべ》を壊《こわ》せるのかと疑問《ぎもん》の声もあがっていた。

レナがあたしとナンのそばにきて小声でいった。「あんなことといってしまって、迷惑だった?」

あたしは笑顔でレナにグータッチした。「レナって、これまでも、あたしが思いつきもしないことを夢見ていたけど、今回の夢は、あたしもいっしょに実現したいよ」

ほんとにそう。あたしには、あんな大胆なことは思いつかなかったけど、納得《なっとく》のいく答えはそれしかないと思う。町の人たちはこれ以上、あたしたちをここに閉じこめておけない。ママとパパに会えなくなるのはさみしいけど……、ストゥ長老とゲイブ長老が死んじゃったとき、次の長老がもう少し物わかりのいい人たちだといいな。それまでは、あたしがときどき壁《かべ》のブロックをはずして会いにこよう。

ふたりが望むなら、いっしょにくるのは歓迎《かんげい》だけど、……あたしがそろそろ自立したいってことについては、時間をかけて話し合わなくちゃね。

ナンはレナの背中《せなか》をたたいていった。「さすが、あたしの助手。なかなかいってくれるじゃないか」するとレナはにっこり笑った。レナはすでに自分の家を出てきていて、家族と離《はな》れて生活するうちに本当の自分をみつけたんだ。いまではレナに、意地の悪いことをしたり、細かいことでけちをつけたり、役立たずとか頭がおかしいとかいったりする人はいない。レナはそういう人たちよりずっと大きな人間になった。レナが家族に会いにいくとは思えない。

ドアの外で人が動いて——あたしのママとパパだった。

あたしは深呼吸《しんこきゅう》して、外に出た。これまでいちばん気まずいことを話さなくちゃいけない。ママはまっ赤な目をして、両手を伸《の》ばしてきた。あたしはママの腕に飛びこんだ。パパはきまり悪そうに咳払《せきばら》いしている。

「マル、本当にいくの?」ママがきいた。

「うん。でも、ナンがいっしょだから、まったく保護者《ほごしゃ》がいないってわけじゃないよ」

「ひとりでも家族がいっしょでよかったわ」

あたしは後ろにさがって、ママをみて、それからパパをみた。「友だちも、家族みたいなものだよ。お互《たが》いを大事にし合っているから。心配いらないよ。それに、会いにくるって約束する。ママとパパがあたしのところにきてくれてもいいし。壁《かべ》の外の世界が気に入るかもしれないよ。レナがいってたでしょ——ほんとは町から出るのはとっても簡単なんだから」

「ウシを一頭連れてくか?」パパが相変わらずつっけんどんにきいた。「コナーがいいんじゃないか?」

涙がこみ上げてくる。オーバーワールドには、ただで手に入る野生のウシがいくらでもいるってことを、あたしはいわずにおいた。だってこれはパパが……あたしの旅立ちを許してくれたってことなんだもん。

「うん、コナーをもらえたら、うれしい」

パパはうなずいて、咳払《せきばら》いした。「明日の朝、コナーを連れてこよう」

ママが近寄って、あたしの三つ編みを肩にかけようとして、目をこらし、なにかつまんだ。

「これ、なあに？　灰かしら？　石の破片？　あら、ピンクの花？　こんな色の花があるなんて、知らなかったわ」

あたしはツツジの花をママの手から受け取ってうなずいた。「外の世界には、ママの知らないことがたくさんあるの。いつかみにおいでよ」

パパはちっとも感心せずに首を振《ふ》ったけど、ママはなんだか遠い目をした。いまのママは、ナンに少し似《に》ている。「もしかすると、いつかいくかもね。マルたちが町を造《つく》って、生活が落ち着いたら、訪ねていけるかも」

「それでこそ、あたしのマーラだ」ナンは満足そうにつぶやいた。「冒険家《ぼうけんか》の心が残ってるじゃないか」

それからハグしたり咳払《せきばら》いしたりが何度かあって、ママとパパは帰っていった。ふたりは理解《りかい》してくれてはいないかもしれないけど、認《みと》めてくれたような気がする。それ以上はちょっと望めないかな。

あたしのママとパパのドラマが終わると、ゴシップ好きのドゥナさんがジャロにあれこれ言い始めたからナンが近寄っていって、ゲイブ長老の杖でバシバシたたき、ドゥナさんを玄関《げんかん》のほうに追い立てた。

「見せ物はしまいだよ。そのやさしい坊やにかまうのはやめて、家に帰ってくだらないベリーでも蓄えとくんだね、この小うるさいばか者が」ナンはいった。

ドゥナさんは、リードにつながれたクログをしつけの悪いオオカミみたいに引っ張って、外に出ていくしかなかった。そして、「これで終わりじゃないわよ！」と、肩越しに怒鳴《どな》った。

「いや、これでおしまいだ」ナンは怒《おこ》っていった。「あたしの家から出ていきな、このガミガミ女！」ドゥナさんが玄関《げんかん》を出るとすぐ、ナンはジャロのほうを向いていった。「さて、年寄りを手伝っておくれ。道具やなんかを全部チェストに詰《つ》めて、旅の準備《じゅんび》をしないとねえ」

あたしはチャグとトックがどこにいるのかと見回したけど、いなくなっていて驚いた。そういえば、少し前からみていない。とにかくいろいろなことが起こっていたから――ふたりはきっと、その間にこっそり出たんだ。でも、どうして？　はじめはチャグとトックが親に無理やり連れていかれたのかと思ったけど……、うーん、どうだろう。あのふたりがカボチャ農場に住んでいた頃《ころ》から、ふたりの親はどっちにも手を焼いていたってことだけはたしかなんだよね。

あ！　農場！

ふたりの行き先も、なにをしにいったのかも見当がついた。あたしはひとりにやにやしながら、ジャロとナンの荷造《づく》りを手伝った。レナはポピーといっしょに自分の部屋に荷物《にもつ》を詰《つ》めにいった。大勢の人がいなくなったいま、気持ちが落ち着いたみたい。

あたしたちはナンに旅のことをもっと詳《くわ》しく話し、ナンは知っているふりしてうなずきつつ、感心していた。ナンはようやく、ウォーデンなんて知らなかったと認《みと》めた。それってすごいことだと思う。だって、ナンはいつも、あたしたちが出会うものはなんでも知っているって顔をしていたから。

クログがクリーパーの頭をかぶって、ジャロになにをしたかをきくと、ナンはジャロに「あんたのぶんだよ」と、クッキーを四枚渡《わた》した。たぶんそのときジャロは、ひどい目にあったかいがあったと思ったんじゃないかな。

ナンの貯蔵庫《ちょぞうこ》のものを詰《つ》めているとき、大きなあくびが出てあごがはずれそうになった。長い一日だったし、昨日も長い一日だった。その前も、何日も長い一日が続いていたんだもん、みんなぐっすり眠《ねむ》りたいはず。

町の人たちはあたしたちが出ていくのを望んでいないけど、引き止めにくるほどの熱意はないと思う。あたしのママとパパは事情をわかっているし、レナの親は喜んで娘と縁を切るでしょう。ドゥナさんはありがたいことに、あたしたちの人生から消えてくれるだろうし、チャグとトックはきっと家で家族と話し合っていると思う。

あたしはベッドを出して、部屋の壁沿《かべぞ》いに設置《せっち》した。それをみて、ジャロもベッドを出した。ナンはクッキーを詰《つ》める手を止めて、ほっと大きなため息をついた。「賢《かしこ》い子たちだ。眠《ねむ》くちゃ、旅はできないもんねえ。あのでかくて腹をすかしてばかりいる子と、小柄で眉毛《まゆげ》のこげた子は、今夜もどってくるかねえ？」

「ふたりは、チャグの飼《か》っていたブタたちをみつけて、ママを説得してありったけのパイをもらったら、すぐくるはずだよ。心配いらないって。ふたりのパパはもうとっくに、息子たちが自分の思い通りにならないのをわかっているから。たぶんうちのママとパパみたいな感じだよ。心からは喜べなくても、わかってくれる」

思った通り、チャグとトックが勢いよくドアを開けて入ってきた。ナンがちょうど、ベッドに横になろうとしたところだ。チャグは三匹のぽっちゃりしたピンクの子ブタを抱えて、とってもうれしそう。

「おい、みてくれよ！　めっちゃかわいいだろう！　おれ、おじいちゃん《グランドファーザー》になったんだ！」チャグが大声でいった。

「でっかいぶーちゃん《グランドポーカー》のほうがよくない？」トックがきいた。ネコたちがうれしそうにトックの脚にまとわりついている。

チャグはうなった。「あー、もうだめだ。またトックがだじゃれをいってるぞ。語呂合《ごろあ》わせが止まらなくなる前に、寝《ね》たほうがいい」

トックはにやっとした。「はは。みんなもよくわかってるっしょ。ぼくはそういうお年頃《としごろ》なんだから」

チャグはベッドを床《ゆか》にぽいと投げると、そこに仰向《あおむ》けに倒《たお》れた。三匹の子ブタがチャグのおなかの上ではしゃいでいる。「出発するときは起こしてくれよ。あと、クッキーを食うときもな」

トックは自分のベッドを設置《せっち》してから、子ブタたちには立派《りっぱ》な両親がいるんだから返してやったほうがいいとチャグにいった。チャグは不満そうだったけど、トックにいわれた通りに、ウマの囲《かこ》いの中にいるコイツとブタ子さんのところに子ブタをもどしてやった。レナは今夜、自分の部屋で過《す》ごすことになったし、ナンの荷造《にづく》りはほぼ終わっていた。だからあたしは笑顔で自分のベッドに潜《もぐ》りこんだ。

コーヌコーピアを去ることになるなんて、信じられない。

さて、どこにいくか、考えないとね。

これだけは確実《かくじつ》にいえるんだけど――。

新しい町は絶対《ぜったい》、壁《かべ》で囲《かこ》んだりしない。

エピローグ　トックと新たな町

ぼくの話は短く、楽しくするね。だって、ぼくたちにはやることがいっぱいあるし、時間はあまりないからさ。

ぼくたちは次の朝、夜明けとともに出発した。町のだれかに出ていくの止められるといけないからだ。みんなポケットをいっぱいにして、ウマにまたがった。そうそう、兄ちゃんはその前にコイツに、おまえに乗らなくてごめんなと謝《あやま》った。コイツは三匹のころころした子ブタを連れてるんだから、兄ちゃんが乗らなくたってぜんぜん気にしないと思うけど。マルがコーヌコーピアの壁《かべ》に穴を開け、ぼくたちは外の世界に出ていった。ナンは自分の白いウマ、ホーテンスにすてきな鞍《くら》をつけて乗ってた。みんなの後ろから、マルのウシ、コナーと、ジャロが牧場で飼《か》ってたウマとラマぜんぶと、ネコのミャウイーがついてきた。兄ちゃんとぼくは、昨日、町の人たちがああでもない、こうでもないといい合っている間に、こっそりナンの家を出て、飼《か》ってた動物をみんな取り返すことにしたんだ。

町にはほかにウマもラマもいないから、みつけるのは簡単だったし、ジャロのママはミャウイーを家に入れてやってもいなかった。ナンの家に近い森の中に動物たちを隠《かく》しておいたから、町の人たちが帰ってしまうと、めちゃめちゃほっとした。だれもペットを置いていきたくはないっしょ。

そりゃ、兄ちゃんとぼくは、店の在庫をすっかり持っていかれたけど、必要なものはぼくがいつでも作れる。オーバーワールドにはいくらでも材料があるし、クログのポケットにはチェストとシュルカーボックスが入ってた。ふたを開けてみたら、クログは町から価値のあるものをほとんど盗《ぬす》んでたから、ぼくたちはもともと持ってた以上のものを手に入れて町を出ることになった。ジャロのマッシュルームを全部は持ってこれなかったけど、またみつけられるだろう。結局、ぼくたちは、新しい町をあのマッシュルーム島のそばの海辺に造《つく》ることにした。

町の名前は、発見《ディスカバリー》。

ほら、前にいた町は豊かさを象徴する角《コーヌコーピア》って名前がついてたでしょ。豊かな場所で、値段《ねだん》は高いけどなんでもいつでも手に入って、だれもが必要なものを持ってて、満たされてる町。だけど、不自由なく暮《く》らせるのは楽でいいけど、ほんとの満足や成長は、居心地《いごこち》のいいところを出て、人生でいろいろなことを経験しないと得られない。

ぼくたちがその人生という旅を始めたとき、クワがほしかったらストゥ長老から買うしかなかった。そのあと、ぼくは自分のクワは自分で作ればいいと学んだ。そしていまでは……むむ、クワを使ってカボチャを育てるのはぼくの運命じゃないとわかった。ぼくは建物《たてもの》を建《た》てたり、実験したり、探検《たんけん》したり、新しいものを創《つく》りだすのに向いてるってことを、発見したんだ。ほら、これでわかったっしょ。だから町の名前を発見《ディスカバリー》にしたってわけ。

町はいい感じにできてきてる。公園や美術館や庭園をいくつか造《つく》ってるし、町の中心部に劇場をひとつ造《つく》って、音楽をきいたり演劇をみたりできるようにするんだ。場所はいくらでもあるから、畑は作れるし、植林できるし、新しい住人が加わっても大丈夫《だいじょうぶ》。

ぼくたちはコーヌコーピアの壁《かべ》の外と、そこからいちばん近い村に、ディスカバリーの町へのいき方を書いた看板を立てた。山を越えたところに村をひとつみつけたんだ。その村より先にいくと、気温が下がってきて、ぼくたちは初めて雪の降《ふ》るところをみた。いつかあのあたりをみんなで探検《たんけん》しにいくと思う。ナンがいうには、クマという生き物がいて、ウマよりも大きいらしい。ぼくはその生き物をみてみたい——兄ちゃんにそいつをハグさせないようにしないと。

コーヌコーピアのうわさは、町の人がたずねてくるたびにきくけど、ぼくたちはちょうどいいときに出てきたみたいだ。長老たちは自分たちの法律《ほうりつ》をさらに厳しくして、ストゥ長老は町で作業台を使えるのが自分だけになって大いに満足してるらしい。

何人かが町からこっそり抜《ぬ》け出してぼくに会いにきた。ぼくは、作業台の使い方を学びたい人には、いつでも喜んで教えてあげてる。一回か二回のレッスンで、みんな使えるようになるんだ。少なくとも長老たちは、クログを黒曜石でできた牢屋《ろうや》に入れるくらいの常識《じょうしき》は持ち合わせてたみたいで、いまは毎日床《ゆか》を確認《かくにん》するらしい。

タイニさんとリヴィさんはクログを更生《こうせい》させられると思ってるみたいだけど、いまのところあいつは牢屋《ろうや》の中だ。それから、盗賊《とうぞく》のうわさは、その後だれもきいたことがないみたいだ。ただ、万が一連中がネザーから脱出《だっしゅつ》する方法をみつけたとしても、こっちは対策《たいさく》を考えてある。

ナンは生き生きとして、元気で、玄関横《げんかんよこ》のポーチで揺《ゆ》り椅子《いす》に揺《ゆ》られながら町ができていくのをみるのが気に入ってる。みてるうちに、町の様子が騒々《そうぞう》しすぎたり、逆につまらなすぎたりすると――まだまだ建設途中《けんせつとちゅう》だから、日によってどっちもありなんだ――、ナンは裏《うら》のポーチにいって、そこでロッキングチェアに揺《ゆ》られながら、海をながめる。

マルは小さな牧場と採掘所《さいくつじょ》をもってる。兄ちゃんとぼくは店を開いた。ジャロはウマとラマを貸《か》して、ロバで何かできないかと考え中。レナは、この町の歴史家《れきしか》だ。いつも図書館でナンの本を読んでご先祖《せんぞ》について学んだり、ぼくたち自身が経験してきたことや新たにわかったことを本にして何冊も図書館に入れた。だれかがなにかききにくると、レナは必ず答えをみつけようとする。いまある本の中に答えがなければ、また冒険《ぼうけん》の旅に出るんだ。レナがいうには、学んでも学んでも、まだ新たに学ぶことがあるし、書いても書いても、まだ本に書くべきことがあるんだって。

ナンがいってたっしょ――ぼくたちは冒険家《ぼうけんか》の血を引いてて、それぞれに、なにかを発見したいという魂《たましい》や、次の山を越えたところにあるものに憧《あこが》れる気持ちがあるんだって。ぼくにとってそれは、新しいポーションを作ることへの憧《あこが》れだけど、材料をみつけるにはウマに乗って、作業台と醸造台《じょうぞうだい》を持ってどこへでも仲間についていくのがいちばんなんだ。

これ、ほんとのこと。壁《かべ》の外の人生のほうがずっと楽しい。

エピローグ②　ディスカバリーでの新発見　チャグ

なんだ、まだ読み足りないってか？

なるほどな。ディスカバリーにはおもしろい話し手が何人もいるもんな。この町の人は別の場所からきた人ばかりだから、いつも新しいことを教えてもらったり、みせてもらったりしてる。食べ物だって例外じゃない。たとえば、ナンは新しくグローベリーのパイを作ろうと、あれこれ試してるところだ。グローベリーのパイを食うと、まじで腹がよろこぶんだ。

だけどさあ——これでおれたちの物語はおしまいなんだ。

おれたちは自分たちに必要なものをみつけたし、すばらしい町を造《つく》り上げた。おれたちのご先祖《せんぞ》は、きっとほめてくれると思うぞ。おれとマルとトックは、ときどきコーヌコーピアに親の様子をみにもどる。親たちがこっちに遊びにくることも、たまにある。町の規則《きそく》にうんざりしちまって、ディスカバリーにずっと住むつもりで引っ越してきた人も数人いる。だからここでは、インカさんのスイカを青空市《あおぞらいち》で買えるんだ。なぜか、こっちで食べるスイカのほうが甘いんだよな。おれの母さんは海が気に入っちまって、おれのおじさんのだれかにカボチャ畑を売って、こっちに引っ越してきて老後を過《す》ごそうと考えてる。父さんを説得しなきゃならないけどな。

トックは父さんに、カボチャのパイと引き換えにいくらでもクワを作ってあげると約束した。コーヌコーピアは競争相手《きょうそうあいて》が多いから、父さんと母さんはこっちにきて、カボチャのパイを独占的《どくせんてき》に売ったらいいのに。

そんな感じだ。

おれたちはハッピーだ。

必要なものはなんでもある。

ほかになにが知りたいって？

てか、ちょっとききたいんだけど——ブタを買ってペットにしたいからここにきたのか？　いまのとこ、譲《ゆず》ってもいいブタが二匹いるけど、長い面接を受けてもらうぞ。コイツの息子たちは、かわいがってくれると確信《かくしん》できる相手にしかやらない。あの子たちは、毎晩、寝《ね》る前に、お話を読んで聞かせてもらってるし、絶対《ぜったい》に「ベーコン」なんていわないでくれよ。それから……。

ああ、ジャロに会いたいって？

あいつは隣《となり》に住んでるよ。

いくんだったら、夕食はサケだと伝えてくれるか？

エピローグ③　ジャロのたどり着いた未来

事情はよくわかったし、力になれると思う。

でかい子ブタはおとなしくて、小さいのはいろいろやらかすんだ。二匹をいっしょにしとくと、バランスが取れて飼《か》いやすいけどな。よくいうだろ――ブタは一匹飼《か》うのも、小屋いっぱい飼《か》うのもおんなじってね。チャグに何通も手紙を書かなきゃいけねえけど、大丈夫《だいじょうぶ》か？　この子たちが日々、どうしてるかとか、成長具合とか、詳《くわ》しくな。チャグはものを書くのが大嫌《だいきら》いなくせに、子ブタたちのことを読むのは好きなんだ。

だけど、もしかして、ほんとは、おれが大丈夫《だいじょうぶ》かみにきてくれたのか？　だったら心配いらねえ。すげえ楽しくやってるから。そりゃ、いつまでたっても、また盗賊《とうぞく》にみつかるんじゃねえかって不安だろうし、このすぐ近くに、おれの人生で最悪のことが起こった場所があるってことをたしかだ。だけど、仲間の助けを借りながら、そんな不安を乗り越えようとしてるとこなんだ。気持ちは落ち着いてる。おれはウマとラマとロバの世話をしなきゃならねえし、数種類のマッシュルームとグローベリーの温室もある。商売は繁盛《はんじょう》してるし、ミャウイーは新鮮な魚が大好きでさ。おれたちは海辺で、まじで楽しくやってる。

コーヌコーピアでの生活にも、昔の自分にももどりたくねえ。ここでは、価値のある人間でいられる。おれのことを信じてくれる人たちがいるんだ。

おれ自身が、自分を信じられるようになってきてる。

要点をまとめると、こんな感じだ。

おれの名前はジャロ。この世界に親友が四人いる。そしてそいつらといっしょに、コーヌコーピアの壁《かべ》の外の世界で、誇りに思える未来を造《つく》り上げた。

〈了〉

訳者《やくしゃ》あとがき

マルたちをただひとり理解《りかい》してくれたナンが、原因不明《げんいんふめい》の病に倒《たお》れた。ポーションは効《き》かない。マル、レナ、チャグ、トックにジャロを加えた〝はみだし探検隊《たんけんたい》〟は、ナンの命を救《すく》うために、魔《ま》法《ほう》の金のリンゴを持っているという老人、エフラムを探《さが》すことにした。

初めてみる海。ジャロを浜辺《はまべ》に残して海に潜《もぐ》った四人は、海底神殿《かいていしんでん》を守るガーディアンと戦い、危《あや》うく命を落としかける。そこで救《すく》ってくれたのは、なんと、エフラムだった。ところが彼《かれ》がくれたのは、魔《ま》法《ほう》のリンゴではなく、そのありかを示《しめ》す地図だった。一方、ジャロは何者かに襲《おそ》われる。

五人は魔《ま》法《ほう》のリンゴを求めて冒険《ぼうけん》の旅を続ける。信じられないほどの力を持つウィザー。未知の地下世界をうろつく、巨大《きょだい》なウォーデン。五人をつけねらう不気味なクリーパー頭。今回の敵《てき》はこれまでとはけたちがいに強く、したたかだ。果たして五人は、ナンの命を救《すく》う魔法《まほう》の金のリンゴを手に入れることができるのか？

冒険《ぼうけん》に出るたびに新たなことを学んできたはみだし探検隊《たんけんたい》は、この旅で、世界には自分たちの力ではどうにもならないことがあり、戦って解決《かいけつ》しないこともあるということを思い知らされる。やはり長老たちのいう通り、コーヌコーピアの壁《かべ》の中で安全に暮《く》らすべきなのだろうか？　そして、五人が選んだ未来とは？

どうぞ、はみだし探検隊《たんけんたい》の最後の冒険《ぼうけん》物語を楽しんでください。

最後になりましたが、英文と訳文のチェックをしてくださった石田文子さんに心からの感謝《かんしゃ》を！

二〇二四年六月十八日　金原瑞人、松浦直美

マインクラフト　はみだし探検隊《たんけんたい》　クリーパーなんか怖《こわ》くない

2024年7月19日　初版第一刷発行

著
デライラ・S・ドーソン
訳
金原瑞人／松浦直美

デザイン
5gas Design Studio

発行所
株式会社 竹書房
〒102-0075
東京都千代田区三番町8-1 三番町東急ビル6F
e-mail: info@takeshobo.co.jp
https://www.takeshobo.co.jp

印刷所
中央精版印刷株式会社

◆定価はカバーに表示してあります。
◆乱丁・落丁があった場合はfuryo@takeshobo.co.jpまでメールにてお問い合わせ下さい。